KEITAI
SHOUSETSU
BUNKO
SINCE 2009

もう一度、俺を好きになってよ。
新装版 恋する心は"あなた"限定

綴 季

JN180135

◎ STARTS
スターツ出版株式会社

カバー・本文イラスト/甘里シュガー

もう一度"好き"って言えたらいいけど、
やっぱり怖くて言えない。
だから、そっと心の奥にしまっておこうって
思っていたんだ。
それなのに……。
「離してやんねぇからな？」
「そういう表情見せるのは、俺だけにしろよ？」
そんな風に言われたら、想いがますます強くなっちゃう。

包海由優（くるみゆゆ）。高校１年生。
一途（いちず）に恋する、大人（おとな）しくて小柄（こがら）な可愛（かわい）らしい女の子。
×
空守理緒（そらもりりお）。高校１年生。
クールなところが女子生徒から密（ひそ）かな人気を集める、容姿端麗（ようしたんれい）な男の子。

そんなふたりのふんわり甘い恋。
"好きなのは、あなただけ"
ふたりのほのぼの甘い恋をどうぞ。

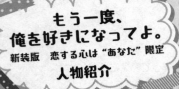

人物紹介

包海由優(くるみゆゆ)

本が好きで、内気でおっとりした性格の高校1年生。本人は気づいていないけど、中学時代から男子の間では人気があった。同じクラスのイケメンの空守は、実は小学生時代の同級生。空守との切ない思い出がある由優は、思いがけない再会に動揺を隠せず…。

雅哉(まさや)

由優の近所に住む爽やかなイケメンで生徒会長。"雅お兄ちゃん"。由優にとっては、優しくて頼りがいのあるお兄ちゃん的存在。由優に告白するが叶わず、由優に近づく理緒に対して警戒している。

空守理緒（そらもりりお）

スポーツ万能で女子たちに大人気のイケメンだけど、ほとんど表情も崩さずいつもクール。小学生の頃からずっと好きだった由優と再会し、さらに気持ちを募らせている。他の女子には無愛想だけど由優にだけは笑顔を見せる。

静乃（しずの）

由優のクラスメートで親友。明るく前向きな性格でちょっと大胆なところもある。由優の理緒に対する想いを知って応援している。

瞬太（しゅんた）

空守の中学からの同級生。明るくてノリのいい性格。由優のことが気に入っていて席も隣同士に。そんな瞬太の様子に空守はイライラを募らせ…。

contents

第1部

Act Ⅰ
気まずい再会 ……… 10
予想外な接近 ……… 16
突然の転機 [side 理緒] ……… 21

Act Ⅱ
落ち着かない日々 ……… 30
放課後の看病 ……… 37
君の温もり [side 理緒] ……… 41

Act Ⅲ
ふたりの場所 ……… 48
つないだ手 ……… 56
もっと近づきたい [side 理緒] ……… 64
からみ合う視線 ……… 73

Act Ⅳ
変わる関係 ……… 82
静かな保健室 ……… 89
それでも俺は…… [side 理緒] ……… 97

Act Ⅴ
心の葛藤 ……… 108
交錯 ……… 112
一気にあふれた想い ……… 121
触れ合った唇 [side 理緒] ……… 126

Act Ⅵ
両想いの先……	134
優しい気持ち	142
久しぶりの言葉 [side 理緒]	150
夢見心地な気分	156

Act Ⅶ
それは突然	162
嫉妬する日々 [side 理緒]	170
プレゼント	177
かすかな不安 [side 理緒]	186
涙の告白	196
君だけが好き [side 理緒]	206
私だけの王子様	211

第2部
Act Ⅷ
秘密の終わり	216
意外な反応	225
心の解放 [side 理緒]	231

Act Ⅸ
小さな招待状	244
ほころぶ笑顔 [side 理緒]	254
クリスマスイブ	260

contents

心弾む時間 [side 理緒]	267
brilliant tree	277
深まる愛	282

Act X

代償	292
優しさ	300
そばにいたくて [side 理緒]	303
温かな夜 [side 理緒]	313
秘密のキス	324

Act XI

バレンタイン	332
涙	339
永遠の言葉	346
理緒の気持ち [side 理緒]	354

番外編

和やかな初詣 [side 理緒]	368
ふわり桜日和	379

新装版書き下ろし番外編

ふたり暮らしの始まり	394
あとがき	408

第1部
Act I

気まずい再会

　はぁ……。
　どうして、こうなっちゃったんだろう？
　まさか、同じ高校に進学するなんて、思ってもみなかったよ……。
　しかも、同じクラスだなんて。
　いまだに実感がない。
　夏らしい日差しが強く教室を照らす。
　７月に突入し、高校に入学した当初のぎこちないクラスの雰囲気も、すっかり和やかなムードに変わった。
　休み時間、私は読みかけの本を広げる。
　地味に、大人しく。
　あまり彼のことを意識しないように。
　私なりの工夫、のつもり。
「こらこら。由優ってば、またひとりで本の世界に逃げようとしてる！」
「あ、ちょっと！　静乃。か、返してよ」
　パッと取り上げられた本を取り返そうと視線を上げると、親友の静乃があきれ顔で立っていた。
「そろそろ話しかけてみたら？」
　私の前の席に勝手に座ると、チラリと教室の入り口近くの席を見た。
「そ、それは無理」

私も少しだけ視線を向けた後、すぐにそらしてしまった。
　教室の入り口近くの一番前の席。
　クラスの女の子たちに囲まれている男の子。
　空守理緒君。
　私は、彼のことが小学生の頃から好きだった。
　あ、過去形にするのも変かぁ。
　今も好き……。
　だけど、もう空守君のことは、心の中で想ってるだけでいいんだ。
　静かに……。
　密かに……。
『理緒君！　一緒に帰ろうよ！』
『あ！　私も帰りたいなぁ〜』
　女の子たちのワントーン高い声が空守君の席から聞こえてくる。
　これも４月の入学当初からの光景。
　空守君は顔立ちが整っているいわゆるイケメンで、背も高いルックスの良い男の子。カッコいい男の子は他にもクラスにいるんだけど、空守君はその外見と合わせてクールなところが人気らしい。じわじわと空守君のファンの女の子が増えているみたいなんだ。
　徐々に雲の上の存在になりつつあるんだよね。
　だから、とてもじゃないけど、私が近づけるような雰囲気じゃない。
「無理だなんて言ってないで、ひと言でもいいからしゃべっ

てきたら？いつまで引きずってるのよ！」
　肩をポンポンたたかれて急かされるものの、重たい腰は上がるわけがない。そうこうしているうちに、授業の始まりを告げるチャイムが鳴った。
　空守君の席の周りにいた女の子たちは、名残惜しそうに自分の席に戻っていく。
　空守君も、毎日大変だなぁ。
　昔は、そんなこともなかったのにね。

　放課後になると、今度は他のクラスからも女の子が数人やってくる。
　たぶん、一緒に帰りたいんだろうな。
　空守君は、いつも「無理」のひと言で誘いをキッパリ断る。だけど、女の子たちにとっては、それが何ともクールでカッコよくて、ますます好きになっちゃうみたい。
　キャーキャーとテンションの高い女の子たちが集まる前方の入り口を避けて、後ろの扉から教室を出ようとした時だった。
「包海さん！」
「え？」
　振り向くと、クラスの女の子数人がニコニコしながら立っていた。
　な、何だろう？
　少し警戒していると、その中のひとりの女の子に腕を引っ張られ、ベランダに連れていかれた。教室とベランダ

の間のガラスのドアがパタンと閉まると、数人の女の子たちが私の周りを囲んだ。
「包海さん、お願いがあるの！」
　ま、まさか、お願いって。
「一度、理緒君とお話ししてほしいの！　お願い！」
　まさに予感的中。
　顔の前で両手を合わせてお願いする彼女たちに、思わず苦笑いを浮かべてしまった。
　これで５回目くらいかな？
　だから彼女たちの笑顔を見るとすぐにピンとくる。
「あ、あの、私は話すことが特にないから」
「クラスの女の子で、理緒君と話したことないのは、後は包海さんぐらいなのよ？」
「由優ちゃんだったら、理緒君も何か反応あるかもしれないし！」
　立て続けの言葉攻めに、笑顔も引きつりそうになる。
「ほ、本当にごめんね。私もう帰らないと……」
　女の子たちの間を割って、教室に戻る。
　後ろから「待って、包海さん！」と呼び止められたものの、ペコリと頭を下げて謝り、教室から飛び出した。
　足早に校舎を出た私は、ため息をついてトボトボと歩き始める。
　何回お願いされたとしても。
　空守君に話しかけるなんて、私にはできないよ。
　もう何回も同じように断ってるんだし、わざわざ私に頼

まなくてもいいような気がするんだけどな。
　彼女たちが、私に空守君と話してほしいってお願いする理由——。
　それは、私が話しかけたとしたら、もしかしたら空守君の違った表情や言葉が、見られたり聞けたりするかもしれないから。
　高校に入ってきてから今まで、いろんな女の子が空守君に話しかけてきたけど、いつもそっけない態度で、口数も少ないみたい。
　女の子たちにあまり興味を示さない空守君だけど、先月の初めのある日、休み時間に私の席の方に視線を送っているところを数人の女の子たちが目撃したらしいんだ。
　だから、まだ一度も話したことのない私に、なぜか期待を寄せている。
　本当に、なんで私に？って、疑問なんだよね。
　その目撃したっていうのも、絶対に見間違いか何かのはずだもん。
　それに、この先話すことがあったとしても、空守君の私に対する反応は、きっと他の女の子と一緒。
　そっけないまま、ほとんどしゃべってもらえない。
　相手になんか、してもらえないよ。
　だって私、小学生の頃。
　空守君にフラれたんだもん。
　はぁ……。
　あの時のことを思い出すと、今でも胸が苦しくなる。

そして、同時に恥ずかしくもなる。
私、空守君に告白して、フラれた時。
本人の前で思いっきり泣いちゃったんだよなぁ。
そりゃもう怒濤の勢いで、人目なんて気にせず、ただただ泣いた。
かなり空守君も迷惑だっただろうな。
中学は、空守君と違う学校だったから、いっさい会うこともなかったけど、今、またこうして空守君を毎日見ることができる日が来るなんて。
うれしいっていう思いもあるけど、気まずさの方が勝ってる。私のあんな泣き顔、見られちゃったんだから。
空守君、覚えてるかな……?
案外、忘れちゃってるかも。
その方が、忘れてもらった方がいっか。

予想外な接近

　数日後の放課後。
　クラス委員の男の子と女の子がそろって教壇に立った。
　突然どうしたんだろう？
　帰り支度をする手を止めて、クラス委員のふたりを見ていると、ポンッと教壇の机の上に正方形の大きめの箱が置かれた。
「はい、突然ですが……皆さんのかねてからのリクエストにお応えして、これから席替えをしたいと思いまーす！」
　その声にクラスのみんなから歓声が沸き起こった。
　せ、席替え!?
　私はパチパチとまばたきをしながら、首を傾げた。
　私、リクエストした覚えなんてないけど。
「あ〜、前に包海さん学校休んだ時あったでしょ？　その日にちょうどそういう話題が出たんだよ？」
　隣の席の女の子に聞くと、ニコニコしながらそんな答えが返ってきた。
　そういえば、風邪引いて休んだ時があったっけ。
　すごいタイミングで休んだんだなぁ、私。
「それじゃあ、適当に箱の中の紙を引いてください。これから黒板に順不同で気まぐれに番号を書くので、自分の引いた番号の席に移動してくださいね」
　そう言うと、クラス委員の女の子は黒板にチョークで席

の図と番号をサクサクと書き始めた。
　適当。
　気まぐれ。
　なんだかアバウトな席替え方法な気がするけど、とりあえず番号を引かなくちゃ。
　クラスの子たちが群がる教壇に私も向かった。
　空守君とタイミングをずらして番号を引く。
　席に戻った私は、折りたたまれた紙をゆっくりと開いて、黒板に書かれた同じ番号の席を探した。
　えっと、17番は。
　あった！
　えっ!?　この席だ！
　もう一度、紙と黒板の間で視線を行き来させる。
　うん、間違いない、今と同じ席だぁ！
　まさかの席が変わらないという展開に、顔がほころんだ。
　この席、気に入ってたんだよね。窓際の一番後ろの席だから、日当たりもいいし、今の季節は窓を開ければ風通しもいいもん。
「あれっ？　由優は席変わらなかったの？　席替えした意味なかったじゃん」
　静乃が驚きながら、私の前の席に座った。
「もしかして、静乃の新しい席って、そこなの？」
「そうみたい！　由優と近くの席になれてうれしいよ！」
　そう言うと、ニコッと笑った。
　静乃、いつも私と話をする時に勝手に座っていた席だっ

たけど、今度は自分の席になって良かったね。
　なんてのん気に考えていると、静乃の顔が笑顔から再び驚きの顔に変わっていく。
　??
　そういえば、女の子たちの視線が、やけにこのあたりに注がれているような。
　ドサッ。
　隣の席に荷物が置かれる音が聞こえてきた。
「由優っ！　私よりも隣、隣!!」
　必死に目配せをする静乃に、私はゆっくりと視線を隣の席に移した。
　う、嘘。
　信じられない光景で、一瞬夢なのかと思った。
　私の隣の席って……。
　空守君!?
　ど、どうしよう!!
　すぐに自分の机の方に視線をそらした。
　心の中は、大パニック状態だ。
　こんなことってある？
　何かの間違いじゃないよね？
　もう一度、確認のため自分の番号と黒板に書かれた席を照らし合わせる。
　私のは、合ってるみたい。
　じゃあ空守君が間違えてたりして。
　チラッと空守君の机に置かれた紙を見ようと、少し前の

めりになった。
「何してんの？」
　私の不審な行動は、すぐに空守君に気づかれてしまい、怪訝な顔でこちらを見られてしまった。
「いえっ、何でもないです」
　私はあわててうつむく。は、恥ずかしい。
　席替えして早々、何やってるのよ、私ったら。
　顔が沸騰してるかのように熱くなる。もうタオルでも何でもいいから、頭からかぶっていたい気分。
「席は間違えてねぇからな？　ちゃんと見た」
　ボソッとつぶやくように言われて、少し顔を上げた。
　空守君、私が席の番号を気にしてること、気づいたんだ。
　しかも、間違ってないって断言されちゃった。そりゃ普通間違えないよね。
　あぁ、失礼なことしちゃった。
　なんだか私、テンパってる気がする。
　小さくため息をついた。
「一応だけど、俺、空守理緒。よろしくな」
　そっけない声だったけど、私は思いもよらない言葉にまばたきを何回もした。
　こんな私にも、わざわざ自己紹介してくれるなんて、空守君って律儀なんだ。
　私もちゃんとあいさつした方がいいよね。
　名前、本当はあまり言いたくないけど、偽名とか使うわけにもいかないし。

「私、包海由優です。空守君、これからよろしくお願いします」
　なるべく空守君を意識しないようにと心に言い聞かせながらあいさつをした後、視線は窓の外へと向けた。
　空守君、私の名前に反応しなかったから、昔のこと、忘れてるっぽいよね？
　良かった。
　私は忘れられなくて、空守君に対して避けるような行動しかできないけど、別に不自然に思ったりはしないよね。
　むしろ空守君もいろいろと話しかけられない方が気楽だろうし。
　それにしても、今まで一番離れていた席だったのに、一番近くになっちゃったよ。これからどんな顔して、毎日ここに座ればいいんだろう。
　遠くの席から時おり、そっと空守君の姿を見られるだけで十分だったのにな。

突然の転機 [side 理緒]

　本当に知らなかった。
　まさか同じ高校にアイツも進学してたなんて。
　入学式の日。クラス分けのボードを見ていた俺の目に飛び込んできた名前。
"包海由優"
　ビックリして、何度も何度も、その名前を見つめた。自分がどのクラスなのか探すよりも先に、彼女の名前ばかりをずっと見つめていたんだ。
　名前も声も忘れていない。
　何より由優の泣いた顔は忘れるわけがない。
　小学生の頃。
　真っ赤な顔で必死に自分の想いを伝えにきた由優を。
　俺はフッたんだ。
　ずっと後悔してる。
　当時の俺は、周りの男子の視線が気になってた。
　由優が俺に告白しにきた時だって、クラスの男子が陰からコソコソ見ていたっけ。ニヤニヤ笑いながら、こちらを見られていて、由優よりも男子の方を気にしてたんだ。
　もしも付き合うことになれば、冷やかされることは間違いない。
　それが照れくさくて、恥ずかしくて……。
　結局、俺は自分の気持ちとは裏腹(うらはら)なことを言った。

あの時、由優は大粒の涙をたくさんこぼしながら俺の目の前で泣いていた。
「変なこと言って、ごめんなさい。忘れてね」
　最後に涙まじりに言って、バタバタと走って行った由優の後ろ姿に胸が苦しくなるのを感じた。
　10才の頃の出来事なのに、あの後ろ姿だけは、ハッキリ覚えてる。
　俺、好きな女の子を泣かせた。
　本当、最低な男だよな。
　中学は別の学校に行くようになって、由優を見ることもなくなった。
　アイツ、元気なのかな？
　彼氏とか、できたりしてないよな？
　もう、由優に会えることなんて、ないんだろうか？
　そんなモヤモヤした想いを常にどこかで抱えていた。
　こんな気持ちになるくらいなら。
　好きなら。
　冷やかしでも何でもされていいから、由優の告白にちゃんと向き合って、俺も素直(すなお)に言えば良かった。
"好きだ"って。
　ずっとそう思って後悔してきたけど、高校が一緒だっていうことが、入学式のこの日にわかって、すげぇうれしい。
　しかもクラスも一緒だ。
　もう一度……。
　由優に気持ちを伝え直すチャンスだよな？

内心ドキドキしながら教室へと向かった。
会うのはかれこれ３年ぶりだよな。
やべぇ。久々に緊張する。
ひと呼吸おいて、自分のクラスへと入った。
すでに教室の中は生徒がたくさんいて、にぎわっている状態だ。
「理緒!! お前も同じクラスかぁ！ またよろしくな！」
中学からの友達の瞬太(しゅんた)が、陽気に手を振りながら近づいてくる。
「おう、よろしくな」
適当に返事をして、教室の中をキョロキョロ見回した。
「どうかしたのか？」と不思議そうに聞く瞬太を、半分無視しながら由優を探す。
まだ、来てねぇのかな？
そう思っていると。
「由優!? おはよ！ 同じクラスになれて良かったね！」
声のした方にすぐに視線を向けた。
教室後方の入り口から飛び込んで来た女子が、ヒラヒラと手を振りながら窓際へとかけていく。
そして、その先には……。
ニコッと可愛らしい笑顔で手を振り返す由優がいた。
ドクン、と胸が高鳴る。
あの笑顔、小学生の頃と変わってねぇな。
っていうか、あの頃よりも可愛さが増してねぇか？
小学生の頃は肩よりも少し上だった黒髪も、今は胸元ま

で伸びている。左右の耳から上の髪を後ろでひとつにまとめて、ヘアゴムでしばっている。白い肌は春の日差しを浴びてキラキラまぶしいし、体も小柄なまま。

　ふんわりしていた由優のオーラは、小学生の頃以上にふわふわしていて、俺の心のドキドキを加速させるのに十分だった。

　入学式なんて、どうでもいいから。
　アイツだけ見ていたい。
　そんな気持ちになった。
「あ！　あの子、東中の包海だよな!?　何か性格は大人しいけど、可愛い女の子だって噂になってたもんな」
　は？
　俺は思わず、隣でうれしそうに話す瞬太に視線を向けた。
「お前、知ってんの？」
　さり気なく、そっけなく聞くと"当たり前じゃん"と言わんばかりの表情でコクコクとうなずかれた。
「もしや理緒、知らねぇのか？　東中学の包海って清楚で可愛くて、男子の間じゃ、結構話題に出てたんだぞ？」
　得意気に話す瞬太になぜかムッとした。
　俺が由優のこと、知らないわけがない。
　ただ、そんなに話題になってたことは正直言って初耳だ。
　俺が通ってた西中学でさえ、そんな感じだったなら。
　東中では、由優。
　男子にかなり言い寄られてたんじゃねぇか？
　付き合ってる奴がいる可能性、かなり高い気がしてきた。

いてほしくなんかねぇけど。

　高校生活が始まると、毎日のようにクラスの女子が何人か俺の席へとやってきた。初めの頃は自己紹介していたけど、徐々にいろいろな会話をしてくるようになってきた。
　俺は基本、ほとんどしゃべらない。
　別に自己紹介とかされても、興味があるわけじゃねぇから、話す気にもなれない。
　俺が話したいのは。興味があるのは。
　由優だけだから。
　時々、休み時間に由優を見ると、席に座って、じっくりと本を読んでいることが多い。
　本、好きなんだな。
　夢中になって読んでいる由優も、何だかずっと見ていたくなる。だけど、女子が俺の周りを囲んで、視界がさえぎられることもしばしば。
　いい加減、話しかけてくるのは勘弁してほしい。
　由優の声なら、話なら、聞きたいって思えるんだけどな。

　７月に入ったある日。
　クラスの生徒のリクエストということで、席替えをすることになった。
「俺、新谷さんの隣になってみたいなぁ」
　隣の席の男子が、そんなことを言いながら、通路を挟んだ向かい側に座っている男子と盛り上がっている。

俺は、由優の隣がいいけど。
　確率は、かなり低いよな。
　キャーキャーはしゃぐような女子の隣になる可能性もあるし、それなら今みたいに男子の隣がいいな。
　そう思いながら、番号をひいた。
　26番。
　どの席だ？
　黒板を見ると、窓際から２列目、一番後ろの席。
　今、由優が座っている席の隣だ。
　でも、由優だって席が変わるんだろうから、意味ねぇよな。少しガッカリしながら、自分の荷物をまとめて、立ち上がった。
　みんな席を移動するため、バタバタと騒がしくなる。
　ん？
　由優はずっと席に座ったままだ。
　しかも何だかうれしそうな顔してる。
　座ったまま動かないってことは。
　もしかして、アイツ、また同じ席なのか？
　マジかよ。
　思わぬ展開に、気持ちが高ぶる。
　あまり浮かれないようにと、心を落ち着けながら、由優の隣の席へと向かった。
　席に座ると、由優はアタフタしながら俺の机の方に視線を送っている。どうやら紙に書かれている番号を確かめたいようだ。

俺が席を間違えてるかも、なんて思ってるんだろうか？

ちゃんと番号を確かめて座ったことを伝えると、由優は気まずそうにうつむいてしまった。

何やってんだ、俺。

今の言い方、かなりそっけなかったじゃねぇかよ。

そ、そうだ。

とりあえず、席替えしたわけだし、あいさつしておこう。

俺は何とか気まずい空気を変えようとして、自分の名前を伝えた。

おそらく由優は俺の名前を知ってるだろうし、入学して月日も経つから自己紹介なんて普通はしないかもしれないけど……。

もっと由優の声を聞きたかったんだ。

少し間があったから不安になったけど、ちゃんと言葉を返してもらえた。

透き通るような優しくて穏やかな声で。

久しぶりに聞くことのできた声にうれしさを感じつつも、少し寂しさを感じてしまった。

俺のことを"空守君"って呼んだ由優に。

小学生だった頃は、名前で。

"理緒"って呼んでくれてたのにな。

こんなに近い席になれたけど、俺たちの間には大きな壁があるような、そんな気がする。

全部、俺のせいだよな。

もう一度。

由優に俺のこと、好きになってもらいたい。
振り向かせたい。
ゆっくり……。
少しずつ……。
いろいろと話しかけていこう。

Act II

落ち着かない日々

「朝比奈先生〜、私にとっては重大な問題なんです……」
「いいじゃない！ 空守君って、カッコいいし、スポーツ万能だって話だし!! 隣の席になれるなんて、先生からしたらうらやましいわよ?」

　朝、登校するなり私がやってきたのは保健室。
　一応、保健委員をやっている私は、ここに来ることも少なくないわけだけど。
　あの席替えから数日、急激に保健室に来る回数が増えた。
　その理由は、もちろん空守君。
　あんまり早く教室に行っちゃうと、話すこともないから気まずいし、何より取り囲む女の子たちが、たくさんいるんだよね。
　だから、ここで時間をつぶしている。
　保健室の先生である朝比奈先生にいろいろと話を聞いてもらってるんだ。
「せっかく隣の席になったんだから、話題を作って話しかけてみたらどう？ ほら、小学生の頃は話したこともあったんでしょ？」
「言葉が出てこないんです。話も、思いつかないし」
　隣の席になって数日経った今でさえ、まだ自分から空守君に何か話しかけたりはしていない。
　クラスの女の子と会話してても反応がほどんどないぐら

いなんだから、私がしゃべったとしても何も言葉が返って来ないんじゃないかな。
　小学生の頃のようには、なかなか話せないよね。
「お！　由優、おはよ。ここ数日よく保健室にいるなぁ」
　ガラッと保健室の扉が開いた。
「雅お兄ちゃん!?　おはよう。朝からここに来るなんて珍しいね」
　ビ、ビックリした。
「あらあら、生徒会長じゃないの!?　おはよ！　朝からさわやかでカッコいいわね！」
　朝比奈先生は、かなりテンションの高い声で手を振る。
　そんな先生に、雅お兄ちゃんはキラキラとした笑顔で手を振り返しながら中に入ってきた。
　雅お兄ちゃん……。
　実は、"お兄ちゃん"といっても、私の本当のお兄ちゃんじゃない。
　家がとても近いこともあって、小さい頃からよく面倒を見てもらってた、いわゆるお兄ちゃんみたいな存在。優しいし、頼りがいがあるから、本当にこんなお兄ちゃんが私にもいたらなぁって思ってるんだ。
　ひとりっ子だから、余計そう感じちゃうのかも。
「先生、悪いんですけど、ちょっと避難、っていうか、息抜きさせてもらってもいいですか？」
「いいわよ！　モテる男は大変よね？」
　雅お兄ちゃんは苦笑いすると、私が座っているソファー

に腰をおろした。
「由優、どうした？　なんか元気ないっていう顔してるな」
「そ、そう？　そんなこともないけど」
　とぼけて否定したものの……。
「由優ちゃんもイケメン君が隣の席になって、いろいろと大変みたいなの。生徒会長も相談にのってあげてね！」
　な〜んて、朝比奈先生がバッチリしゃべってしまったため、雅お兄ちゃんの顔はみるみる心配そうな表情になっていった。
「そっか。何か困ったこととか、悩みがあったら遠慮なく言えよ？　クラスの女子から嫌がらせとか受けたりしてねぇよな？」
「だだ、大丈夫だよ！　休み時間とか女の子たちが来て席に座れなくなる時もあるけど、嫌がらせとかはないから！」
　あわてて首を横に振ると、雅お兄ちゃんはポンと私の頭に手をのせて、にっこり微笑んだ。
「それならいいけど。もしも今後、何かあった時は俺を頼れよ？　俺が由優を守るから」
「うん。ありがとう、雅お兄ちゃん」
　私もニコッと笑った。
　頼もしいなぁ。
　生徒会長に選ばれたのもうなずける。みんなからの信頼が厚い人なんだよね、雅お兄ちゃんって。
「そうだ。俺、今日の放課後、生徒会もないから久々に一緒に帰るか？」

突然の雅お兄ちゃんの提案に、私は「ひ、ひとりで帰るよ」と言った。
　雅お兄ちゃんは女子生徒にすごく人気があるから、一緒に帰るなんてことになったら、かなりのパニックが予想されそうだもん。前に一緒に帰った時は、女子生徒に囲まれちゃって、なかなか校舎から出られなかったんだよね。
「そうだよな。前にふたりで帰った時は、由優に迷惑かけたもんな。朝から由優に会えて、気持ちが和んだから、その時のことすっかり忘れてついつい誘っちまった」
　雅お兄ちゃんは、頭をかきながら、「ごめんな」と謝る。
　朝比奈先生は、そんな私たちのやり取りを微笑ましそうに見ていた。

　ホームルームが始まるまで、あと５分ほどになって、私は保健室を出て教室へと走った。
　今日は午後から雨っていう予報だったけど、もう降ってきそう。どんよりと曇る空を見ながら教室に到着すると、後ろの扉から静かに入った。
　ちょうどホームルームの始まりを知らせるチャイムも鳴り、空守君を囲んでいた女の子たちも席に戻っていく。
　ナイスタイミング。
　コソコソと自分の席に着くと、空守君は私の方に視線を向けた。
「おはよ」
「あ、お、おはようございます」

空守君にあいさつされて、ぎこちなく返す。
　席替えから数日経つけど、空守君は毎朝必ず私にあいさつをしてくれる。
　朝、その声を聞けるだけで十分うれしいんだ。
「包海って、朝弱いの？」
「え？」
　カバンからノートを出していると、空守君からいきなり質問が飛んできた。
　いつもならあいさつだけで終わるのに、今日はどうしたんだろう？
　予想していなかった展開だけに、急に心臓がバクバクし始める。
「朝は、普通だと思います。目覚まし時計がひとつあれば起きられるので」
「でもさ、いつもホームルーム始まる前ギリギリに教室に入って来るよな？」
「あ、それは……」
　そこまで言うと、口をつぐんだ。
　ギリギリに来るのは、空守君の周りを女の子が囲んでいるからとか、空守君と何を話したらいいかわからないから、なんて、本人を目の前にして言えないよ。
　何も言えないままの私は、自然と視線を下に向けてしまった。
　こんな時、何でもいいから言葉を返した方がいい？
　黙り込んだら、空守君だって困るよね。

「雨、降ってきたな」

　空守君は、私の机に半分だけ身を乗り出すようにして、窓の外を見つめた。

　うつむき加減だった私の視界に、突然空守君の腕が映り込んできて、驚きのあまり顔をパッと上げた。

　顔を上げた私の目に映るのは空守君の横顔のアップ。

　ドッキンと勢いよく心臓が跳ねた。

　かか、顔近いっ!!

　整った顔の空守君を、こんなに間近で見たのは初めて。

　私は、どうしていいかわからず、ひたすらまばたきだけしていた。

「包海？」

　横顔だった空守君は私の方に顔を向けようとする。

　ちょっ、ちょっと待って！

　この距離で、私の方に顔を向けられたら、横顔でさえ、こんなにドキドキしちゃってるのに、心臓がどうにかなっちゃうよ。

　私はあわてて窓の方に顔を向けた。

　あ。

　空守君の言った通り、雨が降ってる。

　パラパラと灰色の空から雨が落ちてきていた。

「やべぇな。俺、傘持ってくるの忘れた」

　ハァと小さくため息をついた空守君は、乗り出していた体を引っ込めた。

　そっか。

朝は降ってなかったもんね。
　　私、折りたたみ傘なら持ってきたし、思いきって空守君に言ってみようかな。
「あの、空守君。良かったら、私、折りたたみ傘を持ってきているから、帰る時に使ってください」
　　かなり小さい声で言いながら、カバンから折りたたみ傘を取り出した。
　　体中にうるさいくらいに心臓の音が響く。
　　自分から話しかけちゃった。
　　でも空守君困ってるみたいだし、放っておけないもん。
　　その思いが、自然と言葉を心の奥から押し上げたみたい。
「気持ちはうれしいけど、俺が借りたら包海が雨に濡れちゃうだろ？　俺は走って帰れば平気だから。ありがとな」
　　空守君は、ニコッと笑みを浮かべた。
　　えっ!?　空守君……今、笑った??
　　ニコッて笑ったよね？
　　高校に入ってから、空守君が笑顔になってるところって見たことない気がする。
　　カッコいい。
　　さわやかだし、キラキラしてた。
　　しかも逆に私のこと気遣ってもらっちゃった。
　　優しいな、空守君。
　　ドキドキが鳴りやまなくて、その日は一日中、授業の内容なんて頭に入ってこなかった。

放課後の看病

「それじゃあ、先生は職員室に行かないといけないから、由優ちゃんも適当な時間に帰ってね」
「はい。わかりました」

次の日の放課後、保健室にやってきた私と入れ違いになるような形で、朝比奈先生は職員室へと行ってしまった。

まあいっか。放課後は、体調悪くて保健室に来る生徒はほとんどいないみたいだし。私は窓際にあるテーブルに、そそくさと勉強道具を出した。

最近、というか、先月あたりから、私は放課後の保健室で課題などをやってから帰っている。

家に帰ると、やる気が失せちゃうんだよね。

よし、今日は数学からやろう！　静かに意気込んでテキストを広げた。

勉強をやり始めて20分ほど経った時、保健室の扉がガラッと開いた。

朝比奈先生？　それとも雅お兄ちゃん？

問題を解いていた手を止めて顔を上げた私の目に映ったのは——。
「えっ！　空守君!?」

入って来たジャージ姿の空守君は、何だかフラフラとした足取りだ。様子がおかしい。

空守君のところにかけ寄って、どうしたのか聞こうとす

ると、ギュッと抱きしめられてしまった。
「そ、空守君??」
　何で？　何で??
　私、空守君に抱きしめられてる!?
　ひとりでパニックになりながら離れようとすると、私の肩にガクッと空守君がもたれかかってきた。
「……包海」
　そうつぶやいた声と共に荒(あら)い呼吸が聞こえてくる。
　もしかして。
　彼の顔を少し起こして額(ひたい)に触れた。
「空守君、すごい熱」
　どうりで足元もフラついていたわけだ。
　急いで空守君をベッドまで連れていって寝かせると、冷やしたタオルを額にのせた。
　ほてったほお、苦しそうな呼吸。
　朝比奈先生を呼んでこなくちゃ！　そう思い、空守君を寝かせたベッドから離れようとした時。
「え？」
　何かにつかまれた感覚がして、ベッドの方を見ると空守君が私の手首をギュッと握(にぎ)っていた。
　引っ張ってみるけど、離してくれる気配はない。
　どうしよう。
　このままじゃ呼びに行けない。
　無理やりにでも振りほどいて行った方がいいよね。
　もう片方の手で、空守君の手を離そうとして、触れよう

とすると。
「……行くな」
　小さくつぶやいた空守君の声に、私は驚いてしまった。
　ピタリと動きを止めて、空守君の顔をおそるおそる見る。
　あれ？
　眠ってる。
　まだ呼吸は苦しそうだけど、どうやら言葉を発した後、すぐに寝てしまったみたいだ。
　何だったんだろう？
　心細い、なんてことはたぶんないだろうし。
　まあいっか。
　いろいろ考えても、わからないもんね。
　手首は空守君に強く握られたままなので、私は近くにあった小さい丸イスに座って、看病することにした。
　額のタオルを、時おり裏返しながら空守君の様子をうかがう。
　そういえば、空守君、今日は朝からダルそうにしてたっけ。授業中も休み時間も、ほとんど顔を机に伏せてばかりだったよね。女の子たちも、周りを囲めないくらい、近寄りがたいオーラが出ていた。
　私、何か声かければ良かったかな。
　保健委員のくせに、何も役に立ってないよ。
　それに、そもそも空守君が熱出したのって。きっと昨日の雨の中、傘もささずに帰ったことが原因だよね？
　昨日の朝、空守君と話をした時に、無理にでも傘を渡し

ておけば良かった。
　そうすれば、熱を出さずにすんだかもしれないのに。
　後悔の波が押し寄せる。
　私の手首を握っている熱い空守君の手に、空いている手を重ねて、"早く元気になりますように……"と強く想いを込めた。
「ぅん」
　その時、空守君が小さく声を出した。
　うなされてるのかな？　様子をうかがうと、空守君は寝返りをうって私の方に体を向けた。
「ナ……」
　今、また何か言ったよね？
　よく聞き取れなくて、少しだけ空守君に顔を近づけた。
「カナ……」
　カナ、さん？
　誰のことだろう？
　もしかして、空守君の彼女さんの名前だったりして。
　十分考えられる。彼女くらいいるよね。
　私たちのクラスに"カナ"っていう名前の子はいないから、他のクラスかな？
　それとも中学時代に知り合ったけど、別の高校に行ってる子なのかな？
　勝手に想像しているうちに、だんだん胸が苦しくなっていくのを感じた。私はフラれてるんだから、空守君が誰と付き合っていたって仕方ないのにね……。

君の温もり [side 理緒]

　あれ?
　俺、寝てたのか?
　なんか、体が重いな。
　そう思いながら、ゆっくりと目を開けた。
「あ!　空守君、大丈夫ですか?」
　俺の瞳に映ったのは、心配そうな顔をした由優。
　少し目が潤んでいるように見えた。
「大丈夫。それより包海、ずっと俺のそばにいてくれたのか?」
　ベッドを囲む白いカーテンの隙間から、キラッとオレンジ色の夕日が差し込んでいる。
　どれくらい寝たのかはわからねぇけど、それほど短い時間ってわけでもなさそうだ。
「あの、ごめんなさい。朝比奈先生を呼びに行こうとしたんですけど、空守君に、その……」
　由優がチラチラと視線を送っている先をふと見てみる。
　あ。俺が由優の手首をつかんでいたんだ。
　無意識だったな。
　強くつかんでいたせいか、手を離すと由優の手首が少し赤くなっていた。
「ごめんな。痛かっただろ?」
「あ、大丈夫です。空守君の具合いの方が気になっていた

ので、痛さなんて感じませんでしたから。顔色、だいぶ良くなってきましたね」
　引っ込めようとした由優の手を、俺はギュッと握った。
　小さくて柔らかい由優の手を包み込むように握り、親指で少し赤い手首のところをさすった。
「ど、どうしたんですか？」
　由優はぎこちない声を出しながら、自分の手を見て固まっていた。
　このまま、グイッと由優をベッドに引き寄せて抱きしめたい。
　ずっとそばで俺を看てくれてたことが、うれしくてたまらなかった。
　まだ言葉もしぐさも、ぎこちないし距離を感じるけど、だんだん交わす言葉も増えてきた。
　本当にちょっとずつだけど。
「包海の手、あったかい。もう少しだけ、握っていい？」
「えっ？　は、はい」
　少しとまどいながらも、コクンとうなずきながら了承してくれた由優に遠慮することなく手を握りしめ続けた。
　ヤバ。
　この優しい温もりはハマる。
　すげぇ心地いい。
　このままずっとこうしていたいくらいだ。
　——ガラッ。
　しばらくすると保健室の扉が開く音がして、由優は肩を

ビクッとさせた。
「朝比奈先生が来たんだと思います。ちょっと話をしたいので手を離してもらってもいいですか？」
　か細い声でお願いをされ、俺はパッと手を離した。
　本当はもっと握りしめていたかったんだけどな。
「あれっ？　由優ちゃん、どうしたの？」
「あの、実は……」
　白いカーテンを少し開けて出ていった由優は、先生に事情を説明している。
　それを聞いて、先生が俺のところにやって来た。
「わわっ！　あなたが噂の空守君!?　本当にカッコいいわね！」
　普通、最初にそのセリフが出てくるか？
　一応、調子悪くて保健室に来たんだけど。
　興奮(こうふん)している先生に、苦笑いを浮かべた。
「せ、先生、今は空守君も熱で具合が悪いので、静かにしてあげた方が」
　後ろからあわてて由優が言ってくれたおかげで、先生も「ごめんね」と謝った。
　由優は優しいな。しみじみ思っていると、先生が「あっ！」と何か思い出したような顔をして由優を見た。
「由優ちゃん、帰りが遅くなっちゃうし、そろそろ帰って！　空守君のことは私が引き受けるから！」
「はい、それじゃあ、そうします」
　えっ、帰るのか!?　一瞬そう思ったけど、外もだんだん

暗くなってきたもんな……。
　ちょっと残念だけど仕方ない。
「今日はゆっくり休んでください」と由優に言われ、寂しさ混じりの笑顔でうなずいた時だった。
「失礼しま……あれ？　由優、まだ学校にいたんだ。どうしたんだ？」
　保健室の扉の開く音と、男の声が聞こえてきた。
　ん？　誰だ？
　俺が寝ているベッドの周りは白いカーテンで覆（おお）われているため、声の主が誰なのかわからない。
　立ち上がって、カーテンの外に出たいところだが、あいにくまだそこまで体調も回復していないから、見られそうにない。
「ちょっと具合い悪い人がいたから、看病してたの」
　由優は、またしてもさっきのように説明をしている。
「そうだったんだ。大変だったな。もう帰るんだろ？　暗くなるし、送ってく」
　由優の話が終わると、男はサラッとそう言った。
　送る？　由優と一緒に帰るってことか？
　心がざわつく。
　ますます誰なのか見たくなってきてしまった。
「良かったじゃない！　先生も由優ちゃんがひとりで帰るよりもずっと安心できるわ！」
　保健の先生のテンションの高い声がカーテン越しに聞こえてくる。

あ〜、俺は安心できねぇんだけど!
「で、でも」
　由優は申し訳なさそうな声を出すが。
「ほらほら、由優ちゃん!　遠慮せずに彼に送ってもらいなさい!」
「由優、おいで?」
　ふたりにそう言われ、あっという間に帰ってしまった。男の顔、やっぱり何がなんでも見ておけば良かったな。

　結局、あの後保健室でしばらく休んで家に帰って来た俺は、ベッドに潜りこんだ。
　保健の先生、"彼"って言ってたよな。
　まさか、由優の彼氏?
　いやいや、由優は遠慮してるようだった。
　普通、彼氏だったら遠慮しないだろう。
　そんなことばかりが頭をかけめぐり、熱がまだ少しあることや、具合いが悪いことなんて、もはやすっかり忘れてしまっていた。

　次の日、熱は下がったが大事をとって学校を休んだ。
　由優に会いたいけど、俺の風邪をうつしたりしたら大変だからな。俺はベッドに寝転がりながら、昨日の由優とのふたりだけの時間を思い返した。
　温かかったな、由優の手。
　俺を心配そうに見てくれたあの表情も、本当にうれし

かった。
　ダメだ。
　ゆっくりアイツとの距離を縮めていこうって思ってたけど。そんなにゆっくりできそうにねぇな、俺。
　昨日の男が彼氏なのか誰なのかわからないけど、俺には由優しかいない。
　アイツには俺以外の男なんて、好きになってほしくない。

Act III

ふたりの場所

「包海、おはよ」
「おはようございます」
　空守君が熱を出した日から一週間くらいが経った。
　あの日の翌日は学校を休んだ空守君だけど、もうすっかり元気になったみたい。
　良かった、すぐに治って。
　ただ、あいさつ以外は、会話という会話はあまりしていない。私が、避けちゃってるんだよね。
　あの時、空守君が寝言で言ってた"カナ"さんのこと。気にしちゃってるんだ。
　フラれてるくせに。
　空守君は私なんて、ただの同じクラスの生徒としか見てないのに。
　胸が締めつけられるように苦しくなる。どんな女性なんだろうって気にかけちゃう。
　ごめんね、空守君。
　いつまでも好きなままで。
　　諦められたら良かったのにな。
　ハァ、とため息をつくと、前の席の静乃がクルッと振り返った。
「ねえ、由優。夏休みに隣町の花火大会に行かない？　他にも何人か行くことになってるんだけど、みんなでワイワ

イ楽しみながら花火見ようと思ってるの。どう？」
「あ、あの大きな花火大会だよね？　私は、いいや。ちょっと用事もあるし」
「そっか。もし用事がキャンセルになったら、教えてね！」
　残念そうに静乃は肩を落とした。
　隣町の花火大会。毎年、何千発と打ち上げられる花火がきれいで、見に行く価値はあるみたい。すごいなぁとは思うけど、かなり大勢の人でにぎわうんだよね。私は人ごみが苦手だから、行かないようにしているんだ。
　もちろん、用事があるのも本当だし。
「それなら、理緒君！　私たちと花火大会行かない？」
　ニコッと笑いながら静乃は空守君を誘う。
　すごい、静乃。
　この流れで空守君を花火大会に誘っちゃうなんて！
　大胆な静乃に感心してしまった。
　まだホームルームの始まらない教室では、今の静乃の言葉に敏感に反応する女の子たちがチラホラいる。
　それもそうだよね。
　もしもこれで空守君が花火大会に行くとなったら、すごいことになるだろう。私も、空守君がどんな返事をするのか気になってしまい、ついつい視線だけ隣の席に移した。
「悪いけど、パス」
　キッパリと断った空守君に、こちらを見ていた女の子たちは、"やっぱりダメかぁ〜"と言わんばかりの顔をしている。静乃も、「そっか〜」とますますガックリと肩を落

とした。
　空守君は、あんまり花火大会とか好きじゃないのかな。
　それとも。
　彼女さんと、どこかに行く予定とかあるのかな……。

　そんなことをモヤモヤと考えているうちに、お昼休みになり、私は保健室へとやって来た。
「由優ちゃん、今日もここでお昼？　教室で食べなくていいの？」
「はい。教室だと隣の席に女の子たちが来て、にぎやかすぎちゃって。ここだと静かですから」
　せめて静乃が一緒なら、お昼とか教室で食べてもいいんだけど、彼氏ができちゃったからなぁ。
　さすがに邪魔はできないよ。
　ソファーに座って、お弁当を食べ始めた。
「あ、包海」
　え？　顔を上げると、扉を開けて中に入って来たのは空守君。驚きのあまり、私は思いっきりうつむいてしまった。
「あれ？　空守君、またどこか調子悪いの？」
「いえ、大丈夫です。この前はありがとうございました。おかげですっかり良くなりました」
　心配する朝比奈先生に、空守君は淡々とお礼を言う。
　やっぱり律儀だなぁ、空守君。
　ちゃんと先生にあいさつしに来たんだ。
「それで、包海は何で保健室で弁当食べてんの？」

ドサッとソファーがきしんだかと思うと、隣に空守君が座った。
　ええっ!?
　お礼し終わったから教室に戻るんじゃないの!?
「あの、ここで食べると落ち着くので」
　アタフタしながら答えると、空守君は小さなビニール袋をテーブルに置いた。
「じゃあ、俺もここで食べていい？」
　ニコッと笑う空守君に、拒否することは到底できず、コクコクとうなずいた。
「それじゃあ、若い男女の語らいの邪魔になるといけないから、先生は職員室に行こうかな？」
「えっ、朝比奈先生、行っちゃうんですか？」
　ふたりだと気まずいからいてほしいのに。
　引き止めようともう一度声をかけたけど、先生はヒラヒラと手を振りながら、さっさと出ていってしまった。
　若い男女って……。
　朝比奈先生だって、まだ26歳。
　話題だって、結構私たちと合ってるじゃん。
　邪魔なんかじゃないのに。
　ふたりっきりになったせいか、急に隣に座っている空守君の存在を強く意識し始めてしまった。
　どうしよう。
　お弁当なんて手につかないよ。
　お腹は空いてるんだけどな。

「包海って、もしかして昼休みとか休み時間は、ここに来てんの？　ほら、いつもそういう時間って教室にいないから」
　空守君からの質問に、鳥肌がたったかのようにビクッと反応してしまった。
　静かだから、余計に声がはっきり聞こえてドキドキしちゃう。
「そ、そうですね。いつもここに来ちゃいます。あまり人も来ないし、先生とおしゃべりするのも楽しいですし」
　それに、空守君のことを、あまり考えなくてすむ。
　きっとお昼休みや休み時間もそばにいたりしたら。
　もっと好きになっちゃいそうだもん。
「ふーん、そうなんだ」
　空守君は袋からパンを取り出して食べ始めた。
「俺も今度から昼休みはここで過ごそうかな。静かでいいしな」
　ポンと出た空守君の言葉に、私は一瞬固まった。
　お昼休みに、空守君も保健室に来る？
　た、確かに、教室で食べてたら女の子たちが来るから、ゆっくりと味わえないとは思うけど。
　何も保健室でなくても、他にも空き教室や、人気(ひとけ)のない場所はあるよね？
「他にもひとりになれる場所はありますから、ここじゃない方がいいと思いますよ？」
「ひとりで食べるのもなぁ。ここなら包海がいるだろ？」
　ドキン。

わ、私ってば、ドキドキしちゃってどうするの！
　勘違いしちゃダメだ。単に保健室に私がいたから、一例として名前があげられただけなんだから。
　頭の中で、ガンガンと言い聞かせた。
「いいよな？　包海」
「え……!?　あ、はい」
　しまった。返事しちゃったよ。空守君、反則だ。
　今、何気に上目遣いだったもん。
　あんな顔して言われたら、断れるわけがない。
　空守君がパクパクとパンを食べる中、私はお弁当に手をつけられなくて、結局、早々としまい込んだ。
「そういえばさ、なんで行かねぇの？　花火大会」
　お昼を食べ終わった後、ふと思い出したかのように空守君が聞いてきた。
「ちょっと都合が悪くて」
「都合？　何かあるの？」
　空守君は隣から少し顔をのぞき込む。
　それだけで、心臓が跳ねまくってしまった。
「近くの神社で小さなお祭りがあって、そこに行くんです。小さい頃から毎年行ってるので、今年も」
　地区のお祭りだから参加してねって、お母さんや近所のおじさん、おばさんにもお願いされてるんだ。もちろん、たくさんの人ごみが苦手だっていう理由も少しあるけど。
「地区のお祭りって、誰かと行くのか？」
　ちょっと声が曇ったような気がしたけど、私の気のせい

だよね、きっと。
「いえ、ひとりで行きます。神社に行けば誰かしら知ってる人もいますので」
　おそらく雅お兄ちゃんも来るだろうからなぁ。
「そうなんだ。じゃあ、俺も行こうかな、そのお祭り」
　ボソッとつぶやいた空守君の言葉に、私は思わずソファーから立ち上がってしまった。
　その光景を不思議そうに見つめる空守君。
　心臓の音はドキドキからバクバクへ、たちまち変わった。
「で、でも空守君、朝は"パス"って言ってましたよね!? 何か用事があるんじゃないんですか？」
「パスしたのは花火大会。別に用事があるわけじゃねぇよ。あんまりにぎやかすぎる場所には行きたくねぇんだ、俺」
　えっ、そうなの!?
　空守君も、私と一緒なんだ！
　思わぬところで発見した共通点が、ちょっぴりうれしい。
　あ、でも今は、ささやかな喜びに浸ってる場合じゃなかったんだ。
「でも、本当に小さな地区のお祭りですから、空守君が来ても楽しめないと思います。だから、やめておいた方が」
「包海から"楽しめない"って聞いたら、ますます行きたくなった。お祭りっていつ？」
　そ、そんな。
　まさかの逆効果。
　もう行く気満々の空守君を止めることなんてできずに、

日時と場所まで教える羽目になってしまった。
「じゃあ、俺もその時間に行くから。そこで包海と待ち合わせでいいよな？」
　えっ。
　話がかなり進んでませんか!?
「待ち合わせ、するんですか？」
「初めてそのお祭りに行く俺が、ひとりで行ってどうするんだよ」
「そ、それもそうですけど」
　だけど、私と待ち合わせするよりも、彼女さんと一緒に行った方がいいような気が。
「んじゃ、決定な」
　空守君はビニール袋をクシャッと丸めると、保健室にあるゴミ箱に捨て、先に教室へと戻って行った。
　私は、空守君が出ていった後も立ちつくしたまま、しばらく動けずにいたんだ。あまりにも急な展開で、頭が追いつくのに時間がかかった。
　お祭り。
　空守君と行くことになっちゃったよ。

つないだ手

　空守君とお祭りに行く。
　毎日のように、そのことが頭をかけめぐってドキドキしていた。
　どうしよう。
　待ち合わせって、どれくらいの時間に行ったらいいの？
　アレコレ考えているうちに、夏休みに突入し、気がつけば、今日はお祭りの日。
　ここ数週間、空守君のことで頭も心も埋めつくされていて、どんな風に日々を過ごしてきたのか、あんまり覚えてない。
　大げさに考えすぎだよね、私。
「行ってらっしゃい！　お父さんに、お祭りだからって、あんまり飲み過ぎないように言っておいてね！」
「うん。わかった」
　うなずくと、お母さんがニコニコして見送ってくれた。
　正直なところ、お父さんに伝言できない気がする。
　空守君でいっぱいいっぱいになりそうだもん。
　私は夕暮れ時の並木道をドキドキしながら、ゆっくりと歩き始めた。
　お祭りが行われるのは、近くの神社。この時間になると、地区の人たちが神社へ向かう姿がチラホラと見え始める。
　空守君、もう来てるかな？

スマホの画面で時間を確認すると、待ち合わせの時間まで、あと15分。
　ちょうどいい時間に着きそう。
　並木道を曲がり、神社へと続く緩やかな坂道を歩いていくと……。
　あ！　空守君、もう来てる!!
　神社前で待っている姿が目に飛び込んで来た私は、あわてて走った。
「空守君、は、早かったですね」
　乱れた息を整えようとすると、空守君が顔をグッと近づけてきた。
「包海、だよな？」
「はい？」
　確かに包海は私だけど、どうしたんだろう？
「何か雰囲気違ったから、一瞬、誰かと思った」
　空守君は、私から顔を遠ざけるとパッと視線をそらした。
　やっぱり普通の服を着てくれば良かったなぁ。お母さんが「浴衣着ていけばいいでしょ！」ってルンルン気分で着せてくれたから、そのまま来ちゃったけど。
　空守君、あまりに似合わなさすぎて、目も向けられないんじゃ。
　はぁ。
　思わずため息が漏れる。
　私と同じ浴衣姿だっていうのに、空守君はとっても似合ってる。

黒い浴衣にベージュの帯。
　空守君は背が高いから、スラッとスマートでカッコいい。
　黒髪だから、和の浴衣がすごく似合ってるなぁ。
　さっきから神社へ入って行く女の子たちが、空守君を見てる。みんなのほおがほんのり赤く染まってるよ。
　私が隣にいたら、不自然に思われるなぁ、絶対。
　なるべく離れて歩こう。それしかない。
「それじゃあ、行きましょうか」
　私は小さな声で言って、先に神社へ入ろうと、石の階段を上りはじめる。
　ガシッ。
　急に腕をつかまれて、振り返ると空守君と目が合った。
「何で先に行こうとしてんの？　待ち合わせてたんだから、一緒に行くのが普通だろ？」
　まっすぐ見つめる空守君の視線に耐えきれなくて、私はうつむいた。
「でも、あんまり近いと空守君も迷惑じゃないかと思いまして……」
「迷惑に思ってたら、そもそも俺はここに来ねぇよ」
　空守君は私の隣に並ぶと、腕をつかんでいた手をスッと下へ滑らせる。
　そして、包み込むように私の手をギュッと握った。
　ドキン、と高鳴る鼓動で体がビクッと揺れる。
　空守君に手を握られちゃった。
　前にも保健室で握られたことあったけど、あの時の熱で

ほてっていた手とは違って、優しい温かさだ。
　あまりにドキドキし過ぎて、手がかすかに震えてしまう。
　それが空守君にも伝わっているのか、少し強く、しっかりと握りしめてきた。
「歩くスピード、速かったら遠慮なく言えよ？」
「はい。わ、わかりました」
　ぎこちなく答えると、空守君は私を連れて神社の鳥居をくぐった。
　神社の参道は、露店が立ち並んでにぎわっている。
　みんなが楽しそうにそれらを見たり、食べ物を買ったりしている中、私は空守君に手を握られながら、うつむき加減で歩いていた。
「包海、あんまり下向いて歩いてると、人にぶつかるぞ？」
「あっ、はい、ごめんなさい」
　パッと顔を上げると、前から背の高い男性ふたりが歩いてきていた。
　わっ！　ぶつかっちゃう！
　そう思った瞬間、空守君が握っていた私の手を引っ張って、ぶつからないようにしてくれた。
「大丈夫だったか？」
「はい。ありがとうございます」
　空守君の目を見ずにコクンとうなずく。
　私ってば、空守君に迷惑かけちゃった。
　しっかりと前見て歩かないと！
「もしかして、歩くスピードが速すぎた？」

顔をのぞきこまれて、私は"違う"と言わんばかりにフルフルッと首を横に振った。
　空守君の歩く速度、ちょうど良かった。
　浴衣を着ていて、歩幅(はばば)がいつもよりも狭くなっている私をちゃんと気遣って、ゆっくり歩いてくれてたから。
　空守君と再び参道を歩いていると。
「お〜い！　由優！　もう来たんだな！」
　突然声がしてそちらに顔を向けると、お父さんがニコニコしながら手を振って呼んでいた。
「お父さん！　そんなに大声で恥ずかしいよ」
「そっか、ごめんごめん！　呼び止めないと、通り過ぎていきそうだったからさ！」
　お父さんは、ハハハと頭をかきながら笑った。
　た、確かに、お父さんの言う通りかも。
　空守君とつないでる手に全神経が集中してるから、大声で呼ばれなかったら、気がつかなかっただろうな。
「今年は、綿(わた)あめなんだね！」
「そうなんだよ。せっかくだから、由優も食べていけよ。ちょっと作るから待っててな！」
　お父さんは、さっそく機械の中でクルクルと、割りばしにあめをからめ始めた。
「由優、隣にいるのは彼氏か？」
　ニヤリと笑って聞くお父さんに、私はとたんに顔が熱くなる。
　チラッと空守君を見ると「こんばんは」とお父さんに微

笑みながら会釈をする姿が映りこんできて、ドキッと心が跳ねてしまった。
　お父さんは空守君に笑顔であいさつを返すと、私に視線を戻した。
「結構、いい男じゃん！　由優も、そういう年頃になったんだな」
「ち、違うの！」
　しみじみとした顔で言うお父さんをあわてて止めた。
「か、彼氏じゃないの。えっと、同じクラスで、たまたま一緒にお祭りに来たっていうか」
　ちょっと苦しい言い訳だったかな。
　でも、彼氏だなんて言われちゃったら、空守君が迷惑しちゃうよね。本当の彼女さんにも失礼すぎる。
「そうなのか？　なんだかお似合いな感じに見えるけどなぁ！」
　お酒がすでに入っているせいか、お父さん、いつもよりテンションが高くなってるよ。
　チラッと空守君を見ると、少し機嫌が悪そうだ。
　ほら。
　お父さんが彼氏だの何だのって言うから、空守君、怒っちゃったじゃん。
「よぉし！　完成！　ほら由優、少し大きめに作ったから、彼氏と仲良く食べろよ！」
　私の主張なんて聞く耳ももたないお父さんは、綿あめをヒョイッと私にくれた。

だから彼氏じゃないのに。
　そう思いながら顔よりも大きい綿あめを受け取った。

「ご、ごめんなさい、空守君。お父さんが変なこと言ってしまって。少し酔ってるみたいなので、あんまり気にしないでください」
　綿あめの露店を離れると、私は空守君にすぐに謝った。
　はぁ、もう最悪。
　空守君、帰りたくなっちゃったかもしれないなぁ。
「包海の父さん、変なこと言ってたか？」
「えっ？」
　しばらく黙っていた空守君がボソッとつぶやいた。
「俺、むしろ包海が言ったことが気になってるんだけど」
　わ、私？
　どうしよう、私の言い方、変だったんだ。お父さんのせいだと思ってたけど、原因は私だったのか！　私、あんまり空守君と話さない方がいいのかもしれない。
　はぁとため息をつくと、突然、空守君の顔が近づいた。
「そ、空守君!?」
　いきなりどうしたのかとあわてていると、空守君は私の持っていた綿あめをパクっとひと口食べた。
　なっ、何で??　どうして??
　その行動が理解できずに、頭の中はパニック状態。綿あめを持つ手がフルフルと震えた。
「包海の父さん、一緒に食べろって言ってたじゃん」

それはそうだけど、まさか本当に空守君が食べるなんて思ってなかったよ。さっき、空守君に注意されたばかりなのに、私は前も見ずに綿あめを凝視して歩いていた。

もっと近づきたい [side 理緒]

　正直、さっきの由優の言葉は俺の胸に突き刺さった。"彼氏じゃない"っていうのは仕方ない。確かに、まだ彼氏になれそうなくらい親密になってるわけじゃねぇから。
　でも。
"同じクラス""たまたま一緒にお祭りに来た"
　そう言われてしまうと、俺と由優の間の壁の厚さを、嫌でも感じてしまう。
　やべぇ。
　何気に、かなりダメージが大きかったな。
　どうしたら、俺はもっと由優に近づける？
　こんなに近くにいるのにまだまだ遠く感じるな。
　由優の心。

「包海、歩くの止めてちょっと休もうか」
「は、はい。そうですね」
　綿あめをジッと見ていた由優はあわてて顔を上げた。
　そういうしぐさも可愛い。
　人目も気にせず抱きしめたくなる。
　彼氏だったら、そういうことも堂々とできるのにな。
　由優の小さくて柔らかい手をギュッと強く握りながら、境内の奥へと向かった。
「俺、もう少しもらっていい？」

「は、はい！　どうぞ」

　空いた場所にやって来ると、立ち止まって綿あめをふたりで食べはじめた。

　由優は最初、俺が先に食べた綿あめを見たまま固まっていたが、少し経つと小さな口を開けてパクッと食べてくれたから、何だかうれしかった。もし食べてくれなかったら、俺気持ちが沈(しず)むところだったな。

　そこまで避けられてはいない、ということに、内心ホッとしつつ、フワフワの綿あめをふたりで食べた。

「そ、空守君。甘いもの食べましたし、喉(のどか)渇きませんか？」

　珍しく由優の方から話しかけてくれて、少し驚いた。

　気遣ってもらえるのは、素直にうれしい。

　確かに俺、少し水分が欲しいかも。

「そうだな。ちょっと渇いた気がする」

　俺がつぶやくと、由優は顔を上げて「じゃあ、私が飲み物を買って来ますね！」と言って、露店の方にひとりで行こうとするから。

　俺は、由優の腕をつかんで行かせないように止めた。

　もちろん由優は〝どうして？〟と言わんばかりの不思議そうな表情で俺を見る。

「俺が買って来るから、包海はここで休んでろよ」

　そう言って、俺は露店へ向かった。

　なるべく由優を人が多い露店の辺に行かせたくねぇ。

　それが本音。このあたりなら、まだ人もそれほど多くねぇから大丈夫だろう。あんな可愛い浴衣姿、できることなら

誰にも見せたくない。
　さっき、待ち合わせしていた時に、小走りで俺の元にかけ寄ってきた由優を見た瞬間、思わず抱きしめたくなった。
　反則だ。あまりに可愛すぎんだろ？
　薄いピンク地に花がちりばめられた浴衣を着て、髪は普段とは違ってアップでまとめている。小さな花の髪飾りもつけていて、走ってきたせいかキラキラと輝きながら揺れていた。
　学校の時とはイメージ変わるな。
　もちろんいい意味でだけど。
　由優と話していると、神社へと向かう男たちが由優をチラチラと見ていた。
　うれしそうに。
　勝手に由優のこと見るんじゃねぇよ。由優には気づかれないよう、男たちを思いっきりにらみつけてやった。参道を歩く時は由優の手を握ったまま離さないようにした。離したら、誰かに連れていかれそうな危うさを感じたからな。
　俺が隣で、しかも手を握っているっていうのに、すれ違う男は由優をジッと見ていく。
　中にはほおが赤くなってる奴もいた。
　なんか、イライラする。
　このまま由優を俺の家に連れて帰りたいと思った。
「はい、色男！　ウーロン茶ふたつ、お待たせ!!」
　露店にやって来た俺は、かなりテンションが高いオジサンからウーロン茶を受け取り、由優の元へと急いだ。

ちゃんと境内にいるよな？　まさか、俺といるのが気まずくて帰ってたりしてねぇよな？
　なぜだか、悪い方へと考えてしまう。
　不安な気持ちを抱えながら、境内へと続く階段を上ると、俺は、思わずウーロン茶の入った紙コップを握りつぶしてしまいそうになった。
　由優は、ちゃんといた。
　だけど。
　何なんだ？　あの３人組のチャラそうな男たちは。
　由優の周りを囲むようにして、何やらニヤニヤしながら話しかけている。
　ふざけんじゃねぇ。
　俺はズンズンと男たちの所に行くと、由優との間に無理やり割って入った。
「何、俺の女に気安く話しかけてんの？」
　ものすごい勢いで男たちをにらむと、"なんだ、彼氏持ちか〜"と、つまらなそうな顔でそそくさと露店の方に行ってしまった。
　もう二度と近づくんじゃねぇぞ。
　３人組の男たちの後ろ姿が消えるまでキッとにらみつけながら、心の中でそう言った。
　そうだ、由優！
　あんな男たちに囲まれたりして、ビックリしただろうな。
　すぐに由優の方を見ると、少し目を潤ませ、体が震えていた。ビックリした上に、怖かったんだろう。

「あの、空守君、ありがとうございました」
　声までも震わせて頭を下げる由優を見ていたら、たまらなくなって……。
　俺は、由優を腕の中に優しく抱き寄せていた。
「えっ？　空守君!?」
　由優はとまどっているようだ。
　でも。
　嫌がられてはいないみたいだ。
「さっきの奴らに何かされた？　変なこと言われた？」
「お、俺たちと一緒に遊ぼうよって言われました。『嫌です』って言ったら肩をつかまれて」
　そこまで言うと、由優は言葉を詰まらせてしまった。
　そりゃあ、怖かったよな。急に声かけられた上に肩までつかまれたんだから。ったく、許せねぇ。一発殴ってやれば良かったな。俺は、由優の震えが落ち着くまでしばらく抱きしめていた。
「空守君、もう大丈夫です。あの、この辺も人が増えてきましたから、離してほしい、です」
　由優があわてはじめたので、周りを見ると、確かに人が増えてきていた。
　俺としては、このまま抱きしめていても何ら問題はないが、由優が恥ずかしそうにしてるから、止めておいたほうが良さそうだ。
　ただでさえ距離を感じているのに、これ以上は離れたくねぇからな。

由優から体を離した俺は、ウーロン茶を渡した後、再び小さな手を包みこむように握った。
「包海、こっち」
　そう言って、静かな境内の奥へと歩いた。
「ここなら落ち着けるし、とりあえず、ウーロン茶飲まないか？　ちょっとぬるくなっちまってごめんな」
「ぬるくても大丈夫です。おいしい」
　ひと口飲んだ由優は微笑んでくれた。
　ドキッ。
　由優が笑ってくれた。
　いつもなら、恥ずかしそうな顔や気まずそうな顔したりすることが圧倒的(あっとうてき)に多い。
　笑顔なんて、あまり見ることがなかった。
　もっともっと……。
　由優の笑顔見てぇな。
　そんな時、スマホに何やら着信があったようで、由優は急いで取り出して見ていた。
　もしや、彼氏とかじゃねぇよな？
　どうして、すぐにその発想に結びついてしまうのか自分でも驚きだ。
　でも。
　男からの着信かもしれないと気になってしまう。
「ごめんなさい、ちょっと電話が」
　そう言って、由優は俺から少し離れて電話に出た。
　そんな由優を見ていると。

「も、もしもし？　雅お兄ちゃん？」
　出てきた言葉は男の名前。
　やっぱり俺の予感は的中していたようだ。
　でも、電話の相手は兄さんか。いくら何でも、由優の家族にまで妬いたって仕方ねぇよな。
　由優はヒソヒソと小さな声で話した後、電話を切った。
「今のは、包海の兄さん？」
　由優がピクッと反応して、俺の方に振り返る。
　当然、その口からは"そうです"っていう言葉が返ってくるものだと、俺は思っていた。
「あっ。え、えっと、お兄ちゃんといいますか」
　え？　かなり歯切れ、悪くねぇか!?
「兄さんじゃねぇの？」
　由優には冷静に聞いたが、心の中では、かなりあせっていた。頼むから、否定してほしい。
「は、はい。本当のお兄ちゃんじゃないんです。家がすごく近所で小さい頃から、遊んでもらってたので、お兄ちゃんみたいな人です」
　肯定かよ!?
　しかも、小さい頃から由優のことを知ってる男だなんて。まさか、由優、ソイツと付き合ってるんじゃねぇよな？
　ザワザワする気持ちを必死に落ち着けた俺は、思い切って聞いてみることにした。
「なあ、包海。今の電話の相手って、彼氏？」
　さり気なく聞いたつもりだったが、由優は手に持ってい

たスマホをゴトッと地面に落とした。
　今の反応。
　どうとらえたらいいんだ？
　ザワザワする気持ちを抱きながら、由優をジッと見つめていると、チョコンとしゃがんでスマホを拾って立ち上がった。
「ちち、違います！　雅お兄ちゃんは、彼氏とかじゃないです」
　由優は、フルフルと首を横に振った。
　そっか。彼氏ってわけじゃねぇんだな。
　何か安心した。
　ん？　でも、待てよ？
　この前、熱出した時、由優と一緒に帰った男は、今の電話してきた奴とは別人かもしれねぇじゃん！
　ダメだ。
　完全には安心できねぇ。
「空守君、ここだと人気がなさすぎて静かですし、そろそろ戻りませんか？」
　由優は飲み終えた紙コップを手にしながら露店のある方をチラッと見た。
　もう戻るのか!?
　もっとふたりだけでいたい。
　由優にもっと近づきたい。
　そう思いながら、由優を引き止めようとした時だった。
「きゃっ！」

露店の方に戻ろうと歩き始めた由優は、何かにつまずいたみたいだった。グラッと大きくバランスを崩して地面に倒れそうになる。そんな姿を目の前で見てたら、体が自然に動いていて……。
「由優!!」
　俺は、とっさに彼女の名前を呼んでいた。

からみ合う視線

　あれ？
　私、今、何かにつまずいて転んだ……よね？
　倒れた時の衝撃(しょうげき)だってあった。
　でも痛くないのは、どうして？
　私はつぶっていた目をゆっくり開いた。
「えっ!?」
　黒い浴衣が真っ先に映りこむ。
　そして、さわやかな香りがフワッと漂ってきた。
　ま、まさか。ちょっとだけ顔を離してみた私は、口をパクパクと開けてしまった。
　私、空守君の腕の中にいる！
　空守君が支えてくれたから、痛くなかったんだ。
「大丈夫か？」
　心配そうに聞く空守君の端正(たんせい)な顔が、あまりにも近過ぎて、私はうなずくことで精一杯。
　私ってば、ドジすぎる!!
　空守君に本当に申し訳ないよ。
「ごめんなさい。また迷惑かけてしまって。すぐにどきますから」
　モゾモゾと体を動かして、起き上がろうとしていると。
「迷惑じゃねぇよ」
　空守君のつぶやく声が聞こえて、横に向いていた体をク

ルッと仰向けにさせられた。
　その私に空守君は覆いかぶさると、真剣な表情で見つめる。
「迷惑だなんて言うなよ、由優」
　あまりにもまっすぐすぎる視線に、私は顔を横に向けて目をそらす。
　空守君、どうしちゃったの？
　私のことだって、急に名前で呼んだりして。
　し、しかも、この態勢。ドキドキする胸の音がうるさい。
「目、そらすなよ」
「でも、ひゃっ！」
　空守君の大きな手が私のほおに触れたかと思うと、顔を正面に向けさせられてしまった。
「ちゃんと俺の目を見て？」
　正面を向いても、空守君と視線を合わせることができないよ。目だけは、違うところを見ていた。
「由優……」
　空守君が私の名前を呼んだ時、手に持っていたスマホのバイブがまたしても震えた。
　きっと雅お兄ちゃんだ。さっき電話が来た時、神社に来てるか聞かれて、「もう少しで着くから」って思わず言っちゃったんだよね。
　私のこと、探してるのかな？
　とにかく電話に出て説明しなくちゃ！
「空守君、ごめんなさい。また電話が来てしまったので、

あの、どいてください」
「無理」
　キッパリと断る空守君に、どうしていいかわからなくて、私はこの態勢のまま電話に出ようと手を動かしたけど。
「えっ？」
　私はビックリして声を出してしまった。
　だって、スマホを持っている私の手の上に、かぶせるように空守君が手をのせたから。
「電話、出させねぇからな」
　空守君は手に少し力を込める。
　私たちの手に挟まれたスマホのバイブは、なかなか止まらなくて。
　あせっていると、不意に空守君と目が合ってしまった。
　真剣な眼差しにまばたきすら忘れそうになる。
　そらしたいのに、そらせない。
　私の心の奥まで届くほど強い視線のように感じた。
　からみ合う視線にドキドキしすぎて、声が出てこない。
　しばらくすると、長く震えていたスマホのバイブも止まり、私と空守君の間には、とても静かな空気が流れていた。
　時おり、そよぐ夜風に空守君の黒髪がなびく。
　そんな様子を見ているだけでも、鼓動がいっそう速くなっていた。
「もう今のままじゃ嫌なんだ。由優、俺だけを見て？」
　空守君は眉を少し下げ、瞳を潤ませる。
　どこか、切なげに揺れている気がした。

「空守君、どうしたんですか？　今日の空守君、いつもと違う気がします」
　だって。いつも言わないようなこと、次々と言ってくる。
　ドキッとするようなことばかり。
　どうして？
「俺がいつもと違うのは……、由優のせいだ」
　わ、私のせい??
　空守君は、私の少しだけ垂らしていたサイドの髪の毛を指ですくうと、顔をゆっくりと近づけてきた。
　いきなり何!?
　ドキン、なんてレベルじゃなく、ドッキンと思いっきり心臓が飛び跳ねる。
　紡がれる音は、きっと空守君に丸聞こえだろうな。
　吐息がかかる距離まで近づいてきて、空守君はピタッと止まった。
「その表情、俺以外の奴には見せんな」
「え？」
　私、変な顔してるの？
　人には見せられないような顔をしちゃってるのかな？
「ただでさえ男が寄ってくるのに、そんな顔したら火に油を注ぐようなものだからな」
　空守君はフッと笑うと、私の唇を指でツンと突いた。
　えぇっ!?
　今のって、何ですか??
　空守君の予想外の行動に、体も心もカチコチに固まる。

「あ、あの、空守君」
　私が、やっとの思いで名前を口にすると、今度は唇の前に人差し指をたてられた。
「俺と話す時、敬語になるよな。他の同級生とは普通に話してんのに。何で？」
　うっ、痛いところ、つくなぁ。
　それは、やっぱりフラれたから。空守君の気持ちが私に無いってことがわかっちゃったからだよ。
　私にとって、クラスの子たちと接するように、空守君に接するのは難しいこと。言葉でも何でもいいから、空守君と私を隔てるものが欲しかったの。
　じゃないと、私。
　空守君への好きっていう想いを、心の中に閉じ込めておくことができなくなりそうだもん。
　きっとあふれちゃう。あふれて収拾つかなくなる。
「な、何となくです」
　本当の想いは言えなくて、あいまいに答えた。
　フラれたなんて言ったら、空守君、昔のこと思い出しちゃいそうだし。
　そこまで詳しく理由を話す必要もないよね？
「何となくが理由なら、普通に話せよ。な？」
　ひとつ、またひとつ。
　空守君の吐息が漏れて、私の唇にかかる。
「由優、俺と話す時ぎこちない言葉遣いするの禁止だからな？」

き、禁止？　そんな、急に決められても。
「む、無理です」
　空守君みたいにバシッと言えればいいんだろうけど、かなり小さな声だし、遠慮がちな主張になっちゃった。
「無理なら、俺どかねぇよ？」
「え？」
「ずっと、この体勢のままってこと。悪いけど、俺も譲れねぇからさ」
　う、嘘っ。
　そんなのってアリ？
　この体勢でずっといたら心臓にかなりの負担がかかっちゃう！
　あわてる私を空守君はニッと笑みを浮かべて見ていた。
　その顔は〝意地悪〟って言葉がピッタリ当てはまる。
「あの、私が言葉遣いを変えても、何も変わらないと思います」
「変わるよ。かなり変わる」
　そ、そんな、どうしよう。
　空守君から自信タップリに「変わる」と言われ、もう私は変えるしかないのかなぁとさえ、思い始めた。
「わかりました。じゃあ新学期から、敬語使うのやめます」
　結局、そう言わざるを得ない状況だと諦め、これまた小さな声で宣言してしまった。
「新学期？　今日からがいいんだけど」
　でも、ほとんど間を空けずに、空守君に耳元でささやか

れて、もう心臓が破裂しそうな勢いだ。
"今日から"って！
　空守君、なんだか性格変わってない？
　クールというよりも、意地悪だし強気だもん。
　な、何かあったのかな？
「由優？」
　またしても耳元でささやかれてしまい、心の中では"ひゃあ!?"という声が響きまくっている。
　ダメだ。
　これは、素直に空守君からの要望を受けいれないと、意識までもが飛んでいきそう！
　それは、避けたい。
「うん。今日から、ふ、普通に話すね」
　自分で言ってて、ぎこちない気がするけど仕方ないか。
　私の言葉で、空守君の顔は次第に緩んでいく。
　固まったまま、見つめていると、グイッと引っ張って起こされ、抱きしめられた。
「うれしいよ、由優」
　ドキン。
　空守君、うれしいの？
　ちょっと言葉遣いを変えただけ、だよ？
　それだけなのに、何で？

　その後は、頭の中がずっとボンヤリしていた。
　空守君が私の家の前まで送って来てくれたのは、覚えて

る。途中、何か話しかけてきていた気はするんだけど。
　詳しい内容、みんな忘れちゃった。というよりも、聞いてなかったっていうのが正しいのかも。
　ほぼ放心状態だった。夜だって、なかなか寝付けなくて空守君のことで頭がいっぱいになっていた。
　ドキドキして体が震えてた。
　空守君、あんなことされたら、ますます気持ちがふくらんじゃうよ？

Act IV

変わる関係

　ドキドキした空守君とのお祭りの日から、あっという間に時間が流れて、新学期を迎えた。
「由優ちゃん、本当に保健室によく来るわね!?　まさに常連さんよね!」
　夏休み明けから毎日、朝のホームルーム前、お昼休み、放課後。そういった時間は、ここで過ごしている私。
　確かに常連さんと言われても、仕方ないかな。
「いいの?　ここにばかりいて。空守君、寂しがってるんじゃない?　また来ちゃうかもよ?」
　朝比奈先生はチラリと保健室の扉に目を向けた。
「や、やめてください!　本当に来ちゃうかもしれないじゃないですか!!　噂をすれば空守君、なんですから」
　といってみたものの、予感は的中したみたいで。
「やっぱりここにいた」
　ガラリと開けて入ってきた空守君に、私は言葉を詰まらせてしまった。
「空守君、今日もカッコいいわね!?　目の保養になるわ!」
　キャーと女子生徒並みに歓声をあげる朝比奈先生に、軽く礼をした空守君は、スタスタと私のところにやって来ると、ドサッとソファーに座った。
「放課後になったと思ったら、すぐに由優がいなくなったから、間違いなく保健室にいると思って。勉強してんの?」

空守君は私の問題集やノートをのぞき込む。
「う、うん。今日の課題を片付けちゃおうと思って。でも、あと少しで終わるから」
　正直、まだすぐには終わらないけど、空守君が近くにいたら集中なんかできるはずがない。今日は家に帰って残りの課題をやろう。
「ふーん。それなら、終わったら一緒に帰る？」
「えっ！　一緒に!?」
　私は空守君の言葉にビックリして、手にしていたペンを床に落としてしまった。空守君からなるべく早く離れようと思って言ったのに。むしろマズい選択だったのかなぁ。
「ペン、落ちたな」
「あ、いいよ。私が拾うから」
　空守君がテーブルの下のペンを取ろうとしたので、あわてて拾おうと手を伸ばす。
　すると。
　ペンの前で空守君の手と軽く触れ合ってしまった。
　ビクッと指先から電流が通り抜けたかのような感覚がして、とっさに引っ込めようとしたけど。
　その手を空守君につかまれた。
「ほら、ペン。ちゃんと持ってろよ？」
　空守君は、もう片方の手でペンを拾うと、私の手の平にのせてくれた。
「あ、ありがとう、空守君」
　ペンを握りしめて、テーブルの下から出ようとすると。

ゴチンッ。
「痛っ！」
　あせっていたせいか、テーブルに頭をぶつけてしまった。
　空守君が見ているところで、私ってば最悪。絶対に笑われる。空守君、フンッて鼻で笑うかもしれないな。
　あまりにもマヌケすぎて。
「大丈夫か？」
　私が体を起こすと、空守君の手は、ぶつけた頭のところに伸びる。
「そ、空守君!?　いいよ、大丈夫だよ！　私の不注意でぶつけただけだし、大したことないんだから」
　ニコッと笑ってみたけど、空守君は、ぶつけた部分に優しく手をのせた。
「本当に痛くねぇの？」
　すごく心配そうな表情に、ギュッと胸をつかまれたような気持ちになる。
「大丈夫。本当に痛くな……きゃっ！」
　空守君は、朝比奈先生がいるのに、私を抱き寄せた。
「そ、空守君！　ここ学校だよ？」
　ポンポンと空守君の背中を軽くたたいてみたけど離してくれない。
「うん、だから？」
　それどころか、まったく動じてない様子。
　どうしよう。
　誰か生徒が来ちゃったら大変だよ。

あ、それよりも朝比奈先生！
　ふと先生を見ると、キャ～ッとうれしそうな声を出して顔を両手で覆っている。だけど、指の隙間からバッチリ私たちを見てるのがバレバレだ。
　は、恥ずかしい。じわりとほおが熱くなる。
　空守君、何だか変わったよね。
　夏休み前は、こんな風に急に抱きしめたりすることなんてなかったし。
　そんなに強引な雰囲気だってなかった。
　それに、まだ私のこと名前で呼んでる。
　あのお祭りの日だけだと思ってたのに。
「お祭りの時といい、今といい。由優って危なっかしいところがあるな。でもその分、守りがいがあるけどさ」
　私は火を噴きそうなくらい顔が一気に熱くなった。
　たぶん、朝比奈先生には聞こえてないと思う。
　耳元で私に聞こえるくらいの小さな声だったから。
　し、しかも、ちょっと。
　ほんのちょっとだったけど、耳たぶに空守君の唇が触れちゃったよ！
　あわわ、と思いながら、耳たぶを押さえていると、空守君は私から体を離してニコッと笑った。
　そこで笑顔になっちゃうの!?
　こんな素敵な笑顔見せられたら、空守君ファンが急増するんだろうな。
「ゆっ由優ちゃん!!　学校の保健室にしては、空気が甘すぎ

るわよ！　もう空守君と一緒に帰った方がいいわ！」

　朝比奈先生は、ガタッとイスから立ち上がると私のテキストやノートをまとめて、片付けのお手伝いをしてくれた。

　その顔は、ほんのり赤くなってる!?

　朝比奈先生、今の空守君の笑顔にノックアウトされちゃったのかもしれない。

「じゃあね！　由優ちゃん、空守君」

　なかば、追い出されるに近い形で保健室を出た私たち。

　これじゃあ、空守君に断りづらいじゃん。

　一緒に帰るしかなさそう。

「とりあえず、学校から出よっか」

「そうだね」

　早く帰って勉強の続きしないといけないし、保健室の前でずっと突っ立ってるわけにもいかないもんね。私は、歩き始めた空守君の２歩ほど後ろを歩きながら学校を出た。

「空守君、何かあったの？　夏休み前と、少し変わったね」

　帰り道、私にしては思い切った質問をした。

　夏休みが明けてから、今日で10日経つけど、毎日必ず保健室に顔を出すし、笑顔もかなり増えた。

　教室でも、ちょっとヒヤッとするくらい、私に話しかける頻度(ひんど)も多くなってきてる気がする。

　正直言って、少しどころかすごく変化したといってもいいくらいだよね。

「由優とお祭りに行ったよな？　あの時に言っただろ？

普通の言葉遣いで接してくれたら俺は変わるって」
　そ、そういえば、そんな風に言ってたような。
「違和感ある？」
「えっ？　そんなことないけど」
　うーん。でも、ちょっとモヤッとするなぁ。
　今の空守君が嫌いとか、そんなんじゃないけど、これじゃあ、錯覚しちゃいそうになるんだ。
　私、ちょっと特別なのかな？って。
　うぬぼれるのも、いい加減にしろよって感じだよね。
　空守君は優しいから、いろいろと気遣ってくれるだけ。
　それだけだよ。
「明日も保健室に行くよな？」
「うん。私、明日は先生が帰って来るまで保健室にいようと思って」
　確か、明日は朝比奈先生は出張でほぼ一日いないんだよね。放課後は帰ってくるみたいなんだけど、それまで課題をやろうかなぁと思ってるんだ。朝比奈先生がいないと、保健室がいっそう静かになりそうだし、より勉強にも集中できそう。
　あ、こんなこと考えてたら、朝比奈先生に失礼だけど。
「俺も先生が帰ってくるまで、保健室にいてもいい？」
　私は思わず、歩いていた足をピタッと止めた。
　空守君と一緒に!?
　それはちょっと心臓の負担を考えると、無理な気がする。
「で、でも朝比奈先生、あまり早く帰って来ないみたいだ

から、空守君も待ちくたびれちゃうと思うよ？」
「由優が一緒だから、それはない」
　そんな、断言されちゃったよ。
「あ！　空守君も何かと都合があるでしょ？　本当に無理しなくていいから！」
「別に何も用事ねぇし。俺も保健室で勉強やろうかな」
　うっ。空守君は完全に保健室に来る気だ。
　しょうがないかぁ。
　たぶん、何言っても効果はなさそう。
「空守君が大丈夫なら、朝比奈先生が帰って来るまで待っててもらってもいいよ」
「了解。先生が来た後は、今日みたいに一緒に帰ればいいよな？」
「えっ？　あ、う、うん。帰れそうだったら」
　微妙な答えにしておこう。今日は大丈夫だったけど、空守君とふたりでいる所を、他の生徒に目撃されたら、ちょっとマズいもんね。
　特に女の子たちには。
「それじゃあ、また明日な」
「うん。また明日」
　私の家まで送ってきてくれた空守君は、帰り際に手を振った。それに返すように私も胸の前で小さく手を振る。
　何か。これじゃあ、ただの席が隣のクラスメイトっていうよりも、つ、付き合ってるみたいじゃない？
　自意識過剰かな？

静かな保健室

「由優!?　最近、どうしたの？　空守君とかなり親しげに話してるじゃん」
「な、何言ってるの!?　普通だよ、普通」
　移動教室の帰り。
　静乃に、やや大きめの声で言われ、私はあせってしまった。前にも後ろにもクラスの女の子たちが歩いている。空守君を好きな子だっているわけだし、言葉は選んで発言してほしいよ。
「どうしちゃったの？　何かあったとか？」
「さ、さあ？」
　私もいまだによくわからないんだよね。
　本当に、どうしちゃったんだろう、空守君。
　教室に戻ると、先に来ていた空守君の周りには、さっそく女の子たちが数人やってきている。
　は、早いなぁ、みんな。
　感心しながら席に着いたものの、やっぱり彼を囲む女の子たちの迫力に圧倒されて、すぐにベランダに避難した。
　チラッと空守君を見ると。
　え？　なんか不機嫌そう。
　口を閉じたまま、ひと言もしゃべってないみたい。
　今日の放課後は保健室で勉強するっていうのに、機嫌悪かったら、余計に気まずいよね。

あとで、「無理しなくていいよ」って言っておこうかな。

そして放課後。
「由優！」
保健室に入ろうとすると、空守君がかけ寄ってきた。
「や、やっぱり来たの？」
とりあえず、周りに生徒がいないかどうか確認をしながら小声で聞いた。
一応、お昼休みの時に、「ひとりで大丈夫だから、空守君は帰ってもいいからね」と、やんわり、さり気なく言っておいたのに。
「嫌そうだな。そんなにひとりでいたい？」
「あ、いえ。そんなことないけど、空守君に無理に付き合ってもらってるんだったら、申し訳ないから」
「無理してねぇから、申し訳ないとか感じたりすんな」
ポンポンと私の頭をなでて、空守君は微笑んだ。
だ、ダメだよ！
そういう笑顔を私なんかに見せたら!!
あわてて保健室に入る私の後に続いて空守君も入ってきた。こうなったら、一刻も早く勉強に取りかかって、気を紛らわせよう。
それしかない!!
ソファーに座って、テーブルに教科書やノートを出す。
「今日は英語？ じゃあ、俺も英語からやろっかな」
空守君は私のすぐ隣に座ると、同じようにノート類を出

し始める。ソファーは大きいわけだし、も、もうちょっと間隔空けて座ってくれるとありがたいんだけどな。

　距離が近い分、それだけでドキドキしちゃうし。
「えっと、この英文は」
　空守君のことを意識しないようにと、私は課題に取り組み始めた。
「ほら、こうやって訳すとわかりやすいだろ？」
「あ！　本当だ！　ありがとう。って、えっ!?」
　今、空守君、私に勉強を教えてくれた？　しかもわざわざ訳までノートに書いてもらっちゃってるし!!
　さらさらとペンを走らせて書いてくれた訳をジッと見つめた。
　空守君の字って読みやすいなぁ。バランスの良いきれいな字。
　いやいや違う。
　この状況でそこに感心していてどうするんだ、私。
　きっと、丁寧な訳を書かざるを得ないくらい、私の訳し方がはちゃめちゃだったんだよね。
　それで思わずノートに書いた、それだけだよね。
「ご、ごめんね。空守君も自分の勉強してるのに、私の訳まで見てもらっちゃって。こっちは全然気にしなくていいからね」
「由優が隣にいるから、気にせずにはいられねぇよ。この際、ふたりで一緒に問題解いていかねぇか？」
　なっ、なんで、そこにたどり着いちゃうの？　そこまで

空守君の手間をとらせるわけにはいかないよ。
「だ、大丈夫だよ。私のペースに付き合ってたら日が暮れちゃうと思うし！」
「いいよ、とことん付き合うから」
　うれしそうに言葉を返す空守君に、私はとまどってしまった。まるで別人みたい。今日、午前中、女の子たちに囲まれていた時の不機嫌そうな表情が嘘のよう。
　今の空守君は、笑顔ばっかりだ。
　勉強に没頭(ぼっとう)しようと思ってたのに、集中できないよ。
　気にしないように頑張ってみても、空守君に意識がいってしまう。ドキドキする胸の音が、静かなこの空間に聞こえてしまうほど、うるさくなってきた。
「次の問題、由優は、どうやって訳す？」
「そ、そうだなぁ、えっと」
　もはや、英語の課題を真剣に取り組むことに必死な状態。落ち着いて解ける空守君が今はうらやましく思えちゃう。
「こ、こんな風に訳すかなぁと思ったんだけど」
「あ！　その訳し方いいじゃん。俺も由優みたいに訳そうかな」
　空守君は私のノートをジッと見ていたかと思うと、不意に私を見てニッと笑った。
　か、顔が熱い。たぶん、赤くなってる。
　今のは、私じゃなくて彼女さんの前だけで見せた方がいいよ、絶対！
　私の空守君に対する"好き"がまたふくらむ。

この気持ちを伝えたい。
　言葉にして、もう一度、空守君に。
　でも……。言ったとしても、あの時みたいにフラれちゃうのはわかってるから。
　この気持ちが、もどかしいよ。

　しばらく空守君と勉強をしていると、ガラッと保健室の扉が開いた。
　朝比奈先生、意外と早く帰って来たんだ。そう思って顔を上げると、先生じゃなくて。
「由優」
　驚いた表情をした雅お兄ちゃんだった。
「どうしたの？　今日って確か生徒会があるって言ってなかったっけ？」
「あったけど、早めに終わらせてきた。由優がひとりで保健室にいるなら、退屈してるんじゃないかって思ってさ」
　雅お兄ちゃんの視線は、空守君へと注がれる。
「でも、先客がいたんだな。具合いが悪くて来てるとも思えないし」
「あの、同じクラスの子で、課題を教えてもらったりしてたの」
「勉強だったら俺に頼れよ。昔からそうだったじゃん」
　雅お兄ちゃんはテーブルの前まで来ると、私のそばにしゃがみこんだ。
「で、でも、雅お兄ちゃん生徒会もあるし、これからは受

験だから忙しいでしょ？　さすがに私の課題まで見てもらうのは負担になっちゃう」
「大丈夫。由優のことなら、負担に感じたことって一度もねぇから。なんなら、これから家に来るか？」

　ニコッと優しい笑顔で私を見つめた。
　雅お兄ちゃんの家に!?
　どうしよう。
　このまま空守君のそばにいると、心拍数(しんぱくすう)も最高潮になりそうだから離れたい気もする。
　でも……。
「ありがとう、雅お兄ちゃん。あの、私」
　やっぱり断ろう。
　先に空守君と勉強やり始めたんだから、途中で雅お兄ちゃんと帰るのは失礼だよね。
「帰んの？」
　断りの言葉を雅お兄ちゃんに伝えようとした時、ふと横から空守君の声が聞こえてきた。
　えっ？
　空守君の方を見ると、すぐに私の瞳をまっすぐに見つめられた。
「ここにいろよ」
　私の腕をギュッとつかむ。
「先生を待ってるんだろ？　それなら帰るなよ」
　低い声でつぶやく空守君の声は小さかったのに、とてもハッキリと聞こえた。揺れる瞳に吸い込まれるように私は

うなずく。すると、しゃがんでいた雅お兄ちゃんが突然スッと立ち上がった。
「クラスメイトの男の子と先に勉強始めたようだし、後から来た俺が邪魔しちまったみたいだから、今日は帰るよ。由優も今、断ろうとしてたんだろ？」

　雅お兄ちゃんを見ると、ニコッと微笑んでいた。
「じゃあな。今度はわからないとこあったら、俺が教えてやるから。今までみたいに遠慮なく俺の家に来いよ？」
「うん。ご、ごめんね、雅お兄ちゃん。わざわざ生徒会、早く終わらせて来てくれたのに」

　雅お兄ちゃんは、保健室の入り口まで行くと一度、足を止めた。
「由優、もうお兄ちゃんって呼ぶの止めろよ」

　どうして急に？　目を見開いていると、雅お兄ちゃんがこちらに振り返った。
「結構前から思ってたんだ。俺、由優の実際の兄貴じゃねぇんだからさ、普通に雅哉って呼べよ」

　そ、そんな。
　今までずっと雅お兄ちゃんだったのに。
　呼び方を、すぐに変えるのは難しいよ。
　とまどいながら見つめていると、雅お兄ちゃんは保健室の扉を開ける。
「雅お兄ちゃん」
　いつもと少し様子が違う気がして、近くに行こうとしたけど。空守君に腕をつかまれたままの私は、ソファーから

立ち上がることもできずに、雅お兄ちゃんが出ていく後ろ姿をただ見ているだけだった。

それでも俺は……[side 理緒]

「英語しかできなかったな」
「そ、そうだね」
　結局、勉強はほとんどできなかった。
　あの"雅お兄ちゃん"っていう人が保健室から出ていった後、由優の腕をしばらく離せずにいた。
　離したら、由優がアイツのことを追いかけて行くんじゃないかって怖かったんだ。
　俺は、ただただ、由優の目を見つめていた。
　そのうちに保健の先生が帰って来て。
　俺と由優は勉強をするという雰囲気にもなれず、片付けをして保健室から出てきた。
「あの人、生徒会長だよな？」
「あっ、そうなの。雅お兄ちゃん信頼が厚いから生徒会長にも推薦されたりして、す、すごいよね」
　由優は、さっきの出来事に、まだとまどいを隠しきれないみたいだ。
　おそらく、「お兄ちゃんって呼ぶの止めろよ」なんて、言われたからだろうな。
　あの時の由優。まばたきを何度もしながら、ビックリしてるようだったし。
　今だって、会話してても半分上の空って感じだ。
　そんなに気にしてほしくねぇんだけどな。

「あ、ありがとう。ここでいいよ。家まで送ってもらっちゃうと、空守君も少し戻らなきゃいけなくなっちゃうから」

由優の家へと続く桜並木の道の手前まで来ると、ピタリと歩くのを止めた。

「別に戻ったってかまわねぇよ。家まで送る」

たぶん、由優はまた迷惑かけるとか思ってるんだろうな。

「いいよいいよ。家まですぐだから。今日は、わざわざ保健室に付き合ってもらっちゃってごめんね。それじゃあ」

フルフル首を横に振った由優は、少しだけ笑みを浮かべると、そのまま走って行ってしまった。

なぁ、由優。

保健室で勉強したこと、"ごめんね"なんて謝るなよ。

俺は、由優のそばにいられてうれしかったんだからさ。

由優の後ろ姿が消えるまで見送った後、俺はゆっくりと帰り道を歩いた。

まだ、遠いな。

由優との距離。

話し方は普通になってくれたけど、俺のことは"空守君"どまり。おまけに、夏休みが明けてから、俺に対して気まずそうな顔をする時が増えた。

お祭りの日のことが原因だろうか。

もしや、嫌われた？

あきれられた？

でも、あの時は、俺だって、どうにも我慢できなかったんだよ。

気持ちを抑えられなかった。

はぁ。

もっと冷静になれれば良かったな。

でも、モタモタしてると、あの生徒会長に由優を奪われそうだ。勉強だって前から一緒にやってるみたいだし、ふたりとも小さい頃から、顔見知りのようだ。放課後だって、ちょくちょく一緒に帰っていそうな気がする。

俺が熱出した日、由優を保健室に迎えにきたのも、あの生徒会長だろう。

あの時、聞いた声と同じだったからな。

由優は生徒会長のことを「彼氏じゃない」って否定してた。でも、気づいてないだけだとしたら？

あまりにも小さい頃からそばにいすぎて、本当は好きなのに、その気持ちが見えてないだけだとしたら、俺の割り込む隙なんてねぇんじゃねぇか？

やめよう。んなこと考えて何になるんだよ。

俺は由優が好きだ。アイツ以外の女なんて、ありえねぇ。

だからもう一度、振り向いてもらえるように頑張らねぇとな。

「あ。君、確か、この前の放課後に由優と一緒に保健室で勉強していたよね？」

あれから数日経った日の昼休み。先に教室を出て行った由優を追いかけて、保健室へと行こうとしていた俺は、廊下でバッタリと生徒会長に会った。

運が悪いとしか言いようがない。

あまり会いたくなかったな。

とりあえず、「そうです」と答え、会釈をして保健室に向かおうとすると。

「ちょっとだけ時間いいかな？」

そう呼び止められ、俺は生徒会長の後をついていくことになってしまった。

やってきたのは屋上。誰もいなくて、校舎の中とはまったく世界が違うかのような静けさだ。こんなところに連れて来て、一体何の用だよ。

疑問に思いつつも、黙っていると生徒会長が口を開いた。

「ごめんな。急に。ちょっと気になってたんだ。君って由優の何？」

は？　わざわざここまで連れて来たのって、それを聞きたいからかよ？

でも、どう答えようか。

彼氏って言いたいけど、嘘ついても、後々バレそうだもんな。

不服ながらも、「クラスメイトです」と答えた。

一応、正直な解答だ。

「そっか。それならいいんだけど」

何がいいんだよ？

あからさまに安心してんじゃねぇよ。

だんだんとイライラが募っていく。

「この前、保健室で会った時は、由優に彼氏ができたのか

と思ったけど、君からもクラスメイトっていう言葉を聞けたから良かったよ」

　生徒会長はフッと微笑むと、俺の横を通り過ぎて、屋上の扉へと歩いていく。

　いくら先輩とはいえ、黙ってられねぇ！

　俺は、クルッと生徒会長の方に体を向けた。

「今はクラスメイトですけど、絶対に彼氏になりますから。俺は、先輩に負けないくらい由優を好きな自信がありますので」

　言ってやった。

　少しだけ胸の辺りがスカッとした気がする。だいたい言い方が回りくどいんだよ。

　要するに、生徒会長も由優が好きってことだよな？

　まあ、そんな気はしてたけどさ。

　生徒会長は俺をジッと見た後、こちらに戻ってきた。

「俺も、君には負けないと思うよ？　由優が好きだっていう気持ち。アイツのそばにいると、穏やかで温かい気持ちになるからな」

　俺だって、由優のフワフワした可愛いらしいオーラには癒される。温かい気持ちに包み込まれるような感じなんだよな。

「今もこれからも、ずっとずっとそばで守ってやりたい存在だ。今まで由優の笑顔や涙をたくさん見て、その度にそう思ってきた」

　涙……。

その生徒会長の言葉に胸がつかまれたように痛くなる。
　俺、由優に涙を流させた。
　悲しくて冷たい涙を、たくさん。
　あの時、この人は由優のそばで励ましたり、支えたりしていたんだろうか。
　想像するだけで、苦しさが胸を支配する。
　唇を噛みしめていると、生徒会長に真剣な眼差しを向けられた。
「由優のことは諦めろよ。アイツを男のことで二度と悲しませたくないから」
　生徒会長は、それだけ言うと屋上から出ていった。
　俺はグッと握りこぶしを作る。
　何だよ、「諦めろ」って。
　結局、そこに行き着くんだな。
　でも、今のは正直ダメージが強かった。
　自分がずっと後悔していたことだけに、余計に心に突き刺さる。本当は諦めた方が、由優のためにもいいのかもしれないな。

　俺は少し肩を落としながら教室に帰って来た。
　昼食も食べずに机に伏せていると、隣の席に誰かが座る気配を感じた。
　クラスの女子だな、きっと。
　こんな気分の時にまでそばに来ないでほしい。
　しかも勝手に由優の席に座るんじゃねぇよ。

少々、先ほどの流れからイラついていた俺は、何か言ってやろうかとすばやく顔を上げた。
「あっ、ご、ごめんなさい。休んでたのに起こしちゃった？」
　視界に入ったのは、クラスの女子じゃなくて由優。まだ昼休みは10分くらい時間があるのに、珍しいな。早く帰ってくるなんて。
「由優。どうした？」
「ちょっと体調悪い生徒が保健室で休んでて。私がいない方が静かに休めるかなって、早めに戻ってきたの」
　それで、いつもよりも早かったんだな。
「でも、空守君もゆっくり休んでたみたいだし、私、邪魔しちゃったね」
「いや、大丈夫。もうスッキリ目が覚めたから」
　早々と席を離れようと立ち上がる由優を引き止めた。
　せっかく由優と話せる時間だ。机に顔を伏せてる場合じゃねぇ。
「何か、ごめんね」
「謝るとこじゃねぇだろ？　そこは由優の席なんだから」
「そ、そうだね」と小さな声で答えた由優はうつむいてしまった。
　俺と話したりするの、本当に嫌なのかな。
　さっきの屋上での話ですでに沈んでる気持ちが、さらに沈みそうだ。
　ん？　なんか由優。ちょっとソワソワしてる。
　どうしたんだろうと思っていると、由優が素早く俺の机

の上に消しゴムをふたつ置いた。
　何だ、この消しゴム？
　意味がわからないまま、消しゴムをジッと見た。
「昨日、保健室で勉強した時、間違えて空守君の消しゴム持ち帰っちゃって、しかも、自分のだと思って使っちゃったの。だから新しい消しゴム。よかったら使ってください」
　それでふたつなのか。わざわざ新しいものまで用意してもらったなんて、何だか申し訳ないな。俺、全然なくしたことに気づいてなかったし。
　でも、こういう優しさが由優らしい。
「ありがとな。大事に使わせてもらうよ」
「うん」
　気まずそうにだけど笑ってくれた由優にホッとする。
　消しゴムは大事にペンケースへとしまった。
「由優、あれから生徒会長に何か言われたりした？」
　まあ、何も言ってない訳がないと思うけど。
「う、うん。警戒した方がいいって言われたんだ」
　警戒!?　かなりの危険人物扱いにしてくれてるんだな、あの生徒会長。
「でも、昨日も一緒に勉強しちまったよな」
　正確には、俺がいつも押しかけてるような感じだけど。
「あ、あの、警戒なんて、雅お兄ちゃんが大げさに言っただけだと思うから」
　いや、あれは絶対に本気で言ってるに決まってる。
　じゃなきゃ、たまたま会った時にわざわざ屋上に連れて

行って、あんなこと言ったりしねぇよな。
　思わずため息が出そうになった。
「気にしないでね。私は、空守君のことは優しい人だって思ってるから」
　え……？
　由優を見ると、いつの間にかほおが赤くなっていた。
　今の、聞き間違えじゃないよな？
　まさかの由優からの"優しい人"発言に俺の顔も赤くなりそうだ。
　さっきまで沈んでた気持ちは、いとも簡単に上昇していく。由優の言う通り、生徒会長の言ったことは気にしないでおこう。
　っていうか、気にしてられるかよ。
　諦めろと言われようが、何と言われようが。
　それでも俺は、由優が好きなんだ。

Act V

心の葛藤

「由優、クラスマッチ頑張ろうね！」
「う、うん」
　静乃にニコニコ顔で言われて、私は歯切れの悪い返事をしてしまった。もうそんな時期になっちゃったんだ。10月中旬に、この学校で開催されるクラスマッチ。
　サッカーやバレー、バスケットボールなど、何種類かあるスポーツを学年の枠を越えて対戦するんだ。もう数日後に迫り、みんなやる気満々と言った感じなんだけど。
　私は、できることならずっと応援していたい。あまりスポーツは得意じゃないんだよね。
　そういえば、空守君はサッカーに出るんだっけ。
　私と違って運動神経抜群だからなぁ、空守君。
　たくさんの運動部からの勧誘が絶えないから、結局、いろんな部活をカケモチしてるらしい。
　スゴいな。
　静乃とおしゃべりしているベランダから、空守君の席を見ると、男友達と何か話をしてるみたいだ。
　クラスマッチのこととか話したりしてるのかな。
　ついチラッと見るだけのはずが、気づけばジッと見てしまっていた。
「ちょっと由優！　理緒君見るのはいいけど、私の話聞いてた？」

そのため、静乃にバシッと突っ込まれてしまい、あわてて空守君から視線をそらした。
「ごめん。な、何話してたの？」
「いいよ。由優は私よりも理緒君を見ていたいんでしょ？」
　プクッとほおをふくらませてすねる静乃に何度も謝っていると、頭をポンポンなでられた。
「ごめんごめん！　あまりにも理緒君を見る由優が可愛いからすねるフリしちゃった！　本当は最近、由優と理緒君が話すようになってきてくれてうれしいんだ」
　静乃はニッコリ笑った。
「そっ、そんなに話してないよ？」
「いやいや、席替えした頃に比べたら会話増えたって。それに朝とかお昼休み、ふたりして姿が見えないでしょ？　一部では付き合ってるんじゃないかって噂が立ってるくらいなんだから！」
「えっ!?」
　う、嘘、そんな噂が？
　確かに一緒に保健室にいることが増えてきたけど、付き合ってるわけでも何でもないのに。実際の彼女さんであろう"カナ"さんにも申し訳ないよ。
　空守君だって、噂がもっと広まったりしたら、かなり迷惑だろうな。

　翌日のお昼休み。
　保健室に行くと、今日は先に空守君が来ていた。

私がここで一緒にお昼食べてたら、噂がより真実味を持っちゃうよね。クルッと扉の方に体を戻して帰ろうとすると、空守君がかけ寄ってきて腕をつかんだ。
「何で帰ろうとしてんの？」
「えっと、やっぱり今日は教室で食べようかと思って」
「また何か、迷惑だとか、申し訳ないとか、思ってることがあるんじゃねぇの？」
　ドキッ。
　その通りの言葉に、肩がピクリと反応してしまった。
「やっぱりな」
　空守君はフゥと息を漏らした。
「なぁ、由優。そうやって距離空けられるのはキツいから、やめてほしい。もしも、近づきたくないほど嫌いになったとか、それなら仕方ねぇけど」
「ち、違うの！　そんなっ、嫌いとかじゃなくて」
　思わず空守君の方に振り向くと、そのまま胸の中に抱き寄せられた。
　驚きととまどいでまばたきを何度もくり返していると、空守君のフッと笑う声が聞こえてきた。
「俺、単純すぎるのかな。由優にそう言われただけで、すぐにうれしくなった」
　こぼれる優しい微笑みに胸がドキドキと高鳴る。
　でも同時に、ザワザワとした気持ちが、心の奥からわき上がってくる感覚がした。
　空守君、私たち付き合ってるわけでもないんだよ？

仲の良い友達っていうわけでもないんだよ？
　お互い、ある程度の距離を置いていた方がいいはず。
　それなのに、どうして引き止めたりするの？
　私の言葉にうれしさを感じるの？
　一緒にいちゃダメだって思ってるはずなのに。空守君の温もりに触れて、笑顔まで見ちゃうと心が揺らぐ。
　空守君のことは今も好き。
　でも、私はフラれてる。
　それは変わらない事実なんだから、想いをふくらませたりしちゃいけない。
　永遠の片思いでいい……。
　そう思ってきたのに、空守君の隣の席になってから、自分でも驚くほど"好き"の気持ちが大きくなった。
　今では、"やっぱり彼女になりたい"って、思ってしまうくらい空守君に対する気持ちが心の中を占めている。
　私ってば、どうしたいんだろう？
　空守君に、こんなアヤフヤな態度で接したりするのは良くないよね。
　モヤモヤ、ウジウジ考えてしまう自分が情けなく思えた。

交錯

　そして迎えたクラスマッチ当日。
　どのクラスも優勝を目指して気合いが入る状況の中、私は浮かない気分だった。
　ここ最近、空守君のことしか考えてないんじゃないかっていうくらい気になってる。
　日に日に、想いは強く深くなるばかり。ストップをかけたいのに、想いの強さは反比例していくんだ。
　そろそろこの未練がましい気持ちともサヨナラしなきゃだよね。なんとしてでも心の奥深くに想いを沈めて、抑えなきゃ。

「由優ちゃんはクラスの応援に行かなくていいの？」
　空守君に会わないように、とやって来たのは保健室。
　普段なら空守君が来そうだけど、今日はクラスマッチだし、試合や応援やらで、ここには来ないと思うんだよね。
「応援行ったりすると、会っちゃいそうなので」
　私の言葉にハテナマークを浮かべていた朝比奈先生は、時計をチラッと見るなり突然「あっ!!」と声をあげた。
「いけないっ！　職員チームの試合もうすぐだった！　私ちょっと参加してくるわね！」
　どうやら自分の出る試合のことを、すっかり忘れていたらしく、朝比奈先生は猛スピードで保健室を出ていってし

まった。
　シーンと静まりかえった保健室。
　私が出るバドミントンの試合まで、少し時間がある。それまで何もすることないし、ちょっとお昼寝でもしようかな。ソファーに深く座って目を閉じようとした時、扉がガラリと開いた。
「え？　そ、空守君？」
　まさか来るとは思ってなかった私は、固まってしまった。
　結局、空守君に会っちゃったよ。
「由優、なんでここにいるんだ？」
　空守君も私が保健室にいたことに驚いているみたいだ。
　それもそうだよね。
「次の試合まで少し時間があったから、ちょっと保健室に寄ったの」
　本当は、空守君に会わないようにと思って来たんだけど、それを正直には言えない。
「そうだったんだ。あ、保健の先生は？」
「今、職員チームの試合があるからって出ていっちゃったんだけど」
　そういえば、空守君、なんか顔をしかめてる。もしかして、前みたいに具合い悪いのかな。
「空守君、調子悪いの？」
「調子は悪くないけど、ケガしちゃってさ」
　そばに行くと、指から出血しているみたいだった。
「どうしたの!?　このケガ！」

「ちょっと試合中に転倒してさ」
「と、とにかく座って。他のところは大丈夫？」
　空守君に丸イスに座ってもらって、グルッと他にケガがないかチェックした。
　腕や足も少しすれて血が出てる。
　痛そう。
　よし、私が手当てをしなくちゃ！　急いで消毒薬や包帯、絆創膏などを用意した。
「痛いと思うけど、我慢してね」
　一応、空守君に声をかけてから傷口を消毒していく。
「ごめんな。手当てさせちゃって」
　消毒薬がしみるらしく、空守君は顔を少しゆがめた。
「いいのいいの。私じゃ大した手当てできないけど、一応、保健委員やってるから」
　消毒を終わらせた後、足や腕に包帯をクルクルと巻いていった。そして指のケガには、絆創膏。
「あ、絆創膏だけだと心配だし、包帯も巻いておくね」
　包帯を細く切って、空守君の指に貼った絆創膏を覆うように巻いた。
「ありがとう」
　空守君は手当てした指を見ながらニコッと微笑んだ。
「変わってないな」
　え？
　空守君の言葉の意味がわからずに、首を傾げた。
「いや、何でもないよ。由優に手当てしてもらったら、あ

んまり痛くなくなった」
　空守君は、私の手を包むように握った。
「由優。俺ら、さっきまでやってた試合に勝ったから、次が決勝なんだ。相手は３年生。負けられねぇから、見にきてほしい」
　真剣な瞳で私を見つめる。
「で、でも、私が行っても何もできないよ？」
「そんなことねぇ。由優が来てくれたら、応援してくれたら、俺は強くなれる」
　ギュッと力が込められた空守君の手に包まれた私の手。
　ドキドキが伝わっちゃいそう。
　震えそうになる手を、必死にこらえた。
「俺、グラウンドに戻るよ。決勝に備えて少し練習しておきたいから」
　空守君は手を離すと、「後でグラウンドでな」と言って笑顔を浮かべながら保健室を出て行った。
　空守君の温もりが手に残ってる。
　その余韻(よいん)でドキドキしちゃう私は、おかしいのかな。
　空守君への想いを抑えようと思ってるのに、よりいっそう、意識してる気がするよ。
　あ、私も、バドミントンの試合、もうすぐだ。
　行かなきゃ!!
　あわてて保健室を出ると、そこには雅お兄ちゃんが立っていた。
「あ、雅お兄ちゃん、どうしたの？　まさか、どこかケガ

したの!?」
　確か、雅お兄ちゃんもサッカーに参加するって言ってたし、空守君みたく転倒したのかな!?
「いや、どこもケガしてねぇから、大丈夫」
「そ、そっか。それじゃあ私、ちょっと試合があるから行くね！」
　フッと笑ってくれた雅お兄ちゃんに安心しつつ、その横を通り過ぎようとすると。
「アイツと、また会ってたんだな」
　雅お兄ちゃんがぼそっとつぶやいた。
「え？」
　もしかして、空守君が保健室から出て行ったところを見られちゃったの？　その声に顔を上げようとすると、腕をつかまれて雅お兄ちゃんの胸の中に抱き寄せられる。
「俺、警戒しろって言わなかったっけ？」
　背中に回された手はしっかりと私を押さえていて、離れられそうにない。
　ギュッと強く抱きしめられて、私はとまどってしまった。
「ま、雅お兄ちゃん？　急にどうしたの!?　私、急がないと試合が」
「由優にとって、アイツは、本当にただのクラスメイト？」
　耳元でささやかれて、私はビクッと肩を震わせた。
「うん。そ、そうだよ？」
　なぜか声までもが震えてしまう。雅お兄ちゃんが漂わせる雰囲気がいつもと違うから、なのかな。

「じゃあさ、さっきまでアイツとここで何してた？」
　雅お兄ちゃんは力を緩めて少しだけ距離を空けると、私を見つめた。
「空守君がサッカーの試合でケガしちゃったみたいで、手当てをしてたの。朝比奈先生もいなくて、私しかいなかったから」
「サッカーの試合か」
　雅お兄ちゃんは、あまり納得(なっとく)がいかないといった表情を浮かべつつも、私からパッと体を離した。
「俺たちのクラス、決勝で由優のクラスと試合することになったんだ。つまりアイツと試合することになる」
　雅お兄ちゃんの目はまっすぐ私の瞳をとらえていた。
「もし、由優が参加する試合が何もないようだったら、見に来てくれないか？　由優に俺のこと、見ていてほしいからさ」
　ポンポンと頭をなでられる。
「俺、絶対に負けねぇからな。アイツとの試合」
　ニコッと微笑む雅お兄ちゃんは、スタスタとグラウンドへと続く廊下を歩いて行ってしまった。
　私も、バドミントンの試合に遅れないように体育館へと走りながらも、頭の中はサッカーの決勝戦のことでいっぱいになっていた。
「由優！　お疲れさま！　残念だったね。接戦だったからドキドキしながら応援してたよ！」
「応援してくれて、ありがとう！　静乃」

結局、バドミントンの試合はわずかな点差で負けてしまった。私たちのクラスで勝ち残っているのは、サッカーの試合だけ。他の競技は２年生や３年生のクラスで優勝を競うみたいだ。
「由優！　サッカーの決勝戦、もうすぐ始まるみたいだよ！　空守君の応援に行って来なよ！」
　静乃にポンと軽く背中を押される。
　まだ試合始まってなかったんだ。
　もしかしたら、もう終わったかなぁ、なんて淡い期待を持ってたんだけどな。
　静乃は、まだ彼氏の試合があるらしく、そちらを応援するからと言って、体育館に残っていた。一応、送り出されちゃったし、グラウンドに行ってみようかな。
　あまり気持ちは進まないけれど、廊下をゆっくり歩いてグラウンドへと向かった。
「わっ、すごい」
　グラウンドまでやって来ると、私は目を見開いた。
　まだ試合は始まっていないのに、たくさんの生徒でにぎわっている状態。特に女子生徒が多くて、すでにキャーといった歓声が飛び交っている。
「ねぇ、生徒会長カッコいいよね!?　やっぱり優勝は会長のクラスかなぁ」
「え!?　私は１年生クラスに優勝してほしいな！　だって、理緒君ってカッコいいじゃん！　生徒会長みたいな愛想はないけど、そこがいいんだよね」

近くの女の子たちから、そんな会話が聞こえてきた。
　な、なんだか、雅お兄ちゃんも空守君もスゴいな。女の子たちは、ほとんどふたりが目当てで観戦に来てるのかも。こんなにたくさんの生徒であふれてるなんて、かなり注目されてるんだ。
「キャーッ!!」
　驚いていると、突然大きな歓声が沸き起こった。
「理緒君〜!!」
「生徒会長、頑張って!!」
　どうやら、試合が始まるらしくて空守君たちがそれぞれの位置について準備をしてるらしい。
　女の子たちの声が一段と大きくなる。ここからじゃ何も見えないから、声で状況を探ることしかできないや。
　みんなほおを赤らめながら、視線を送っている。
　きっと空守君や雅お兄ちゃんに。
　私は、保健室に戻ろうかな。
　こんなに人がいたら試合も見られないもんね。
　クルッと体の向きを変えると、私はグラウンドをあとにして、保健室へと向かっていた。
「あれっ？　由優ちゃん！　サッカーの決勝戦見なくていいの？」
　保健室の扉を開けると、試合を終えた朝比奈先生が戻っていた。
「は、はい。生徒がたくさんいて見られそうにないので」
「そんなにいるんだ!?　さすが注目の試合だけあるわね！

私も見に行きたいなぁ」
　朝比奈先生は目をキラキラさせている。
　そこまで見たいんだ、試合。
　苦笑いを浮かべつつ、私はソファーに腰かけた。空守君には、見に来てほしいって言われたけど、あれだけ人がいたら、私がいてもいなくてもわからないよね。
　みんな空守君のこと応援してくれてるし、私はここから密かに応援しよう。
　それに、もしかしたら、グラウンドには空守君の彼女さんだって見に来ているかもしれないもんね。
　私は、行かない方がいいよね。
　空守君への気持ちを抑えるためにも、そうするのがいちばんいい。
「やっぱり、ちょっと決勝戦を見に行ってくるわ!」とハイテンションで朝比奈先生が保健室を飛び出して行った後、私は何をするわけでもなく、ボーッとしながら窓の外を眺めていた。

一気にあふれた想い

　もうサッカーの決勝戦終わったかな？
　ボンヤリ景色を眺めたり、とりとめのないことを考えたりして時間を過ごしていた私は、ふと時計を見上げた。
　意外と時間は経っていて、もう試合も終わる頃だ。
　結果は、どうなったんだろう？
「由優ちゃん、ただいま!」
　そんな時、まさに絶妙とも言えるタイミングで朝比奈先生が満面の笑みで帰ってきた。
「あの、朝比奈先生。決勝戦どうでしたか？」
「もう最高！　あんなに白熱した試合、初めて見たかも!!」
　かなりパワフルな声に圧倒されてしまった。そんなに盛り上がったんだ。始まる前から、みんなの騒ぎっぷりが半端なくすごかったもんね。
「そ、それで結果は？」
　私が聞くと、朝比奈先生はチラリと扉の方に一瞬だけ視線を送った。
「それは、彼自身に聞いてもらっていいかな？」
　か、彼？
　開けっ放しだった扉に目を向けた私は、驚きで固まってしまった。
　そこに立っていたのは、空守君だったから。
「由優」

そう呼ぶ空守君の表情は、どこか寂しさを漂わせている気がした。
「さてと、先生は職員会議に出陣(しゅつじん)しようかな！」
　フゥ〜と背伸びをした朝比奈先生は、手を振りながら保健室を出て行った。
　この状況でふたりきりにされるのは、かなり気まずい。ソファーに座ったまま、ひたすら目を合わさないようにと、うつむく。でも、そんなことで空守君が教室に帰ってくれるわけがなくて。スタスタと歩いてくると、ソファーをきしませながら私の隣へと座った。
「試合来てなかったよな？　どうして？」
　空守君の口から真っ先に出た言葉は、試合の結果じゃなかった。
　でも、なんとなく、さっきの寂しげな表情を見たら、そんな風に聞かれるんじゃないかって気はしてた。
「えっと、行ったんだけど、人が多くて。後ろの方にいても何も見えないし」
　うつむきながら話していると、空守君が私の手にゆっくりと手をかぶせる。
「だからって、何で保健室にいるんだよ。人が多くたって、グラウンドからいなくなったりするなよ」
「で、でも、あれだけ大勢の生徒が応援に来てたし、私が見ていなくても、みんなの声援が」
「俺がほしい応援は、由優だけなんだよ。由優さえ見に来てくれていれば、それでいいんだから」

空守君は、重ねていた手をギュッと握りしめた。
　やだ。そんな風に言っちゃ嫌だよ。
　空守君への気持ちを抑えようとしているのに。
　このままじゃ、逆にふくらんじゃう。
「由優」
　ダメだよ。そんなに優しい声で呼ばないで。
　私。もう限界だ。
　抑えようとしていた想いが一気に込み上げてくる。今まで、ずっと心の奥に押し込めようと思ってきた気持ちが、どうしようもないくらい体中をかけ巡っている。
「由優」
　そしてもう一度、空守君が私の名前を呼んだ瞬間。
　私の目から、涙がこぼれ落ちていた。
　涙が紺色のジャージを濡らす。
　一粒こぼれたら、また一粒……。
　次から次へとこぼれていく。
　空守君は私の涙に気づいて、重ねていた手を離して目元へとのばす。
　そして、溜まった涙を優しく拭ってくれた時。
「ねぇ、どうして？」
　私の気持ちは、堰を切ったようにあふれてしまった。
「え？」
　空守君は突然の私の問いかけに、驚いた声を出して、涙を拭う手を止める。
「どうして、私にいつも優しくしてくれるの？　笑顔を見

せてくれるの？　いろいろと話しかけてくれるの？」

あふれだしたら止まらなくて、今まで思っていたことが、どんどん言葉になっていく。

「私、空守君にフラれたのに。優しくされたら、もっと好きになっちゃうよ」

涙で視界がグチャグチャにゆがんでしまった。

私、自分からフラれたって言っちゃった。

今さら空守君に言ったって、いい迷惑なのに。

し、しかも、気持ちが高ぶって"好き"っていう言葉まで口にしちゃったよ。

言った後で後悔が押し寄せる。

空守君に何てこと言っちゃったんだろう。

困ってるよね、空守君。

「ごっ、ごめんなさい。突然、勝手なこと一方的にしゃべっちゃって。今のは、忘れてください……」

この場から離れたくて、立ち上がろうとすると、空守君に手をつかまれて、引き寄せられてしまった。

「忘れるなんて無理」

ギュッと空守君に抱きしめられる。

温もりに包まれて、いっそう、涙がとどまることなくあふれだした。

「は、離して？　こんな風に抱きしめられたら、空守君が私のこと好きになってくれたのかもしれないって勘違いしちゃう」

胸を押して離れようとする私を、空守君は、そうさせな

いように抱きしめる腕に力を込めた。
「勘違いじゃねぇよ」
　低い声が耳元に響く。
「勘違いなんかじゃねぇ。俺は、由優のことが好きなんだから」
「え？」
　私はパチパチと何度もまばたきを繰り返す。
　い、今、空守君。
　私のこと"好き"って言ってくれたような。
　予想すらしてなかった言葉に固まってしまった。
「俺、由優が好きだ。ずっとずっと、好きだったのは由優だけなんだ」
　これ、夢じゃないんだよね？
　私、ずっと想っていた人から"好き"っていう言葉を何回も言ってもらっちゃってる。
　信じられない気持ちとうれしい気持ちが混ざった涙が、とめどなくあふれていく。
　でも、とても温かい涙だった。

触れ合った唇 [side 理緒]

　正直言って、由優の言葉にビックリした。
　俺のこと、好きでいてくれたっていう風にとらえていいんだよな？
　もう、そういう対象として見てくれてないかもしれないと思ってたけど、違ったんだ。
　俺の腕の中で泣いている由優が、たまらなく愛しくて、このまま離したくないと思ってしまう。
　由優のサラサラした長い黒髪に指を通すと、ピクッと体を震わせた。
「で、でも空守君、彼女さんがいるんだよね？」
　ん？　彼女??
　困惑した声で聞く由優に、俺もとまどってしまった。
「彼女って、誰のこと？」
「えっ？」
　由優は俺の胸に顔を埋めたまま驚いている。
　でも、俺にも何のことだかサッパリわからないから、答えようがないんだよな。
「俺、彼女なんていねぇよ？」
　そのポジションは由優以外、ありえねぇからな。
「だけど、私聞いちゃったの。前に空守君が熱出して、ここのベッドで寝ていた時に、うわごとで"カナ"っていう女の子の名前を呼んでいたのを」

カナ？　知らない名前だ。っていうか、女は基本的に由優しか興味がねぇんだよな。じゃあ、俺は何をつぶやいてたんだろう。
　あっ!!　頭の中に該当(がいとう)する人物が浮かぶ。
「由優。それ、俺の弟」
　ボソッとつぶやく俺の声に、由優は胸に埋めていた顔を少しだけ離した。
「お、弟さん？」
「そう、弟。奏多(かなた)って言うんだけど、カナって呼ぶことが多いから。確か、あの時はアイツに風邪うつされたから、イライラのあまり夢にまで出てきたんだろうな」
　まさか、そのせいで由優に誤解を与えていたなんて。
「風邪？　あの時は前日の雨のせいで熱が出たんだよね？」
「いやいや、あれはカナのせい。アイツがちょうど熱でダウンしてる時でさ。家でうっとうしいくらいまとわりつかれたから、あれで風邪がうつったんだよ、きっと」
　俺が熱出したら、アイツ、かなり元気になりやがったし。
「そうだったんだ。私が無理にでも空守君に傘を貸しておけば、熱を出さずに済んだかもって後悔してたの」
「だ、断じて由優のせいじゃねぇから！」
　ったく、カナの奴許せねぇ！　由優に余計な後悔させたばかりか、大きな誤解までさせて。
「ごめんね。勝手に勘違いしてたんだね、私」
「謝るのは、こっちだよ。ごめんな」
　由優はコクンと小さくうなずくと、俺のジャージを

キュッと握りしめた。
　ドクン。
　心臓が勢いよく飛び跳ねる。
　由優のしぐさが可愛くて、もはや心に余裕なんてない状態だ。
「由優」
　俺は少し体を離して、由優を見つめる。
　でも、由優はまだ涙が止まらないのか、うつむいて俺の方を見ようとしない。
「なぁ、顔上げて？」
　そう話しかけてみるものの、フルフルと首を横に振っている。顔は上げてくれないけど、俺のジャージは握りしめたまま離してないんだよな。
　そんな由優に思わず笑みがこぼれてしまう。
　そして、愛しさで胸がいっぱいになる。
　由優だけは、誰にも譲れない。
　俺にとって、何よりも大切な存在だから。
「ごめんな、由優。もう抑えられねぇ」
　俺は、由優のあごに手を添えてうつむいていた顔を上へと向かせる。
　そして……。
　その艶(つや)やかな唇に、そっと口付けた。
　由優は驚いたのか、唇が触れた瞬間、体をビクッと震わせた。
　拒(こば)まれるだろうかと不安に思いながら由優の後頭部へ手

を添える。
　でも、由優は俺のジャージを握ったまま動かない。
　とりあえず、拒まれていねぇみたいだから良かった。
　心の中で安堵(あんど)しながら、唇を重ね続ける。
　柔らかな由優の唇にドキドキしていると、急にジャージを握る手の力が強くなるのを感じた。
　どうしたんだ？
　安心したはずの心に再び不安な気持ちが流れ込む。
　まさか嫌になったとか？
　俺は、おそるおそる由優から唇を離した。
　その瞬間、由優は大きく息を吸い込んだ。
「大丈夫か？」と声をかける俺に、コクコクとうなずきながら乱れた呼吸を整えている。
「ごっ、ごめんなさい。何か、苦しくなっちゃって」
「嫌じゃなかった？」
　不安な想いを抱きながら聞くと、由優はほおを赤く染めて小さくうなずいてくれた。
　めちゃくちゃ可愛い。
　今の今まで感じていた不安が、一瞬にしてうれしさに変わる。
「空守君は嫌じゃなかった？　私、キスでこんなに苦しくなったりして」
　か細い声でつぶやく由優を胸の中に抱き寄せる。
「そんな訳ねぇじゃん。むしろうれしさでいっぱいだよ」
　耳元でささやいた。

「キ、キスって初めてだから、よくわからなくて。頭が真っ白になったの。呼吸することも忘れちゃった」

　由優は顔をピトッと胸にくっつけながら、恥ずかしがっている。

　こんな可愛い由優の姿、絶対誰にも見せたくねぇ。

　見るのは俺だけでいい。

「由優、俺の彼女になって？　どうしようもねぇくらい好きだから、もっとそばで由優を感じていたい」

　サラサラの髪をゆっくりなでながら、そう伝えた。

　小学生の時は恥ずかしさや照れくささがあって、自分の気持ちとは逆のことを言って由優を傷つけた。一番大切に想ってた女の子だったのに、最低なことをしたんだ。

　由優が心に負った傷は消えるわけじゃねぇけど。

　それでも、ちゃんと"好き"っていう想いを告白して、今までの時間をすべて満たせるほどの愛を注ぎたい。

　俺の腕の中にいる由優は、黙ったままでいる。

　静かな保健室の空気が、やけに心臓に悪い気がした。

　俺の鼓動が由優に聞こえてしまっているんじゃないかと思って、さらに緊張が増していく。

　由優、今、何を思っているんだろう？

　窓から差し込む夕日で、キラキラ輝いている黒髪を見つめていると、由優がゆっくりと顔を上げた。

「あの、私なんかで、本当にいいの？」

　目に涙を溜めて、潤んだ瞳が俺を映す。

「そ、そりゃあ、もちろん。いいに決まってるだろ？　っ

ていうか、由優じゃなきゃ嫌だ」
　他の女なんて、考えたこと一度もねぇな、俺。
　いつも心の中に由優がいたから。
「でも、特に取柄があるわけじゃないし、空守君に比べたら私は、んっ……」
　うつむきそうになった由優の唇をふさぐ。
　今度はすぐに離して目元の涙を拭った。
「由優が好きっていう気持ちに取柄も何も関係ねぇよ。お前だから彼女にしたい、それだけなんだから」
　微笑みかけると、ようやく由優も少し笑みを浮かべてくれた。
「何だか、夢見てるみたい」
　グスッと涙をすする由優のほおに手を添えた。
「夢じゃねぇからな？　だから、ちゃんと返事が欲しい。彼女になってくれるよな？」
「……はい」
　小さい声ながらも、ハッキリと答えてくれた由優の目からは、キラッと輝くきれいな涙がこぼれ落ちる。
　俺は、たまらず華奢な体を強く抱きしめた。
　もう由優は俺の彼女になったんだ。
　信じられない想いに、あふれんばかりのうれしさが混じって温かい気持ちに包まれた。
「そ、そういえばサッカーの試合の結果」
　ふと思い出したのか、由優がつぶやく。
　そうだ。まだ報告してなかったんだっけ。

「試合は負けたんだ。1点差だったんだけどな」
「そうなんだ。惜しかったね」
「ああ。でも、悔しい気持ちなんて消えちまったよ。こうして、由優を手に入れることができたから」

　艶やかな黒髪にキスをして、しばらく抱きしめていた。
　──ずっと好きだった。
　小学生の頃に由優が告白してくれた日よりも、その前からずっと。
　由優は、その時のことを覚えてないかもしれねぇけど。
　俺には、とっておきの時間だったんだ。

Act VI

両想いの先……

「おはよ、由優」
「う、うん、おはよう」
　空守君と付き合うことになって数日が経った。
　朝のあいさつは、付き合い始める前から交わしたりしていたから、特に変わりないんだけど。
「由優、今日の授業の課題なんだけどさ」
　あいさつの後は、空守君がにこやかに少し私の方に身を乗り出すようにしながら話しかけてくる。
　だから私は。
「あっ、あの、ごめんね、空守君。ちょっと静乃と話したいことがあるから後でね」
　思わず適当な理由をつけて、静乃と一緒にベランダや廊下に逃げちゃってるんだ。
「何やってんのよ、由優！　理緒君と付き合うことになったんでしょ!?」
　無理やりベランダに連れてこられた静乃は、不満そうに私を見る。
「そんな態度取ってたら、理緒君がかわいそうじゃん！一緒に楽しくおしゃべりすればいいのに！」
「そ、それはそうなんだけど」
　まさに静乃の言う通りだ。
　彼女になれたのに、あれから私は空守君とあまり話して

いない。ずっとずっと好きだった人だから、こんな風に付き合えるなんて、うれしくて仕方ないのに。
「ど、どんな顔して、どんな風に接したらいいのかなって思っちゃって」
"空守君の彼女"
　その言葉が特別なドキドキを運んでくる。
　今までも、空守君とそれほど頻繁に話していたわけじゃない。気まずくしていることの方が圧倒的に多かった。それなのに、彼女になった私は、どうやって接していったらいいんだろう？
　何を話したらいいのかさえ、わからないよ。
「由優は考えすぎよ！　普通に接していればいいの！　私とこうして話をしている時みたいに、普通に！」
「普通って言われても、無理だよ。だって相手は空守君なんだもん」
「ほ〜ら、ウジウジ悩まないで、空守君の隣に戻りなさい！　せっかく両想いだってことがわかったのに、ふたりの時間を過ごさないなんて、もったいないよ！」
　バシバシと背中をたたかれた私は、あっけなくベランダから教室へと連れ戻された。
　だけど、女の子たちが空守君の席の周りを囲んでいて、話をするような状況ではなく、結局、授業が始まるまで、私は再びベランダへと逃げてしまった。その後、短い休み時間に空守君に何か話しかけられても、「うん」とか「そうだね」とか相づちを打つぐらいしかできなかった。

これじゃあ、今までとまったく変わらないよね。
いや、今までよりひどくなってるかもしれない。
さっきの授業では、空守君にペンを貸してほしいって言われたのに、間違えて消しゴム渡しちゃったし。その前の英語の授業では、隣同士で英会話を練習する時間があったけど、私、ほとんど言葉も出せず、うつむいていた。
空守君……。
彼女になんかするんじゃなかった、なんて、後悔してるかもしれない。

「あらあら由優ちゃん！ どうしたの？ やけに沈んでるわね～」
　放課後の保健室で朝比奈先生に突っ込まれた私は、テーブルに伏せていた顔を上げた。
「いろいろとありまして」
　クラスマッチの日から、保健室にもほとんど来てなかった。ここにいると、空守君が来ちゃって、話さないといけなくなっちゃうって思ったら、なんとなく来るのを避けていた。
　だ、だけど、いつまでもそれじゃダメだ。そう思って、ここに来たんだけど。
　やっぱり空守君と、普通に話せる自信ないよ。
　はぁ。
　今日は帰ろうかなぁ。
　いやいや。

保健室に来て、こうして待ってたんだから、空守君が来るのを待っていよう。
　あ、だけど、空守君、保健室に来るかなぁ？
　もしかしたら来ないかも。どうせ保健室には来てないだろうって、帰っちゃった可能性はあるよね。
　それならそれで、仕方ないや。こんな態度しかとれない私が悪いんだから。
　ため息をつきながら、また机に顔を突っ伏した。
「由優ちゃん、何があったのか知らないけど、元気出して！」
　朝比奈先生は、ポンッと私の肩を軽くたたいた。
「はい」
　力なく返事をすると、廊下を走ってくる音が聞こえた。
「あ！　もしや！」
　朝比奈先生は心当たりがあるようで、声が弾んでいる。
　誰だろう？
　考える間もなく、扉が勢いよく開く音が耳に入ってきた。
「先生！　今日、由優は来てますか。って、あ！」
　聞こえたきた声にドキンと心が反応する。
　こ、この声は。
「ちゃんと今日は由優ちゃんが来てるわよ!?　空守君！」
　や、やっぱり空守君だ！
　ゆっくり顔を上げると、空守君は保健室の扉を閉めて、私に笑顔を向ける。
「良かった。やっと由優とふたりきりになれた」
　ものすごく優しい笑顔で見つめられて、一気に心拍数が

上昇していった。
「こら！　ふたりきりって、先生を忘れないでほしいんだけど！」
　朝比奈先生は、空守君のそばに行くとプクッとほおをふくらませた。
「あ、すみません。由優がいたのが目に飛び込んできたら、アイツしか見えなくなったんで、つい」
　空守君の弁解にすら、ドキドキしてしまう。
「それもそっか！　クラスマッチの翌日から、いつもお昼休みや放課後は、由優ちゃんが来てるかどうか見に来てたもんね！」
　えっ？
　毎日、保健室に私がいるかどうか見に来てくれてたんだ。
　目をパチパチさせながら空守君を見ていると、朝比奈先生はニヤニヤしながら私たちへ交互に視線を送る。
「その様子だと進展があったみたいだね!?　青春っていいなぁ！　じゃあ、邪魔者は職員室に退散(たいさん)します！」
　ヒラリと手を振ると、そそくさと保健室から出て行ってしまった。
　ちょっ、ちょっと、先生！　邪魔者扱いなんか断じてしてないんですけど。とっさにソファーから立ち上がり、開けっ放しの扉のところにかけ寄ると。
「由優はダメ。逃がさねぇからな？」
　空守君にパシッと扉を閉められてしまった上に腕をつかまれた。

「えっ!?　そ、空守君？」

　力強くつかまれて腕を振りきることができない。

　空守君に、そのままソファーに引っ張られていく。

　そして、座ったとたんに背中に手が回されて、私は抱きしめられた。

「やっと、由優に触れられた」

　私の髪を手でとかしながら、甘い声でささやきかける。

　空守君と保健室で会うのは数日ぶり。

　そのせいか、こんなに近くに空守君の体温や声を感じるだけで、ドキドキする上にクラクラしちゃう。

「空守君っ！　く、苦しいよ」

　しばらくギュッと強く抱きしめられていた私は、思わず声を出した。

「あっ、ごめん」

　パッと体を離すと、私の両手を包むように握った。

「あれから、俺のこと、避けてたよな？　どうして？」

　空守君の目は夕日を受けて、切なそうに揺れる。

「もしかして、嫌いになった？」

「きっ、嫌いになんかなってないよ！　空守君への気持ちは、ずっと変わらないから」

　フルフルと首を振ると、空守君の表情が少し和らいだ。

「それなら、どうして？」

　少し首を傾げながら聞く空守君に、私は顔をうつむけた。

「そ、空守君の彼女になったんだって思ったら、どう接したらいいのか、何を話したらいいのか、わ、わからなくなっ

ちゃったの」
　空守君に包まれた手を見ながら、思っていたことを正直に言葉にした。
　恥ずかしい。またたく間に顔が熱くなっていく。普通、そんなこと思ったりしないよね。
　空守君、付き合ってるくせに何言ってんだよって、怒ってるかな？　怒りを通り越して、ため息出そうなくらいあきれ果てているかも。
　どんな表情をしているのか見るのが怖くて、うつむいたまま目をギュッとつぶっていると。
「そっか。理由を聞けて安心した」
　空守君の優しい声が聞こえてきて、私は目を開けて、ゆっくりと顔を上げた。
「由優に何か不快にさせるようなことしたんじゃないかってあせってたんだ。だけど、そうじゃなくて良かった」
　ニッコリ微笑む空守君に、胸の奥が熱くなる。
「あ、あの、こんな私にあきれたりしないの？」
「何で？　むしろ由優らしい理由で可愛いじゃん。あきれるどころか、ますます好きになるな、俺」
　そう言うと、空守君は、いきなり私のおでこに自分のおでこをくっつけた。
　ええっ!!　な、何で!?
　心も頭の中もパニックで、体はガチガチに固まってしまった。ほおはおそらく真っ赤だ。
　だって、こんなに至近距離で見つめられてるんだもん。

「会話は何でもいいよ。天気の話でもいいし、俺に対する不満でも愚痴でもいい。どんな些細なことでもいいから気軽に話して？」

そ、そんな、空守君に不満や愚痴なんて何ひとつないよ。どちらかと言えば、それは私が言われる立場な気がする。
「でも、それだと聞いてる空守君がつまらないよね」
「そんなわけねぇじゃん。由優が話してくれることなら、どんな些細なことでも、つまらないなんて感じねぇから」

空守君は片手を私の頭に添えると、優しくなでた。
「だから、あんまり気にせず思ったこと話せよ。彼女だからって、気負いすぎなくていい」

空守君の声も、私を見つめるその瞳も、優しさであふれてる。その言葉に、不思議と心が軽くなったような感じがした。

私、難しく考えすぎてたのかな？

もっと肩の力を抜いて、空守君と話したり、接したりしていけばいいんだよね？

空守君は、きっと、ふんわりと優しく私を受け止めてくれるから。

優しい気持ち

「空守君、ありがとう。今度は、いろいろと思いついたことを話すからね」
　笑顔で言うと、空守君はおでこを離した。
　そして、頭に回していた手を私のほおへと滑らせる。
「由優」
　そう呼んだ空守君は、ゆっくりゆっくり私に顔を近づけてくる。
　重なりそうになる唇に、私も目を閉じた時だった。
　突然、ガラリと扉の開く音がして、私たちはあわてて距離をあける。
　すぐに視線を扉の方に向けると、そこに立っていたのは雅お兄ちゃんだった。
「ま、雅お兄ちゃん!!　どど、どうしたの!?」
「ん？　ちょっと由優に会いたくてさ。教室に寄ったけどいなかったから、ここかなと思って」
　雅お兄ちゃんは、動揺している私に微笑んだ後、空守君に視線を移した。私も、ゆっくりと空守君の方に顔を向けると、なんだか不機嫌そうな表情をしている。
「だけど、また先客か。しかも、学校の保健室で、やけに大胆（だいたん）なこと、してるんだな？」
「あと数センチだったのに、生徒会長さんのせいでキスできませんでしたけどね」

ふたりとも穏やかな声なのに、なぜか背筋に寒気が走る。空守君は黒いオーラをバシバシ放ってるし。この空間が一瞬にして息詰まる場所へと変わった気がするよ。
「俺、諦めろって言わなかったっけ？」
　雅お兄ちゃんは、少し低い声を出しながら、スタスタとソファーのそばまでやって来た。
「そう言われて諦められるほど、由優への気持ちは小さなものじゃないので。それに、もう由優は俺のものですから」
　空守君は私の方を見ると、笑みを浮かべる。
　言葉にも笑顔にもドキッとさせられた私は、ボンッと火がついたかのように顔が赤くなってしまった。恥ずかしくて顔をうつむかせようとすると、雅お兄ちゃんが、私の前まで来てしゃがみ込んだ。
「少しだけ、ふたりで話したい」
　まっすぐ見つめられた私が、思わずうなずこうとすると、空守君の手が伸びてきて抱き寄せられた。
「それは無理です」
　キッパリ断る空守君に、雅お兄ちゃんはフッと笑った。
「あんまり束縛してると、由優は離れていくと思うけど？」
　雅お兄ちゃんの言葉に反応した空守君は、抱き寄せていた私をゆっくりと離した。
「ほんの少しの時間でいいんだけどさ、俺に時間をくれないか？」
　雅お兄ちゃんの真剣な眼差しは、空守君へと注がれる。
　その目を空守君も怪訝そうな表情を浮かべながらもジッ

と見つめた。
「手は出さない約束で、5分だけなら」
　それだけ言うと、空守君はスッと立ち上がった。
「えっ、あの、空守君？」
「何か大事な話あるみたいだから、俺は外に出てるよ。変なこと、されそうになったら呼べよ？」
「そんなことしねぇよ」と言う雅お兄ちゃんをよそに、空守君の大きな手が私の頭にポンとのせられる。優しく微笑みながら私を見つめた後、保健室を出て行った。

　私と雅お兄ちゃんだけになった保健室。
　少し沈黙があった後、空守君が座っていた場所に、雅お兄ちゃんが腰をおろした。
「アイツの言ってたこと、本当？　俺のものって言ってたけど……」
　横から顔をのぞき込まれた私は、コクンとうなずいた。
　とたんにカァッと熱くなる体が、ドキドキを加速させる。
　もう熱くて沸騰してしまいそうな勢いだ。
「そうなんだ。由優のそばにいるのは俺だけだって思ってたんだけどな」
　雅お兄ちゃんは、私の腕をつかむとグイッと引っ張って自分の方へと体を向かせた。
「俺じゃダメか？」
　腕をつかむ力が少し強くなる。
　低く響いた声は私の心をドキン、と震わせた。

「由優が好きなんだ。だから、お前の彼氏になれないかな?」

　ビックリして固まっている私を、雅お兄ちゃんは少しも視線をそらすことなく見つめる。まさか、雅お兄ちゃんから「好き」って言われると思ってなかったよ。雅お兄ちゃんとは小さい頃から一緒にいたし、私にいつも優しく、明るく接してくれていた。

　私だって、そんな雅お兄ちゃんのことは好き。

　だけど……。

　その気持ちは恋じゃないんだ。

「ご、ごめんなさい。私、雅お兄ちゃんの気持ちには、こ、応えられないです」

　声も、そして手までもが震える。

　胸が苦しくて、涙があふれてしまった。

　ずっと、本当のお兄ちゃんみたいに慕っていた人が、私に対して抱いてくれていた気持ち。

　だけど、私は空守君が好きだから、それに応えることはできない。

　気持ちを受け入れてもらえなかった時の悲しさや切なさは、私も経験したから、余計に苦しいよ。

「由優?　泣くなよ。俺の方こそ、ごめんな。困らせるようなこと言って」

　雅お兄ちゃんは私の頭に手をのせると、優しくなでた。

「俺、実はさ、クラスマッチの日に見たんだ。由優とアイツが保健室でキスしてたのを。そしてふたりの会話も聞いちゃったんだ」

え？
あの時、雅お兄ちゃん、保健室の前に来てたの？
見られちゃってたんだ、私と空守君。驚きと恥ずかしさで顔が赤くなっていく。
「だから、由優の気持ちがアイツにあるの知ってて、告白した。伝えずにはいられなかったとはいえ、意地悪なことしちゃったな」
「ごめん」って言いながら、私を見つめる雅お兄ちゃんは、今まで見たことないような切ない表情をしていた。
「ま、雅お兄ちゃん、本当にごめんね」
次々とこぼれ落ちる涙をゴシゴシと拭っていると、雅お兄ちゃんの手がほおに触れた。
「そんなにこすると腫れるぞ？」
優しく微笑むと、親指でなでるように涙を拭ってくれた。
「アイツ、なんだよな？　由優が恋した王子様ってさ」
「えっ、雅お兄ちゃん、あの時のこと覚えてたの？」
「当然だろ？」
そう言いながら、雅お兄ちゃんは笑った。
まさか忘れてなかったなんて。
私が小学１年とか、２年の頃のことなのに。
「すごい記憶力だね」
「忘れられなかったんだよ。由優がキラキラ瞳を輝かせて『王子様の魔法のおかげなんだよ！』って、何度も言ってたからな」
「そっ、そんな言葉まで覚えてたの!?」

私、何度も言ったっけ!?
　あの時は、心から思った言葉だったけど、今聞くと、めちゃくちゃ恥ずかしいよ。
「保健室で初めてアイツに会った時、胸騒ぎがしたんだよな。由優が男子生徒と一緒に勉強するなんてこと、今までなかったからさ」
　そういえばそうだ。
　私、雅お兄ちゃんに勉強教えてもらったりしたことは何度もあるけど、雅お兄ちゃん以外だと、空守君が初めて。
「胸騒ぎが気のせいなら良かったけど、無理だったな。由優がアイツを見る時の目は、特別だ」
　ほおに指を触れたままで、雅お兄ちゃんは、どこか切なさを帯びた、穏やかな笑顔で私を見つめた。
「そろそろ時間ですけど、いいですか？」
　空守君が待ちくたびれたというような表情で、雅お兄ちゃんを見ながら、扉を開けて入ってきた。
「由優？」
　そして、空守君はすぐに視線を私へと移すと、驚いた表情を浮かべる。
　あ。そういえば、私。
　自分の手でほおを触ると、涙でまだ濡れていた。
「生徒会長に何された？」
　そ、空守君。
　ものすごく不機嫌そう。
「ち、違うの！　何かされたとか、そういうわけじゃない

から！」
　首を振って否定したけれど、空守君の機嫌はますます悪くなっていく。
「由優に手は出さない約束で、俺は保健室から出たんですけど」
　雅お兄ちゃんをにらむ空守君に、もはや私の声は届いてない様子。
　どうしよう。
　ひとりでオロオロしていると、雅お兄ちゃんが私の肩に手を回してグイッと引き寄せた。
「そんなに疑いの眼差しで見るなよ。でも何言っても、どうせ疑われるんなら」
「ひゃっ！」
　驚きのあまり、変な声が出てしまった。
　雅お兄ちゃんの唇が、私のほおに触れたから。
　今、私、キスされちゃった!?
　突然のことで、何もリアクションがとれない。
　空守君は、そんな私を見るとズカズカと荒々しく音をたてながらソファーの所まで歩いてきた。
「由優に、それ以上触るな」
　怖さを感じてしまうほどの低い声で言うと、私の肩に回されていた手を引きはがした。
「痛っ！　そんなに熱くなるなよ。疑ったりしたアンタが悪いんだからな？」
　雅お兄ちゃんは、空守君に振り払われた手を押さえなが

ら、立ち上がった。
「じゃあ俺は帰るよ。あんまりいると、彼の怒りが頂点(ちょうてん)に達しそうだからな」
　雅お兄ちゃんは私を見ると、ニッコリ微笑んだ。
「俺、ちゃんと由優の気持ちが聞けてスッキリした。ありがとな」
　言葉がつかえてしまって何も言えない私を、雅お兄ちゃんは見つめる。その表情は、さっきまでの切なさはなくて、晴れやかな笑顔のような気がした。

久しぶりの言葉 [side 理緒]

「あ、アンタ、空守って言ったっけ？」
　保健室を出ようと扉を開けた生徒会長が、俺の方に振り向いた。
「絶対に由優を悲しませるなよ。彼氏になったんなら、彼女がちゃんと笑顔でいられるように守ってやれ」
　キッと鋭い視線を向けると、廊下へと出て行った。
　そんなこと、生徒会長に言われなくたってわかってる。
　由優の悲しい表情や涙なんか、もう見たくない。
　苦い思い出は、あの時のことだけで十分だ。
「きゃっ！　空守君!?」
　ソファーに座った俺は、由優を思いっきり抱きしめた。
　5分離れてただけなのに、気持ちが高ぶる。
　ずっと由優と一緒にいたい。俺だけを見ていてほしい。そんな感情を抱きながら、由優の甘い香りに包まれていた。
「空守、君？」
　抱きしめたままピクリとも動かない俺に、由優が心配そうに声をかける。
　ちゃんと言っておかなきゃな。
　10才の頃のこと。
「なあ、由優、このままで聞いてもらいたいことがあるんだけど、いいかな？」
「う、うん」

少しとまどったようにうなずく由優。そんな彼女の耳元で、俺はあの頃の自分の気持ちを正直に話した。

　本当は、由優からの告白が舞い上がってしまうほどうれしかったこと。好きだって言いたかったけど、周りで隠れて見ていた男子に冷やかされたり、からかわれたり、後で、そうなることが恥ずかしくて、実際の気持ちとは反対のことを言ってしまったこと。

　何もかも由優に伝えた。
「本当にごめん。恥ずかしいっていう気持ちに負けた自分が情けねぇよ。そのせいで、由優をたくさん傷付けた」

　ギュッと強く抱きしめる。

　由優の体はかすかに震えているような気がした。

　由優、ガッカリしちまったかな？

　俺が断ったのが、こんなに自分勝手な理由だったなんて、最低だって思ってるよな、絶対。

　だけど、由優の口から出た言葉は意外なものだった。
「わ、私こそ、ごめんね。空守君の気持ちも知らずに告白しちゃって。そういう状況だったら、恥ずかしって思うのも無理ないよ。私、無神経だったね」

　俺が悪いのに、そんな俺に怒るわけでも、あきれるわけでもなく。逆に気づけなかった自分を責める由優に、胸が締めつけられるように苦しくなる。
「由優が謝る理由は、どこにもねぇよ。無神経なんかじゃねぇ。最低なことしたのは俺なんだから」

　そう言って、抱きしめる力を緩めた俺が由優の顔を見る

と、目に涙を浮かべていた。

　俺、さっき生徒会長に言われたばかりなのにな。

　また、悲しませてしまった……。

　好きな女の子を、泣かせることしかできねぇのかよ。

　俺は、由優の顔から視線を外して(はず)うつむいた。

「空守君、ありがとう。本当のこと話してくれて。あの時、空守君に嫌われてたわけじゃなかったんだね。そう思ったらうれしくて涙が出てきちゃった」

　え？　俺は目を見開く。

　まさか、"ありがとう"なんて言葉が出てくるとは思ってなかったから、思わずビックリしてしまった。

　由優はうれしくて泣いてくれるんだ。

　涙を自分の指で拭いながら、ほおを赤くして微笑む由優に、ドクンと心臓が大きく打つ。

　由優のすべてが愛しい。

　こんなに俺の気持ちを満たしてくれるのは、由優しかいねぇな。

「ありがとう、由優」

　涙を拭っていた手をつかんだ俺は、そのまま由優を引き寄せて唇を重ねた。

「んっ」

　時おり漏れる甘い声を聞きながら、何度も口づける。

　苦しそうにしながらも、俺のキスに応えようとしてくれる由優が可愛くて。

　時間の流れなんか忘れて、俺は由優に夢中になってた。

しばらくして、ゆっくり唇を離すと、由優は俺にもたれかかった。
キスの時間、長過ぎたかな!?
俺、ちょっと気持ちが暴走してたかもしれねぇ。
肩で息をしている由優を優しく抱きしめた。
「ごめん。大丈夫か？」
不安まじりの声で聞く。
「うん。大丈夫だよ、空守君」
あがる息を落ち着けながら由優は小さな声で答えた。
そういえば、俺。
まだ"空守君"だったな。
彼氏になって数日が経つわけだし、そろそろ"理緒"って呼んでもらいたい。
「由優、お願いがあるんだけどさ」
俺の声に反応した由優は、顔を上げると目をパチパチさせながら少し首を傾ける。そのしぐさにすら、暴走しそうになる俺は、そうならないように必死に抑えた。
「俺のこと、前みたいに呼んでほしい」
小学生の時。
俺が由優を振る前の呼び方に戻ってほしいんだ。
「えっと、きゅ、急に言われると、ドキドキしちゃって。あの、近いうちには、そう呼ぶから」
近いうちっていつだ!?
俺、待ってやりてぇけど、この流れで想いがふくらみすぎてるから、もう待てねぇよ。

気まずそうにうつむいてしまった由優のあごに手を添えて、俺の方へと向かせた。
「今、呼んで？」
　俺は由優の揺れる瞳をジッと見つめた。
　俺たちの間に静かな時間が流れていく。
　ふと視線を目から落とすと、唇をかすかに震わせているのが目に飛び込んできた。
　何やってんだ、俺。いくらすぐにでも聞きたいからって、強制しすぎるのもダメだよな。
　そう思い、由優のあごから手を離そうとすると。
「りお……」
　聞こえてきた小さな声が俺の心に響く。
　今、俺のこと呼んでくれた、よな？　無理やりなお願いを聞き入れてもらって、素直にうれしい。
「由優、もう一度呼んで？」
　何だか信じられなくて、また彼女の声を求める。
「りお」
「もう一回」
「理緒」
　ヤバい。めちゃくちゃドキドキする。
「や、やっぱり久しぶりに呼ぶのは照れちゃうね」
　由優は耳まで真っ赤に染めながら、ニッコリ笑った。
　潤んだ目で見つめられて、俺の理性は今にも飛びそうだ。
　押し倒しそうになる衝動を必死に抑えて、由優を抱きしめた俺は、髪にキスをした。しばらく、このまま抱きしめ

ていた方が良さそうだな。由優の表情があまりに可愛すぎて、見続けてるとノックアウトされそうだし。それに、俺の顔も、たぶん赤くなってる。そんな顔を由優に見られるのも、ちょっと恥ずかしいからな。

しばらくふたりで保健室にいるうちに、俺の舞い上がっていた気持ちも、顔のほてりも治まってきた。

ちょうどそのタイミングで保健の先生が戻って来たこともあり、俺たちは足早に保健室を出ることに。

由優は、恥ずかしがって一緒に帰るのを断ろうとしたけど、俺は、あっさり却下させてもらった。

外も暗くなってきたっていうのに、ひとりで帰らせるのは物騒だし、何より俺が少しでも長く由優のそばにいたい。

そう思ったから。

「じゃあ、また明日ね、り、理緒」

家の前まで送ると、由優は少しぎこちない感じではあるが、俺の名前を呼んでくれた。

俺が手を振ると、胸元で小さく手を振り返して、かけ足で家へと入っていく由優に思わず笑みがこぼれる。

何か、すげぇ幸せを感じる。

４月の頃は果てしなく遠く感じてた距離が、こんなに近くなったもんな。

俺の彼女になってくれたんだよな、由優。

アイツのことをずっと好きでいて良かった。

夢見心地な気分

「ただいま〜」

 キッチンにいるお母さんに声をかけた私は、トントンと階段をかけ上がり、自分の部屋に急いで入った。

「つ、ついに理緒って呼んじゃった」

 本人からお願いされたとはいえ、名前で呼んだことに変わりないよね。

 ひゃあ〜。久々(ひさびさ)に呼んじゃったよぉ!

 ポッと火がついたようにほおが熱くなる。

 舞(ま)い上がっている気持ちのまま、ベッドに思いっきりダイブした。

 もう昔のように、名前で呼べる日なんて来ないと思ってた。私自身も、それでいいって思ってたけど、やっぱりうれしい。

 まだ照れがあるけどうれしいよ。

 ボフッと枕に顔を埋めて、足を小さくバタバタとさせた。

 こんなに気持ちが弾(はず)むなんて思わなかったな。

 まだドキドキが止まらない。

 空守君、じゃなくて、理緒といっぱいキスしちゃった。

 意識が飛んじゃいそうなくらい苦しかったけど、すごく甘いキスだったなぁ。

 思い出すだけでも、ニンマリとしちゃう。

 あ〜、なんか今日は舞い上がり過ぎだ、私。

枕に埋めていた顔を上げた私は、ギュッとその枕を抱きしめて天井をボーッと見つめた。
　王子様かぁ。
　今日、雅お兄ちゃんに言われたことがふと頭に浮かぶ。
　懐かしい響きだったなぁ。雅お兄ちゃんに理緒のことを話す時は、そう呼んでたんだよね。
　理緒、覚えてるかな？
　私があなたのことを好きだって意識するキッカケになった日のこと。

　あれは、6歳の春頃だったな。
　小学校に入学してウキウキ気分だった私は、帰り道、桜を見上げながら鼻歌を唄って歩いてたんだよね。これから、たくさん友達ができるといいなぁ、なんて思いながら。でも、桜に見とれて足元の石に気づかなかった私は、つまずいてしまい見事に転倒。スカートだったからひざをすりむいちゃったんだ。
　血は出てくるし、痛いし、それまでの楽しい気持ちは一気に吹っ飛んでいった。
　その場で体育座りして、傷口を見ながら涙をこぼしていると、急に目の前に誰かがしゃがみ込んできたんだ。誰だろうと思って、ふと視線を上げると、それは私と同い年くらいの男の子だった。
　そう、その男の子が理緒。
　それが理緒との初めての出会いだったんだ。

「ケガしたのか？」

そう聞かれて、私はコクンと力なくうなずいた。

こんなところを見られちゃって、男の子だし、からかわれるんだろうなって思ったんだけど。その男の子は無言で、ランドセルやポケットを探りはじめた。

何してるんだろう？

その行動の意味がわからず凝視していると、理緒はランドセルの中から何かを取り出した。その手を見ると、持っていたのは、絆創膏。

「これ貼るから、動くなよ？」

優しい口調で言うと、ピッとはがして絆創膏を傷口に丁寧に貼ってくれたんだ。

私は泣くのも忘れてその光景に見入っていた。まさか手当てしてくれるなんて、思ってもみなかったから。

絆創膏を貼り終えた男の子は、私の顔を見ると、ほおにつたった涙の跡を指でサッとぬぐってくれた。

「もう大丈夫。すぐに治るよ、きっと」

そう言って満面の笑みを浮かべてくれた彼に、私の胸はドキンと高鳴ったんだ。

この時、私は優しい彼に恋に落ちたんだよね……。

そう言われた後、不思議と傷口の痛みを感じなくなったんだっけ。

手当てしてもらう前までは、痛くて仕方ないくらいだったのに。

何だか、私に素敵な笑顔と言葉で魔法をかけてくれたん

じゃないかなって思った。

　急に私の前に現れて手当てしてくれた、そのカッコいい姿は、まるで王子様。キラキラの笑顔がまぶしくて、あの時の胸のトキメキを思い出すと、今もキュンとなっちゃう。

　恋した私は意外と積極的だったなぁ。

　理緒の名前だって、あの日の翌日に気になっちゃって、同じクラスの友達に、聞き込みしたくらいだもん。隣のクラスだっていうのがわかった後は、休み時間とかに、こっそり教室の入り口から、理緒のことをチラチラ見たこともあった。今の私からしたら、信じられないくらい大胆な行動をしてたんだよね。

　それぐらい好きになっちゃった人なんだ。

　その王子様が今は私の彼氏。

　理緒のこと、ずっとずっと好きで良かった。

Act VII

それは突然

　理緒と付き合い始めて半月、11月に突入したある日のこと。
「なんか増えたよね、理緒君の周りに来る女子」
「う、うん」
　朝、久々に静乃と登校してきた私はしみじみと実感してしまった。
　そう。最近、また理緒のファンになった女の子が増えたような気がするんだ。4月の頃は、休み時間に理緒の席にやって来る女の子は数人だったのに、今や十数人くらい来てる。クラスマッチの活躍が、やっぱりファンを増やすことにつながったんだろうな。
　自分の席に向かうと、そこにはすでに誰か女の子が座っていた。
　うっ、やっぱり。
　そんな気はしてたんだよね。
　ここのところ、私の席に座って理緒に話しかける女の子も現れるようになった。確かに隣で話せるのは、ファンの女の子からしたら、うれしいことだもんね。
「由優、私の席なんだからどいて！ってバシッと言って座っちゃいなさいよ！」
　静乃は女の子たちを怪訝そうに見ると、私の背中をポンと押した。そ、そんなキツい口調(くちょう)で言えるわけないよ。

「あの、ちょっとだけカバン置かせてね」
　座っている女の子に小さな声で言って、机にカバンを置いた。やっぱり「どいて！」とは言えないよ。みんな理緒のことが好きだから、おしゃべりしに来てるんだもんね。
　それに、私と理緒が付き合ってることは、いまだに静乃以外の女の子たちには内緒にしてる。照れもあるけど、理緒ファンの女の子たちの反応が怖いし、申し訳なさもあるから。そんな状況で堂々と座ったりしたら、他の女の子たちにも疑われそうだよね、何かあるんじゃないかって。
　そうだ、保健室にでも行こうかな。
　そう思い、自分の席から離れようとすると。
「あのさ、どいてくれない？　そこ、由優の席なんだけど」
　突然、理緒の低い声が響いて女の子たちは静まりかえった。理緒を見ると、私の席に座っている女の子に向けて、かなり不機嫌そうな顔をしながら視線を飛ばしている。
「ご、ごめんね包海さん！」
　女の子は気まずそうに席から立ち上がると、自分の席へと戻っていってしまった。
　この雰囲気で座るのは、私も気まずい。とはいえ、座らないわけにもいかず、静かに腰をおろした。取り囲んでいた女の子たちも、いつもより不機嫌そうな理緒を察したのか、それぞれの席へと戻っていく。
　女の子たちの邪魔しちゃった。
　しかも、理緒にハッキリと名前で呼ばれちゃったから、みんなどうして？って不審に思ったかもしれない。

私、保健室にそのまま行けば良かったかな。
「おはよ、由優」
　急に笑顔になった理緒に、私は小さな声で「おはよう」と返した。
「ごめんね。朝から微妙な空気にさせちゃって」
「由優が悪いわけじゃねぇだろ？　勝手に座る女子がいけないんだからさ」
　優しい笑顔を向けてくれる理緒に、朝からドキッと心臓が飛び跳ねる。
　この笑顔、他の女の子たちが見たら、ますます理緒のことを好きになっちゃうんだろうな。
　私だって、こんなにドキドキしてるくらいだから。

　授業が始まっても、私は理緒の横顔をチラチラ見ていた。ずっと見ていたいって思う私は理緒への想いが強すぎるのかな？　ノートをとらずに見ていると、不意に理緒が私の方に顔を向ける。わわわっと思い、あわてて真っ白なノートに視線をそらすと、理緒がシャーペンを持っていた私の手を握った。
　ドキドキしながら隣を見ると、バレバレと言わんばかりの表情で笑みを浮かべる理緒がいて、私の顔は真っ赤。
　こうなると授業なんか頭に入ってくるはずもなく、心臓だけがあわただしく動いていた。
　今日は教室での授業が多かったから、理緒のことばかり見てたなぁ。最後の授業が終わっても、心拍数は速い

まま。授業も、ろくに手につかないほど理緒のことばっかり考えてるなんて、私、重症かも。

まだほおも熱をもったままだよ。

ペチッと手のひらで両ほおを押さえていると、
「えーと、皆さん、ちょっといいですか?」

突然発せられた声に、クラス中が一瞬静まる。何事かとざわつく中、黒板の前にやってきたのは、クラス委員のふたりだった。
「そろそろ、また席替えをしようと思いますが、どうですか?」

その言葉にみんなは賛成といった雰囲気になる。

私は、固まってしまった。

席替え。

もう、理緒の隣じゃなくなっちゃうんだ。にぎやかなクラスのムードとは反対に、沈んだ気持ちになっていく。理緒の方も見られずにうつむいた。
「それでは、賛成多数みたいなので、席替えしちゃいたいと思います。適当に出てきて番号をひいてください」

前回同様に教卓に大きな箱が置かれ、それぞれ番号をひきはじめた。
「由優、前の席替えみたいに、席が変わらないっていう奇跡があるかもしれないよ?」

静乃にそう言われて、ちょこっとだけ淡い期待を抱きながらクジをひいたけど、結果は……。

見事に離れてしまった。

理緒は窓際の前から２番目の席。私は、廊下側の一番後ろの席。すぐ後ろに教室の出入口がある場所へと移動することになった。
　かなり距離があるな。
　やっぱり奇跡なんて、なかなか起きないよね。
　席が決まり、みんな荷物を持って移動し始める。
　理緒も渋々と立ち上がった。
「席、離れちまったな」
「うん。あ、今までありがとう。隣の席になれて良かった」
「何だよそれ。席が離れても俺たちが別れるわけじゃねぇだろ？」
　誰にも気づかれないように、理緒は私の髪をクシャッとさせるとフッと笑った。
　胸の奥がキュンとしめつけられて熱くなる。
　席替えなんて、このままなければ良かったのに。
「キャーッ！　理緒君の隣だぁ！　感激っ!!」
　新しい席に荷物を置いたとたん、甲高い声が教室中に響き渡った。チラッと理緒の隣の席を見ると、ほおを赤らめて目をキラキラさせている女の子の姿が目に映る。
　あの子、新谷さんだ。
　ショートヘアでスポーツ万能な新谷さんは、背もスラッと高くてめちゃくちゃ美人。男子の中で"彼女にしたい女の子"と言えば、真っ先に新谷さんの名前が挙がるらしい。
　そんな彼女が理緒の隣になったんだ。
　こうして見ると、私より理緒にお似合いな感じだなぁ。

新谷さんは、うれしそうに理緒に何か話しかけているみたいだ。何話してるのか、ちょっと気になっちゃう。
　理緒の方をボンヤリと見ていると、突然、目の前に男の子がヒョコッと顔をのぞかせた。私は、驚きのあまり思いっきり肩をビクッと跳ね上がらせてしまった。
「あ、ごめん。驚かせちゃったね。席に座らないで立ちっぱなしだから、どうしたのかなって思ったんだ」
　彼はニッコリ笑うと、私の隣の席に座った。
「こっちこそ、ごめんなさい。ちょっとボーッとしちゃって」
　苦笑いをしながら私も席に座った。
「そうだ！　自己紹介するね。俺、前澤瞬太。よろしくね」
　ダークブラウンの髪がサラッと揺れ、さわやかな笑顔で私を見つめる。
　そうだ、私も自己紹介しなくちゃ。
「わ、私は」
「包海さんだよね？　俺、憧れだったんだ。包海さんと話してみたいって思ってたから」
　そ、そうなの？
　私の名前なんて、知らないかなぁと思ってたけど、知ってる男の子もいたんだ。ちょっと意外。
「あ、ちなみに、さっきまで包海さんの隣に座ってた空守理緒とは中学からの友達なんだ。よく一緒につるんでたよ」
「えっ、そうなの？」
　理緒と同じ中学出身だったんだ。な、何だか、急に親近感が湧いちゃう。

「アイツ、無愛想だったでしょ？　中学の頃も女の子には冷たい態度だったんだよね。もっと愛想が良ければ彼女だってできるのにな」

　ドキッ。

　彼女って言葉に敏感に反応しすぎだよ、私。

「まあ、理緒はクールだから、あのまま女の子に対する態度は変わらないんだろうな。それでも、あれだけモテるんだからうらやましいよ」

　確かに、理緒って女の子たちとほとんど話はしないし、不機嫌そうにしてるけど、それが逆に魅力になってるんだよね。

　私、ずっと理緒に想ってもらえてただけでも、ありがたいことなのかもしれない。

　またしても、視線は理緒の方にいってしまう。

　新谷さんに話しかけられたからかもしれないけど、さっきよりも理緒の不機嫌オーラが増してるような気がした。

「そういえば、包海さんは、付き合ってる人いるの？」

「えっ!?」

　いきなり私のことに話が移り、ドキッとなってしまった。

「えっと、秘密かな」

　付き合ってないって言ったら嘘になっちゃうし、かと言って、堂々と"付き合ってます"って言える勇気もない。

　結局、微妙な返答にしてしまった。

「秘密ってことは、いないかもしれないんだ。もしもそうなら、俺、立候補<rp>（</rp><rt>りっこうほ</rt><rp>）</rp>しようかな」

りっ、立候補??
　ニコッと笑顔を向けられて、私は、どう反応したらいいのかわからず固まってしまった。
「とりあえず、明日からよろしくね。あ、呼び方、由優ちゃんでもいい？」
「は、はい」
　断る理由もないため、コクンとうなずくと、どこからか視線を感じた。キョロキョロと教室を見回すと、こちらを見ていた理緒と視線がバチッと合う。
　あれ？
　何かちょっと、怒ってる？
　どうしたんだろう？

嫉妬する日々 [side 理緒]

　せっかく由優の隣の席だったのに、席替えかよ。
　寂しそうにしていた由優には笑顔を見せたけど、俺も気持ちが沈む。
　ずっとこのままの席でいいのにな。
　ため息混じりに新しい席へと移動すると、隣の席はショートヘアの女子。誰だか知らねぇけど、女子かよ。席替えは必ずしも女子が隣になるとは限らない。
　だから、男子だったら話もできるし、いいと思ったんだけどな。
「理緒君！　私、新谷黎です。これからよろしくね!!」
「ああ」
　とりあえず、返事だけはして席に着いた。
　正直言って、名前とかどうでもいい。由優以外の女にはいっさい興味がねぇ。
「ねぇ、理緒君。先月のクラスマッチ、すごくカッコよかったね！　一番好きなスポーツって、サッカーなの？」
　ムッとしている俺にかまわず、女はどんどんとテンション高く話しかけてくる。これからずっと、こんな感じなのかよ。
　心の中で大きなため息をついた。
　そういえば、由優の隣の席って誰だ？
　廊下の方の席へと視線を向けた。

はぁ!?
　嘘だろ、男が隣かよ！　しかも、瞬太じゃねぇか！
　何やら瞬太は由優に話しかけている様子だ。
　勝手に、気安く話しかけるんじゃねぇよ。
　今すぐにでも、アイツのところに行って会話の邪魔してやりたい。俺の中でイライラが募りまくっていた。

　それから数日後。
「はぁ」
「なんだよ、理緒。日中からため息ばっかりじゃん。幸せが逃げてくぞ？　ほら、もっと元気出して行こうぜ？」
　休み時間に、俺はベランダで、なぜか瞬太に励まされてる始末。余計に気が滅入りそうだ。だいたい、瞬太はどうしてそんなに笑顔なんだ？
「お前は、やけに機嫌いいよな」
　力なく聞くと、瞬太は「そうなんだよ」と俺の肩にガバッと手を回した。
「由優ちゃん、めちゃくちゃ可愛いんだよ。特に笑顔はドキッとするなぁ。あれは、東中の奴らが騒ぐだけあるよ」
　由優の笑顔。
　俺の眉が無意識にピクリと上がるのがわかった。
　笑顔、もう間近で見たのかよ、コイツ。
　沸々と黒い気持ちがわいてくる。
「だんだんと話もしてくれるようになってきたし、毎日楽しくてさ！　俺、完璧に惚れたな、由優ちゃんに」

上機嫌の瞬太に、心の中が嫉妬で埋めつくされる。
　　俺の女に惚れるんじゃねぇよ。
「アイツは、渡さねぇから」
　　低い声でつぶやいた俺は、瞬太の腕をふりほどいて先に教室に入った。
「えっ？　なんて言ったんだよ、理緒!?」
　　後ろから続けて教室に入って来た瞬太の言葉を無視して、自分の席に座った。チラッと由優を見ると、次の授業の準備をしているようだ。
　　こっち、見てくれねぇかな。そう願いを込めて視線を送ると、それに応えてくれたかのように由優がこちらを見てくれた。いきなり目が合ってビックリしたのか、すぐにそらされたけど、それでもうれしい。
　　何だか、心が通じてる気がしたんだ。

　　放課後になると、俺はカバンを持って立ち上がった。
　　さっさと保健室に行きてぇ。
　　由優が教室から出て行くのを見て、俺も行こうとすると、隣の席の女も立ち上がって、ニコニコ笑みを浮かべる。
　　なんだよ、一体。
「理緒君、もう帰っちゃうの？　私、今日は部活がお休みで時間空いてるから、少しおしゃべりしない？」
　　部活が休みとか、俺には関係ねぇし。
「無理。俺、忙しいから」
　　低い声でそっけなく言った俺は、席の周りに集まりだし

てきた女子の間を割って、教室を出た。

　足早に保健室へと向かうと、ちょうど由優も着いたばかりのようで、カバンをソファーに置こうとしている。俺は由優のところまで行くと、すかさずギュッと抱きしめた。
「きゅ、急にどうしたの!?　だ、誰か来ちゃうかもしれないよ?」
　驚いている由優は離れようとするけど、そうさせないよう強く抱きしめる。
　誰か来たって別に関係ねぇよ。
　前から、ここでふたりで会ったりしてたんだから、そんな心配、今さらだろ?　少し経つと、由優はジタバタするのを止めて大人しくなった。
「理緒、何かあったの?　保健室に入ってくるなり、いきなり強く抱きしめてくるのって、初めてだから」
　俺を見上げながら話す由優の瞳は、不安そうに揺れる。
「毎日、由優のそばにいられねぇのがキツい。あと、お前の隣にいる男の行動が、かなり不安」
　時間が経てば経つほど、由優が恋しくてたまらなくなる。もちろん、こうして会ってはいるけど、席が隣ならもっと由優と一緒にいられる。しかも、俺が隣にいれば、男が寄り付く不安だってほとんどなかったからな。
「えっ、私の隣って、瞬太君のこと言ってるの?」
　瞬太、君?
　一瞬、ピクリと体が跳ねた。

俺、聞き間違えしたわけじゃねぇよな。
「由優、アイツのこと、名前で呼んでんの？」
「うん。最初は前澤君って呼んだんだけど、名前で呼んでほしいって言われたの。断るのも変かなぁと思って」
　いやいや、変じゃねぇよ。そこは断固拒否してもらいたいんだけど。
「アイツの名前は呼ぶなよ」
　俺は、由優の反応を見る前に唇を重ねた。驚いて唇を離そうとする由優の後頭部に手を回して、グッと引き寄せる。
「んん」
　由優からは甘い声がこぼれる。
　その声にドキドキしながら、キスを続けた。
　唇を離すと、荒い呼吸を繰り返している由優をソファーに座らせた。顔を見るとほおが赤く染まっている。
「あの、そんなに不安になるような人じゃないよ？　理緒の友達だもん、大丈夫だよ」
　ニッコリ笑ってくれる由優の言葉を素直に受け入れたいところだけど、こればかりは無理だ。どう考えたって、瞬太の行動には不安要素がある。
　俺の友達だけど、だからこそわかるんだ。大丈夫なんかじゃねぇ。アイツは由優に本気なんだからな。

　次の日も瞬太は、休み時間に由優と何か会話をしている。
　一応、なるべく話さないようにしてほしいと由優には言ったけど、瞬太から話しかけられたら断れないよな。きっ

と、むやみに断るのも申し訳ないって思ってるんだろう。

俺としては、キッパリ、バッサリ断ってもらいたいが、由優は優しいからな。

そういうわけにもいかないか。

でも、ふたりが会話する姿を見ると、嫉妬心に包まれる。

俺、そのうちに、無意識に瞬太の目の前に立って、にらみつけていそうで怖いな。もう由優と付き合ってるって、みんなの前で言いてぇ。

そうすれば、俺と由優の間に入り込む奴なんて、誰もいなくなる。

だけど、由優は秘密にしたがってるんだよな。ハッキリと言われたわけじゃねぇけど、何となくそんな意味合いのことは遠まわしにお願いされた。

ずっと傷つけてきた分、由優のことを大切にしたい。

だから、アイツが秘密にしたいなら、そうしていようと思っていた。

でも、それは席替えする前までの話。今は、気を緩めたら、みんなの前で「俺の彼女だ」って言ってしていまいそうだ。

由優、秘密にするのをやめたいって言ってくれねぇかな。
「理緒君っ！ どうしたの？ 今日はボーッとしたりして。何か考えごと？」

由優を見ようとした俺の視界を隣の席の女がさえぎった。「邪魔」のひと言を放ったけれど、まるで聞く耳を持たず。それどころか、ますます話をふっかけられてしまい、

俺は由優を見るのを諦めて、机に突っ伏した。
はぁ。
毎日、妬いてばかりで限界が近いな、俺。

プレゼント

「理緒君！　今日の英語の授業なんだけど、課題やってきた？」
「黎ったら失礼だよ！　理緒君は、いつもきちんとやってくるんだから。ね？　理緒君」

　私が教室に入るなり、理緒の席から、女の子たちのワントーン高い声が聞こえてきた。まるで朝とは思えないくらいの盛り上がりっぷりだ。席替えしてから、だいぶ経ったけど、毎朝同じくらいテンション高くて、すごいなぁ。

　理緒は、そんな女の子たちとは対照的に、何もしゃべらずにただ窓の外を眺めていた。

　機嫌はあんまり良くなさそう。話しかけるなっていうオーラが漂っている。

「理緒君って、本当にクールでカッコいいよね！　同い年の男子に比べたら、ダントツに大人って感じで素敵だよ?」

　でも、そんなオーラをもろともせず、女の子は話しかける。理緒は相変わらず、女の子たちに動じたりすることなく、どこか遠くをボンヤリと見続けていた。あんな風に女の子に対して、クールに接している理緒は、確かに同い年の男の子よりは、大人っぽく見えるかも。

　あ！　そういえば。

　私は淡いピンク色の小さな手帳を取り出すと、12月のカレンダーのページを開いた。

12月5日。

もうすぐ理緒の誕生日だ。

私が告白したのも誕生日の日だったから、よく覚えてるんだよね。あの時は、フラれちゃったから苦い思い出として刻(きざ)まれたけど、今年は違う。理緒の誕生日に、"おめでとう"って言えるんだ。

うれしいな。

そうだ！　プレゼント、何にしようかな。

せっかくだから、理緒には内緒で用意したい。

誕生日に驚かせたいから。

理緒はどんなものが好きかなぁ？

どういうプレゼントなら喜んでくれるんだろう？

理緒を見ながら、うーんと頭の中で考えていた。

まだ思い浮かばないよ。

一日の授業が終わり、家に帰って来た私はベッドに仰向(あおむ)けに寝転がった。考えれば考えるほど、ますます何を渡せばいいのかわからなくなる。

あと一週間で誕生日なのに。ため息をつきながら、カーテンの隙間からこぼれる月の光を見つめた。

私、ずっと理緒が好きだったけど。

そのわりに、理緒自身のこと、あまりよく知らなかったみたい。

彼女にしてもらったのに、これじゃあ失格(しっかく)かなぁ？

翌日、授業が終わった後、すぐに帰り支度(じたく)を済ませて教

室を飛び出した。いつもなら、保健室に行って朝比奈先生と何気ない話をしたり、理緒とおしゃべりや勉強をするところだけど。

　今日は、いろんなお店に行ってみよう。このままじゃ、何もプレゼントが決まらないまま理緒の誕生日が来ちゃうよ。

　かけ足で校舎から出た。
「由優ちゃん！」
　その時、突然呼び止められて、私が振り向くと前澤君が手を振りながらやってきた。
「どうしたの？　私、何か落とした、とか？」
　キョロキョロ見回すと、前澤君がニコッと笑った。
「違うよ。一緒に帰ろうと思ってさ」
　行こう？と言って歩き始める前澤君を呼び止めた。
「今日はちょっと用事があって、お買い物していくから。ごめんなさい」
　頭を下げて謝り、前澤君の横を通り過ぎようとすると、手首をつかまれた。
「その買い物、俺も付き合っていい？」
　えっ。前澤君も一緒に？
　ダメ？とキラキラとした視線で見つめられる。そ、そんな風に見られてもダメとしか言えない。
　だって、買い物の目的は理緒の誕生日プレゼント。
　大切な人への贈り物だから、ひとりでゆっくり選びたい。
　私は、前澤君から視線をそらして顔をうつむけた。

「ごめんなさい。ひとりで行きたいから」
「そっか。大切な買い物ってこと？」
　私がコクンとうなずくと、前澤君はスルリとつかんでいた手を離した。
「もしかして、彼氏に何か贈り物するとか？」
「えっ!?」
　とっさにうつむけていた顔を、勢いよく上げて反応してしまった。
「やっぱり彼氏いたんだ。『秘密』って答えた由優ちゃんの表情見た時に、そんな気はしてたんだけどさ」
　前澤君は、少し眉を下げて寂しそうな表情を浮かべた後、私の耳元へと顔を近づけた。
「理緒でしょ？」
「なっ、何で!?」
　思わず飛び出した言葉に、私はあわてて口を両手で覆った。心拍数が急激に上昇していく。
　前澤君、どうして理緒と付き合ってるってわかったんだろう？
「毎日、休み時間とかに理緒の席の方を見てるでしょ？授業中に由優ちゃんを見ると、黒板やノートじゃなくてアイツを見てる時が結構あるから」
　前澤君の言葉にほおが熱を帯びる。
　そ、そんなに私。
　理緒のことばかり見てたの？
　自分の中で、それほど意識していなかっただけに、恥ず

かしくなってしまった。
「まあ、決定的だったのは理緒の言葉なんだけどね」
「言葉?」
　口を覆っていた手を離した私は、何のことかわからず首を少し傾げた。
「『アイツは、渡さねぇから』って言われたんだ。前に俺が理緒に由優ちゃんの話をした時に。その時は驚きのあまり、聞こえないフリしてごまかしちゃったんだけどね」
　髪の毛をクシャッとさせながら、前澤君は苦笑いを浮かべた。
　理緒、そんなこと言ったんだ。
　顔ばかりじゃなく、体の温度がどんどん上昇する。
　頭から湯気が出てきそう。
「俺、由優ちゃんのこと本気だったんだけど諦めることにした。ふたりを見てると入り込めそうにないし。だって相思相愛だもんな」
「前澤君」
　少しうつむいて話している姿に胸が苦しくなる。
「俺、今後はふたりを応援するよ。アイツに対する苦情ならガンガン引き受けるからね!」
　前澤君は、ポンポンと自分の胸を軽くたたくと、顔を上げてニッコリと笑った。
「うん。ありがとう」
　私が少し声を震わせると、前澤君に抱きしめられた。
「理緒のこと、よろしくね」

耳元でささやくと、前澤君はすぐに体を離した。
「よ、よろしくって」
その言葉に照れてしまい、ますます顔が赤くなった。
「見捨てないでやってね」
「えっ！ どちらかというと見捨てられるとしたら、私の方だと思うから」
アタフタしながら言うと、前澤君は笑いをこらえているようだ。
「本当に由優ちゃんって可愛いな。彼氏の理緒がマジでうらやましいよ。じゃあ、俺帰るね。また明日！」
前澤君は手を振ると、そのまま振り向くことなく走っていった。

相思相愛かぁ。
小さくなっていく前澤君の後ろ姿を見ながら、頭の中でその言葉が何度もリピートされる。
そんな風に見えてたんだ、私と理緒。
どちらかというと、私の気持ちの方が重たい感じがするけどなぁ。それにしても、授業中も頻繁に理緒の方を見ていたとは思わなかった。
無意識って怖い。
あんまり見られたら、理緒もうっとうしく感じちゃうだろうし、これからは意識して控えなくちゃ。
あ！ プレゼント、急いで見にいかないと!!
理緒の誕生日までに残された貴重な放課後の時間だか

ら、無駄にはできない。
　そう思いながら、急ぎ足で街中のお店へと向かった。パッと目に飛び込んできたお店に入り、中をウロウロしながら雑貨やアクセサリーを次々と見ていく。可愛いと思えるものもあるけど、それは、あくまで私の好み。理緒にプレゼントするとなると、微妙な気がしてしまう。

　そうこう悩んでいるうちに、時間はあっという間に過ぎていき、気づけば外はスッカリ暗くなっていた。
　街灯が照らす道を、肩を落としながらトボトボ歩いてきた私は、家の前まで来るとハァとため息がこぼれる。
　結局、プレゼント決められなかったなぁ。明日も放課後になったら、別のお店を何軒かあたってみよう。まだ時間がないわけじゃないし、明日は決められるかもしれない。
　明日以降のプレゼント選びに期待を寄せながら家の中に入ると、お母さんがパタパタとスリッパの音を響かせて、キッチンから出てきた。
「おかえり。遅かったわね！　もうすぐ夕食の時間だから、制服着替えて手伝って！」
「うん」
　そんな気分じゃないのにと思いながらも、私は着替えを済ませてキッチンへと入った。中に入ると、美味しそうな匂いがフワリと漂ってきて鼻をくすぐる。
「今日は久しぶりに、ロールキャベツ作っちゃった！　どう？　なかなか良い感じにできたと思うんだけど」

「うん！ いい感じ！ でも、かなり久しぶりだよね？ 急にどうしたの？」

お皿に盛りつけているお母さんに聞くと、ニンマリと笑いながらテーブルの隅に視線を向けた。

そこには、少し色あせた水色のノートが置かれている。
「ちょっと部屋を整理してたら、あのノートを見つけてね。開いたら昔メモしたいろんなレシピが詰まってたから、何だか懐かしくなって作ったの」
「そうだったんだ」

私は、水色のノートを手に取るとパラパラとめくった。

あ！ このレシピ。

ふと私は、途中でページをめくる手を止めた。そこに書いてあるのは、カップケーキとクッキーのレシピ。

これ、懐かしい。

前にお母さんと一緒に作ったんだよなぁ。

あれって確か、理緒の誕生日プレゼントに渡すつもりで……。そうだ!! このふたつのスイーツを、理緒へのプレゼントにしよう！

理緒、夏祭りの時に綿あめも食べてたし、甘いものは嫌いじゃなさそう。よし、これに決めた！

前にこれを作った時は、理緒にフラれちゃって渡せずじまいだった。

そう、私が告白した理緒の10才の誕生日。

フラれた後、教室に戻った私は、流れてくる涙をゴシゴシこすりながら、カップケーキとクッキーが入った紙袋を、

ランドセルの中に押し込んだんだっけ。
　あれ以来、思い出すのが辛(つら)くて作るのは避けてきたけど。今は大丈夫。
　あの日よりも美味しく作って、理緒に手渡そう。
「誕生日おめでとう」っていう言葉や笑顔と一緒に。

かすかな不安 [side 理緒]

　何だか、ここ数日、由優の様子がおかしい気がする。俺と会話することを、避けているような感じだ。
　教室では、付き合ってることを秘密にしたいからってことで、それ以前から会話はほとんどしてなかったけど。このところ昼休みや放課後も、会話してない。
　というのも、由優が保健室に来てないんだよな。
　由優にもいろいろと都合があるだろうから、たまたま重なっただけかもしれねぇけど、少し胸がざわつく。

　放課後、周りを取り囲む女子たちの間をぬって、保健室へと走った。
　今日は、いるだろうか。っていうか、いてほしい。
　そう祈りながら、保健室にやって来たけれど、そこに由優の姿はなかった。
「あら、空守君！　残念。由優ちゃんなら今日も来てないわよ？」
「そうみたいですね」
　キョロキョロと部屋の中を見回した。家に帰ったってことだよな、たぶん。保健室の扉を閉めると、ガックリ肩を落として学校を出た。

　翌日も、由優は昼休みに保健室へと向かう気配はなく、

友達と話をしている。あの中に俺も入っていって話したいと思う俺は重症かな？

それぐらい、由優の声をそばで聞きたい。

アイツの可愛い表情を独り占めしたい。

そんな思いで、いっぱいなんだ。

あ！　もしかして由優、俺に言えない、いや言いづらいことを抱えてるのか？　それで迷惑かけたくなくて、俺と話さないようにしてるんじゃねぇよな？

アイツのことだから、その可能性は十分にある。

あ〜俺、気づくの遅すぎだろ。

大きくため息をつきながら、由優の方を見ようとすると、視界に隣の席の女が映り込んできた。

「理緒君って、よくこっちに視線送ってるよね。何見てるの？」

「アンタに関係ないじゃん」

頼むから俺の視界をさえぎるのは止めてほしい。

イライラする。

「もしや包海さんを見てる、とか？」

「え？」

俺の席の周りにいた、ひとりの茶髪の女が放った言葉に、ついついビックリしながら声を出してまった。その反応が意外だったのか、衝撃だったのか、周りの女子はとたんに甲高い声を出し始める。

「うそっ、理緒君、本当に包海さんを見てたの!?」

「たまたま視線の先に包海さんがいただけだよね？」

次々と周りから言葉が飛んできて、あまりの騒がしさに耳でもふさごうかと思った時。俺のすぐ横に立っていた背の高いメガネをかけた女が、何かを思い出したかのような顔つきをしながら、口を開いた。
「包海さんって言えばさぁ、ついこの前、校舎を出たところで男の子に抱きしめられてたらしいよ？」
　ついこの前、だと？
　ちょっと待て!!
　それ、俺じゃねぇぞ!?
　心の中でとまどいの嵐が吹き荒れる。
「あ!?　それ、私も聞いた！　同じ部活の男友達が目撃したらしくて、ビックリしちゃった！」
　別の女も、少し興奮しながら話し始める。由優が同じ教室にいるからなのか、さっきまでの高い声が、一気に小さなヒソヒソ声に変わった。
「包海さん、可愛いもん。そりゃあ彼氏がいたって不思議じゃないよ」
「だよね!?　今まで、そういう話が出なかったのが逆に不思議だったくらいだし」
「確かに！」
　周りの女子たちは、ウンウンと納得しながらうなずいている。
　そんなことより俺は、抱きしめた奴が誰なのかとか、そっちの詳細を知りてぇんだけど！
「ねぇ、それで包海さんの彼氏って誰なの？」

隣の席の女が興味津々に聞く。俺は、興味なさそうに顔を背けたフリをしたけれど、耳には全神経を集中させた。そこが一番気になるところだからな。
「チラッとしか見なかったから、確実にとは言えないらしいけど、前澤君じゃないかって言ってた」
　瞬太!?
　アイツが由優のことを抱きしめてたのか？
　女子たちが小声で「へぇ～、結構お似合いだよね！」と盛り上がってる中、俺は信じられずにしばらく思考が停止していた。

「なあ、瞬太。ちょっといいか？」
　俺は休み時間に瞬太を空き教室に呼んだ。
　どうしても事実確認だけはしておきたい、そう思った。
「どうしたんだよ。真剣な顔して。何かあったのか？」
　瞬太は、不思議そうに首を傾げる。
「お前が由優のこと、抱きしめたって、本当？」
　率直に聞くと、穏やかな笑みを浮かべていた瞬太の表情が硬くなっていく。あの話が嘘とかデタラメじゃなかったっていうのがすぐにわかった。
「確かに由優ちゃんのこと、抱きしめたよ？」
　その言葉に、何やらわからないいらだちが胸にくすぶる。
　俺は手をギュッと握りしめ、拳を作っていた。
「でも、ほんの一瞬だけだよ。キッパリ諦めようと思って、最後に思わず抱きしめたんだ。由優ちゃんには、その時に

フラれたし」
「は？」
　続けられた言葉は、まったく予想してなかっただけに、思わず変な声が出てしまった。俺がまぬけな顔をしていたのか、瞬太はプッと吹き出すように笑った。
「っていうか、告白すらできないままフラれたようなもんだな。理緒の名前を出したとたんに、由優ちゃん、ほおが赤く染まっていったからさ。あの可愛い表情は、"理緒のことが好き"って言ってるようなものだったよ」
　ドキン。ヤバッ。
　俺も顔が熱くなってきた。
　その時の由優の表情を想像するだけでも胸が高鳴る。
　瞬太に、ほおを赤くする由優を見られたのは、ちょっと複雑な気分ではあるけど。さっきまでの不安やいらだちはスッと消えた。
「そうだったのか。わ、悪かったな。急に呼び出したりして」
　髪をクシャクシャとかいた俺は、少し赤くなっている顔を見られたくなくて、瞬太に背を向けた。
「別にいいよ。それより、由優ちゃんのこと、大切にしろよ？誰かに奪われたりしないようにさ」
「もちろん、アイツのすべてを大切にする」
　勢いあまって、俺は少し赤くなった顔のまま振り向くと、瞬太に、ニヤリと笑みを浮かべられた。
「女子にはクールな態度しかとらない理緒が、由優ちゃんのことになると、まるで違うんだな。そんなに照れるお前、

初めて見たよ」
 ますます顔が熱くなる俺に、瞬太は「お先に〜!」と言って、空き教室をスタスタと出て行った。

 ほてった顔を落ち着かせてから教室に戻ると、ちょうど次の授業のチャイムが鳴り響いた。
 後ろの入り口から入ると、それに気づいた瞬太がクルッと振り向き、ニンマリと笑う。そんなに笑うなよと少しムッとして瞬太に視線を送ると、隣の席で授業の準備をしていた由優が、不意にこちらを向いた。おそらく瞬太が後ろを向いていたから気になったんだろう。俺と視線が合うと、少し恥ずかしそうにしながら、ニッコリ微笑んでくれた。
 授業なんて、どうでもいいから今すぐ抱きしめたい。
 由優のそばへと行きそうになる足を何とか踏み止めた。
 放課後まで我慢だ、我慢。
 でも、待てよ？ 最近、由優、保健室に来ないんだった。
 あれは瞬太とはまったく関係ないってことだよな？
 結局、未解決じゃねえか。
 その理由も知りたい。
 俺は由優の澄んだ瞳を見つめながら、"放課後、保健室で会いたい" そう口パクで伝えた。
 とたんに由優の顔はポッと真っ赤に染まる。
 口パクでの返事はなかったけど、コクコクと小さくうなずいてくれた。
 良かった。断られたらどうしようかと思った。

とりあえず、今日は由優と保健室で会える。
それだけで、かなり気分が上昇していくのが自分でもよくわかった。
自分の席へと戻った後も、由優がどんな表情をしてるのか気になって、ついチラッと見た。さすがに俺の方は見ていなかったけど、真っ赤になったほおを両手で押さえていた。そんなしぐさにも、笑みがこぼれてしまう。
相当、由優にハマってるな俺。

久しぶりに会える時間を心待ちにしながら残りの授業を過ごした俺は、放課後になると、由優が教室を出て行ったのを見て、少ししてから席を立つ。
「理緒君、もう帰るの？」と残念そうに声をかけてくる女子にかまうことなく教室を後にした。
自然とかけ足になる。
保健室までやって来ると、ちょうど由優も中へと入るところだった。
「り、理緒、早かったね」
目をパチパチさせながら、驚いている由優の手を握ると、すぐに中に入り扉を閉めた。
「当たり前じゃん。少しでも早く由優に会いたかったんだから」
サラサラな由優の髪を優しくなでた後、華奢な体を引き寄せた。
甘い香りが心臓をドキドキさせる。

由優とこうして会えるのは本当にうれしい。

表情が自然にゆるんでいく。

「ちょっと！　ここは学校の保健室ですよ!?」

ん？

声が聞こえた方を見ると、保健の先生が口の横に手を添えながら、ニヤニヤしていた。

あ、いたんだ、先生。由優しか見えてねぇから、つい周りのことに鈍感になるんだよな。

「あっ、ごめんなさい」

由優は先生を見ると、俺からパッと体を離して距離を置いた。保健の先生は、俺たちのこと知ってるんだから、わざわざ離れなくてもいいのに。

「今日は先生も仕事があるから、悪いけどいさせてもらうわよ？　ソファーでラブラブなところ見せつけられると集中できないから、そこ使ってくれる？」

先生はベッドを指差した。

「えっ？」

ビックリしながら、ベッドを見ている由優の手を再び握って、そばまで連れて行った。俺は由優をベッドの端に座らせると、外から見えないように白いカーテンで周りを覆った。

由優を見ると、なんだか表情が硬くなって緊張しているみたいだ。

「今日は襲ったりしねぇから、大丈夫だよ」

隣に座って、ポンと由優の頭に手をのせると、ホッとし

たように微笑みを浮かべた。
　今は聞きたかったことを聞くことが優先だ。だから、次からは襲わないっていう保証は何もねぇけど。そこまで、わざわざ言う必要もないよな。
「由優、最近どうした？　放課後、保健室に来てないよな？」
「うん。ちょっと家の都合で早く帰らなきゃいけなくて。ごめんなさい」
「あっ、いや、それならいいんだ。俺の方こそ、ごめんな。ここのところ、ずっと保健室に来てないみたいだったから、どうしたのかと思ってさ」
　申し訳なさそうに顔をうつむける由優に、俺はアタフタしながら謝った。
　やっぱり都合が悪くて来れなかっただけなんだ。
　それなのに、俺、気にし過ぎだったな。
　由優に不快な思いさせちまった。
　もう一度、「ごめん」と謝ると、由優は俺の制服のそでをキュッとつかんだ。
「心配させちゃったのは私だから、理緒は謝らないで。あの、もう来週からは大丈夫だから、またふたりで会おうね」
　ほんのりほおを赤くさせながら、ニッコリと笑う。由優の照れながら微笑む姿は、俺の心を勢いよく跳ね上がらせる。
　その顔、マジでヤバイんだよ。
　心につながれた理性の鎖をいとも簡単に切ってしまいそうだ。でも、襲わないと言った以上、今日は何があっても

我慢しないとな。
「それじゃあ、来週の月曜日は、放課後になったら、ここに集合な」
　俺は横から顔をのぞき込むと、由優の唇にかすかに触れるだけのキスをした。まばたきを何度もしながら、カチコチに固まってる由優に、微笑ましさを感じながら、しばらくふたりの時間を過ごす。
　白いカーテンにさえぎられているせいか、保健室には俺たち以外、誰もいないような気がした。由優の隣にいると、鼓動のリズムが心地よくて、何時間でもこのままでいたい。
　自然にそう思える。
　来週から由優と、保健室で会える日々が始まるんだな。
　そんなことを考えてるうちに、俺の気持ちは驚くほど軽やかに浮上していた。

涙の告白

　よし。準備OK！　月曜日の今日、いよいよ理緒の誕生日！

　まだ外が真っ暗なうちに起きて、焼き上げたカップケーキとクッキー。

　なかなか上手(うま)く作れた気がする。

　焼き加減も、見た目も味も、この一週間で一番いいできかもしれない。早く家に帰って、何度も作ったかいがあったなぁ。

　最初は、ちょっと失敗とかしちゃったけど、お母さんにアドバイスをもらいながら作ったおかげで、コツもつかめた。理緒の誕生日に、ちゃんと間に合って良かった。

　丁寧にラッピングをした袋の上に、昨日の夜に書いた理緒へのバースデーカードを添えた。

　あとは、渡すだけ。

　緊張しちゃうな。

　ラッピングした袋を、さらに手さげ用のクリーム色の紙袋に入れる頃には、もう学校に行く時間になっていた。

　カバンを持って、あわてて家を飛び出す。

　すっかり寒くなった冬の空に白い息を吐(は)きながら、学校まで走った。

　教室に入ると、視界に飛び込んできたのは、理緒の席の周りに群(むら)がるたくさんの女の子たち。

「理緒君! お誕生日おめでとう!」
「誕生日おめでとう! 理緒君、今日もカッコいい!」

　そんな声が聞こえてくる。な、なんだか、いつも以上に女の子がたくさん来てるよ。やっぱりみんな理緒の誕生日を知ってるんだ。

　それもそうだよね。みんな、理緒のことが好きなんだもん。私だけが知ってる、なんてこと、あるはずないよね。

　休み時間もお昼休みも、他のクラスから女の子たちが次々と、おしゃべりをしにやってきている。
「今日は空守の誕生日かぁ。あんなにたくさんの女子に祝ってもらえるなんて、空守も幸せ者だよな」
「同感! 俺も一度でいいから、あんな風に誕生日を過ごしてみたいよ」
　どこからか、男の子たちのうらやましがる会話が聞こえてくるほどだ。
　いつもなら、私の席から理緒の姿がちゃんと見えるのに、今日は女の子たちに隠れて見えない。そんな光景を目の当たりにすると、理緒との距離を感じてしまう。
　私が彼女だなんて、信じられないくらいだ。

　そして、迎えた放課後。
　理緒の席には、またもや女の子たちが押し寄せている。
　誕生日プレゼントを手にしながら、ニコニコして話そうとしている女の子たちも結構いるみたいだ。

この感じだと、理緒、なかなか保健室には来られないかもしれないなぁ。
　とりあえず、先に行って待っていよう。
　席を立って、教室の後ろの扉からコソコソと出た。

　うーん。理緒、遅いなぁ。
　保健室に来てから、かれこれ1時間以上が経過した。
　あれだけ女の子たちが周りにいたから、無理もないか。
　私は、カップケーキとクッキーの入っている紙袋をテーブルに置いて、ジ〜ッと見つめる。
　理緒、女の子たちから、たくさんプレゼントもらっているだろうし。私までプレゼントを渡したりしたら、ウンザリしちゃうかなぁ。
「これ以上いらない」って言われちゃうかも。
　頭の中で嫌な方へと想像をふくらませていると、急にザーッという音が聞こえた。
　わっ。
　雨降ってきちゃった。
　空から次々と雨粒がこぼれて、景色を濡らしていく。
　こんな時に雨だと、余計に気持ちが沈む。
　早く理緒の顔が見たいな。
　そうだ。ちょっと教室に戻ってみようかな。
　まだ女の子たちに囲まれているままかもしれないけど、ここでジッとしているよりは、マシかも。チラッとでもいいから、理緒のことを見られれば、ホッとできるような気

がするんだ。
　私は、カバンとクリーム色の紙袋を持つと、保健室を出て教室へと向かった。
　１年生の教室の辺りまで来ると、雨の音しか聞こえないくらい静かになっていた。この感じだと、理緒が保健室に来るのも時間の問題だったかも。もう少し気長に待ってるべきだったかな？
　自分のクラスの前に来て、少し後悔しながら教室をそっとのぞこうとした時だった。

「理緒君。私、ずっとずっと、あなたが好きだった」
　えっ？　ビックリして、思わず声が出そうになるのを必死にこらえた。
　今のって、告白、だよね？
　だ、誰だろう？
　音を立てないように気をつけながら、ゆっくりと入り口から教室の中を見ると。理緒の席の隣で立っている、ショートヘアの女の子の後ろ姿が視界に映り込む。
　新谷さんだ。
　教室は、理緒と新谷さんのふたりだけしかいなかった。
「中学の時に、理緒君を見て、一目惚れだったの。あの時はクラスが違って、なかなか声がかけられなかったんだけど、今日ちゃんと言えて良かった」
　理緒は新谷さんの話を、うつむいて黙って聞いている。
　なんだか心臓の音がうるさくなってきちゃった。

ザワザワするよ。

私は、入り口から少しだけ顔をのぞかせたまま、理緒と新谷さんから一秒も目をそらせずにいた。

「理緒君。私と付き合ってください」

少し間があった後、教室に響いた新谷さんの声に、ドキッと心臓が跳ね上がった。

「あ！ 理緒君、良かったら、これも一緒に受け取ってほしいの」

新谷さんは、続けて机の上に置いてあるブルーのラッピングされた袋を手に取ると、理緒に差し出した。

「これ、誕生日プレゼント。マフラーなの。理緒君、甘いものとか苦手みたいだし、これからの季節に使えるものにしたんだ」

私は、新谷さんの言葉を聞いたとたん、手に持っていたクリーム色の紙袋の紐をギュッと握りしめた。

そっか。

理緒、甘いものって苦手だったんだ。

夏祭りの時も、綿あめ我慢して食べてたのかな？

理緒の好みを何も知らないまま、プレゼントを用意した自分に、ため息がこぼれる。

これじゃあ、理緒に笑顔でなんか渡せないよ。

苦手なものをプレゼントに贈ったって、喜んでくれるわけない。新谷さんの方が、ちゃんと理緒のことをわかってるじゃん。

鼻の奥がツンと痛くなり、ジワッと涙が込み上げてくる。

今日は都合が悪くなったっていうことにして帰ろうかな。
　朝比奈先生にお願いして理緒に伝えてもらおう。
　そう考えていると……。
「由優？」
　私を呼ぶ声に全身がビクッと震えた。うつむけていた顔を上げると、理緒と視線が重なる。その表情は驚いているようだった。
「あれ？　包海さん？」
　理緒の声と表情に反応した新谷さんは、私の方に振り向く。その顔は理緒に告白した後のせいか、少し赤く染まっていた。
　胸がつかまれたかのように痛む。
　教室に行ってみよう、なんて、思うんじゃなかった。
「あ、あの、ごめんなさい」
　私は後ずさりしながら言うと、わき目もふらずに走り出した。
「由優っ!!」
　すぐに理緒の呼び止める声が教室から聞こえたけれど、足を止めることなく廊下を走る。
　校舎から出ると、雨が降る中を傘もささずに飛び出した。
　たちまち着ていたコートが雨で濡れていく。
　でも、寒さも冷たさも感じないよ。
　校門を出て、しばらく走ったところでゆがむ視界に耐え切れず、止まって涙を拭った。
　今年の理緒の誕生日も"おめでとう"って言えなかった

な。楽しみにしながら、お菓子作りの練習していた自分を思い出すと、切なくなってくる。

 さっきまでは理緒の喜ぶ顔が早く見たかったのに。今は、どんな顔したらいいのかわからなくなっちゃったよ。

 雨に混じりながら次々と涙がこぼれ落ちた。
「由優!!」
 遠くから聞こえる理緒の声。
 振り向くと、傘をさしながら私の方へと走ってくる。
 私もとっさに走りはじめたけど、理緒の速さに勝てるわけがなくて、あっという間に追いつかれてしまった。
「待てよ」
 理緒は息をきらしながら、絞りだすような声で言うと、ガシッと私の腕をつかむ。
 その強さの反動で、クリーム色の紙袋が私の手からスルッと雨に濡れたアスファルトに落ちた。
「由優、それ以上濡れるといけねぇから、傘持ってて？」
 理緒は、うつむく私の手に傘を持たせると、ビッショリ濡れた紙袋を拾おうと、その場にしゃがみ込んだ。
「い、いいよ、拾わなくて」
 そう言ったけど、理緒は手を止めることなく、紙袋を拾い上げる。
「中に入ってるもの、濡れちまったよな」
 パサッと紙袋の中を見た瞬間、理緒の動きが止まった。
「これ、もしかして、俺に？」
 理緒は、紙袋の中からバースデーカードをゆっくり取り

出すと、しゃがんだままそのカードを見つめている。
　バースデーカードは雨に濡れて文字がにじんでいた。
　こんなの、プレゼントでも何でもないよね。
「これは何でもないの！　気にしないで？　ごめんね、拾わせたりして」
　私は理緒の手からお菓子の入った紙袋とバースデーカードを強引に取ると、胸元に抱えこんだ。
「傘、ありがとう。それじゃあ、帰るね……」
　しゃがんでいる理緒の横に傘を置いて、帰ろうと歩き始めたけど、すぐに後ろから理緒に抱きしめられた。
「理緒っ、離して？」
「嫌だ。だってそれ、俺のために用意してくれたプレゼントなんだろ？」
　ギュッと抱きしめる理緒の手が、胸元に抱えている紙袋に触れる。
「そのつもりだったんだけど、本当にもういいの。たいしたものじゃないから。それより、新谷さんや他の女の子たちから素敵なプレゼント、たくさんもらえて良かったね」
　私、何言ってるんだろう？
　すごく感じ悪い言い方しちゃった。
　本当は、こんなこと言いたくないのに。
　こんなんじゃ、理緒に嫌われちゃうよ。
　少し私たちの間に静かな空気が流れた。
　理緒、怒ってる？　それとも、私みたいな奴、面倒くさいって思ってるかな？

私はアスファルトを見つめたまま、鼻をすすっていると、理緒の方へと体を向けさせられた。
　私の目線に合わせるように、背を屈めた理緒の指はほおに触れる。
　切なそうに眉を下げながら、まっすぐな瞳が濡れた前髪の間から私を見つめていた。
「ごめん。せっかく由優はプレゼント用意して、ずっと保健室で待ってたのに。何モタモタしてたんだろうな、俺。本当にごめん」
　いつもとは違う、震えた理緒の声に胸がいっぱいになる。
　あんな言い方したのに。
　優しすぎるよ、理緒。
　温かい声と言葉に、素直な感情が一気に込み上げてきた。
「理緒、ごめんなさい。私良かったなんて思ってないの。本当は、理緒が女の子たちからプレゼントもらったりするのを見るのが辛かった。新谷さんからのプレゼントも受け取ってほしくないって心のどこかで思ってたの」
　涙と共に、言葉があふれてくる。
「私、理緒が好き。大好き。いつも彼女らしく接することができない私だけど、ずっとずっとそばにいたいの。だからお願い、私のこと嫌いにならないでください」
　一気にあふれた大粒の涙に、私は目をギュッとつぶって唇を噛みしめた。
　心の奥から込み上げてきた理緒への気持ち。
　堰を切ったようにあふれてしまった。

鼻を何度もすする私のほおに触れていた理緒の手は、あごへと下りる。
　手を優しく添え、少し上に向けられた私の唇に温かいものが重ねられた。

君だけが好き〔side 理緒〕

　由優からの告白。
　ほおを赤く染めながら、涙を流している姿を見ていたら、俺も気持ちを抑えることなんてできるわけなくて。
　気づけば由優の柔らかな唇へと口づけていた。
　肩を小さく震わせながら泣いている由優の唇を離さないよう、角度を変えながら何度もキスを繰り返した。
「俺だって、由優が好きだ。嫌いになんか、なるわけねぇだろ？　俺には由優しかいねぇんだから」
　由優のこと。これから先、もっと好きになることはあっても、嫌いになることなんて絶対にない。
　そう言い切れるぐらい好きなんだ。
　もう一度、チュッと軽く触れるキスをして、由優の目元の涙をぬぐった。
「良かった。私、すごくうれしい。大好きだよ、理緒」
　由優は、ニッコリと笑顔を見せてくれた。
　可愛すぎるんだよな、本当に。
　由優を強く抱きしめて、雨で濡れている髪の毛に指をからめた。
「その笑顔、昔から変わらないな。俺の大好きな、初恋の笑顔」
「えっ？」
　パチパチとまばたきをしながら、由優は顔を上げた。

やっぱり覚えてるわけないか……。
　ハテナマークを浮かべている由優に微笑んだ。
「6歳の春、俺の指のケガに気づいて、由優が手当てしてくれたんだ。あの日の『もう大丈夫だよ』って言ってくれた時の由優の笑顔に俺は惹かれたんだ」
　確か、学校からの帰り道の途中、道に座っている女の子が目に飛び込んできて、どうしたのかと思って声をかけた、その子が由優だったんだよな。ひざをすりむいていた由優は泣いていて、痛そうにしていたから、絆創膏を貼ったんだっけ。その後、俺は帰ろうとしたら由優に手をギュッとつかまれたんだ。
　何事かと思ってビックリしていると「ここ、ケガしてるよ?」って言って俺の親指を見つめた。
　その視線の先には俺も気づいていなかった親指のケガ。
　たぶん、その前に友達とグラウンドでいろいろと遊んでたから、その時に何かのはずみでケガをしたんだと思うけど、由優はすぐに気づいてくれた。平気だから、と言って帰ろうとしたけど「ちゃんと消毒しておいた方がいいよ」って言われて、由優の家まで行って、玄関先で手当てしてもらったんだよな。
　由優はパタパタと走って家の奥から救急箱をとってきて、丁寧に消毒して……。絆創膏を貼って、さらにその上に包帯まで巻いてくれた。
「この方が痛くないと思うから」
　そう言って集中しながら、クルクルと包帯を巻いてくれ

たんだ。今思えば、あの可愛い優しさに、惹かれてたんだろうな。
　この前のクラスマッチの時に手当てしてもらった時も、その優しさが変わってなくて、何だかうれしかった。
「理緒、私もだよ？」
　突然の由優の小さな声に、俺は髪にからめていた指をほどいた。
「私も、あの日に恋したの。ひざのケガを手当てしてくれた後、満面の笑みを浮かべながら『すぐに治るよ』って言ってくれた理緒に」
「えっ、そうなのか？」
　赤かった由優のほおは、ますます赤くなる。
「うん」
　潤んだ瞳で見つめながら微笑みを浮かべられて、俺の心臓はバクバクと大きな音で鳴り響く。
　あの時のこと、由優も覚えてたんだ。
　好きになったキッカケも同じだったなんて。
　めちゃくちゃうれしい。
「由優、これからもずっとふたりでいような？　俺、離さねぇよ」
「ありがとう。でも、私も離れたくないって思ってるから、ずっとそばにいさせてね」
　恥ずかしいのか、小さな声だったけど、ちゃんと聞こえた。俺は笑みをこぼしながら、真っ赤な由優のほおにキスをした後、地面に置きっぱなしになっていた傘を手にとっ

た。
「もう、あんまり傘の意味ねぇけど、この方が堂々とそばにいられるよな」
　傘の中へと由優を引き寄せて背中に手を回した。
「雨に濡れて冷えたし、早く温まるためにも帰ろっか、俺の家に」
　サラッと言ったつもりだったけど、由優はビックリして固まってしまった。
「り、理緒の家に行くの？」
　ぎこちなく聞き返す由優の声は、緊張している感じだ。
「だって、もともと今日は保健室で会う予定だっただろ？　それに、俺の誕生日だから由優と一緒に過ごしたい」
　ここまで気持ちが高まっているっていうのに、由優をすぐに家に帰したくなんかない。
　なんなら、泊まってもらってもいっこうにかまわねぇし。
　真剣に、でも穏やかな声で由優に訴えかけると、少し間があったものの、首を縦に振ってくれた。
「でも、急にお邪魔するのは迷惑じゃない？」
「平気だよ。気にしなくていいから」
　ニコッと笑いながら、ゆっくり歩き始めた。ふたりで傘の柄を握りながら、由優の歩幅に合わせて歩く。
　ガチガチになって黙り込んでいる由優の耳元で「好き」とささやくと、ほおだけじゃなく顔中が赤くなった。
「理緒っ！」
　突然言ってビックリさせてしまったせいか、由優は少し

怒っているけど、俺には、その表情さえも愛しい、としか思えないんだよな。
「ごめん由優。つい言いたくなったんだよ」
　いや、本当は何度も言いたい。
　いつも、何かの弾みに"好き"って言いそうだな。
　恥ずかしそうにうつむいている由優の体を、いっそう近くに引き寄せた。
　優しくてフワッとしたオーラが心地よくて。
　何よりも大切にしたい存在。
　俺が恋した、たったひとりの女の子。
　由優。
　大好きだ。

私だけの王子様

　理緒の家に行くことになっちゃうなんて、ど、どうしよう。心臓の動きが尋常(じんじょう)じゃなくなってきた。
　理緒と一緒に持っている傘を持つ手も少し震え始める。
「そんなに緊張しなくても大丈夫だよ。それより、プレゼント、さっき拾った時によく見えなかったんだけど、何が入ってんの?」
　理緒は中をのぞき込もうと、興味津々で私の方に顔を近づける。
「あ、あの、実は手作りのお菓子が入ってるの。でも、理緒が甘いものを嫌いだってことを、さっき新谷さんの言葉で初めて知ったんだ」
　プレゼントは、また改めて渡した方がいいよね。
「え?　俺、甘いもの好きだけど」
「そ、そうなの?」
　予想外の理緒の答えに少しとまどってしまった。じゃあ、あの新谷さんの言葉って、なんだったんだろう?
「デタラメな噂が飛び回ってるみたいだから、勝手にそう思い込んでるだけじゃねぇかな?　それより、由優の手作りのお菓子、早く食べてぇな」
　理緒は、ニコニコしながら紙袋を見つめた。
「あ、そうだ。由優、ちゃんと言っておくけど、俺、女子からのプレゼントは全部丁重に断った。だから受け取って

ねぇからな。さっき告白してきた女子にも『付き合えない』ってキッパリ断ってきたから」
　理緒は真剣な眼差しで話す。
　その言葉にホッとしている私がいた。
　妬きすぎかな私。
「ごっ、ごめんね。さっきは、あんな風に言っちゃって」
「なんで謝るんだよ。俺は、うれしかったんだからな。由優の気持ちが聞けて、『大好き』って言ってもらえて、本当にうれしかった」
　歩く足を止めた理緒を見上げると、おでこにキスをして微笑んでくれた。
　ドキンと大きく鼓動が打つ。
　そ、そうだ。今、言っちゃおう。
　さっきは言えないだろうって諦めていた、あの言葉。
「り、理緒」
　ん？と優しい笑みを浮かべる理緒の澄んだ瞳を、じっと見つめた。
「誕生日、おめでとう」
　笑顔と共に理緒に伝えると、少しほおを赤くしながら「ありがとう」って返してくれた。
　やっと言えてうれしいな。
　10才の理緒の誕生日に言えずじまいで終わって以来、いつか言えたらいいなって心のどこかで、ずっと思い続けてきたから、本当に良かった。
　今日はとっても素敵な日になっちゃったよ。

ふたりで微笑み合った後、再び私たちは理緒の家へと、雨が降る道を寄り添いながら歩いた。
　ゆっくりと……。
　一歩ずつ。
　温もりを感じながら歩く帰り道は、キラキラ輝いて見えた。

　理緒。
　私の初恋の王子様。
　これから先もずっと一途(いちず)に想い続けるからね。
　どんなことがあっても、私の心はいつも理緒に向いているよ。
　だって、恋する心は"あなた"限定だから。

第2部
Act Ⅷ

秘密の終わり

　──ピンポーン。
　寒い冬の朝に、突然鳴り響いたチャイムの音。
　学校に行く準備をしていた私は、制服のブレザーをはおりながら部屋の扉を少しだけ開けた。
「は～い、ちょっと待って下さいね」
　その言葉と共に、お母さんの玄関先へと急ぐスリッパの足音が聞こえてきた。
　こんな朝の時間から来客なんて珍しいなぁ。
　近所の人が緊急な用事で、訪ねて来た、とか？
　勝手に想像していると、お母さんが階段を駆け上がって私の部屋へとやって来た。
「由優！　あなたにお客さんよ！　もう支度はできた？」
　少し息を切らしながら、お母さんは扉を大きく開けた。
「わ、私に？　えっ、誰だろう？」
　てっきり、お母さんやお父さんへの来客だと思っていただけに、驚いてしまった。
「カッコいい男の子よ！　背が高くて黒髪の男の子！　確か空守って言ってたわよ？」
　うっ、嘘。理緒が来てるの!?
　ニコニコしているお母さんの前で、みるみる顔が赤くなるのがわかった。
「あ、ありがと。すぐに行くから」

あわててコートを着て、カバンを持つ。鏡の前で変なところがないかどうか最終チェックをした。
「ねぇ、由優が一生懸命作ったお菓子をプレゼントした子って、あの男の子でしょ？」
　お母さんがヒョコッと私の後ろから顔をのぞかせて鏡の中に映り込んできた。
「うん」
　さすがお母さん。すぐにわかっちゃうなんて……。
「彼氏？」
　笑顔で聞かれて、私はほてるほおを手でおさえながらコクンとうなずいた。
「ちゃんと改めて、お母さんたちにも紹介してね！　一度、彼にも家に来てもらいなさいよ！」
「えっ、家に!?」
　目を見開いて固まっている私の背中を、お母さんはトンと優しく押した。
「そのうちにってことよ！　ほら、今は固まってる場合じゃないでしょ？　早く彼のところに行ってらっしゃい」
　そ、そっか。こうしている間も理緒は、ずっと待ってくれてるんだもんね。急いで行かなくちゃ。
「行ってきます！」
　マフラーをフワッと巻いて、私は部屋を飛び出した。
　階段を転びそうになる勢いで降りて玄関に行くと。
「由優！」
　私を呼ぶ理緒の声にドキンと心が高鳴った。

グレーのコートを着て、スッと姿勢よく立っている理緒の姿は、本当に絵になるって思ってしまう。ドキドキしながら見とれていると、理緒は私の手をつかんで近くへと引き寄せた。
「おはよ。朝早くから由優に会えるのって、幸せ感じるな」
　理緒の温かい笑顔に、早くも放心状態になりそう。
「お、おはよう、理緒」
　ドキドキのあまり言葉が少し震える。
　理緒の表情を直視できずに、うつむき加減で靴を履くと、不意に理緒の大きな手が私のおでこをフワリと優しくおおった。
「えっ?」
　突然どうしたのかと思い、顔を上げると、理緒は何だかホッと安心しているように見えた。
「昨日、由優が学校休んでたから、もしかして一昨日の俺の誕生日に、雨に濡れたせいじゃないかって心配してたんだ。でも熱もないみたいだし、元気そうだから良かった」
　そ、そっか。そういえば、昨日は用事があって学校を休んだけど、そのこと、理緒に連絡とか何もしてなかったんだっけ。理緒は私が体調悪くて休んだって思って、ずっと心配してくれてたんだ。
「ごめんね、心配かけちゃって。昨日は……」
　そこまで言ったところで、玄関のドアがガチャッと開いて、お父さんが中に入って来た。
　おそらく、もうすぐ出勤だから車のエンジンをかけて、

暖房を入れて来たんだろう。
「おっ！　やっと部屋から出てきたんだな。せっかく彼氏が迎えに来てくれたんだから、あんまり待たせるなよ！」
　お父さんは、ニコニコしながら私と理緒を見る。
「先ほどはありがとうございました。出勤前の忙しい時間帯なのに」
「いいんだよ。またゆっくり話そうな」
　お辞儀をする理緒の肩をポンポンと軽く叩いたお父さんは、上機嫌でリビングへと入って行った。
「お父さんと何か話してたの？」
「少しだけ自己紹介をしてたんだ。ちゃんと由優と真剣に付き合ってることも話したよ」
　ちょっぴり照れている理緒に、私も照れてしまった。
「それで、お父さん、何て言ってた？」
　さっきの様子からすると、私たちが付き合ってることに反対したようには見えなかったけど、どんなこと言ったのか、少し気になる。
　まばたきするスピードを速めながら理緒を見ていると、手をギュッと握られた。
「『由優のことをよろしく頼む』って言ってた。俺、その瞬間、すげぇうれしかったよ」
　満面の笑みで私を見つめる理緒につられて、私も心が躍るくらいうれしくなる。
　良かったぁ。
　ホッと胸をなで下ろしていると、理緒はコートのポケッ

トからスマホを取り出して時間を確認した。
「そろそろ学校行こっか。由優とゆっくり話をしながら登校したくて、早めに迎えに来たからさ」
　私はコクンと笑顔でうなずいた。
　普段なら私はまだ家を出るような時間じゃない。いつも家でボンヤリ過ごしているところだけど、その時間が理緒と一緒に登校する素敵な時間に変わるんだ。
「行ってきます」
　ドアを半分開けながら、もう一度ちょっと大きめの声であいさつをすると。
「行ってらっしゃい！」
　お母さんは２階から急いで降りてきて、玄関先で笑顔で見送ってくれた。お父さんもリビングから顔を出してニコニコしながら、私たちに手を振る。いつも以上に笑顔に満ちたお父さんやお母さんに見送られて、私と理緒は寒い冬空の下を歩き始めた。

「由優の家、雰囲気が温かくていいな」
「そ、そう？　自分だと、あまりわからないけど」
「由優のそばにいると居心地(いごこち)がいい理由も納得だな」
　理緒は微笑むと、つないでいた手をグレーのコートのポケットへと引き寄せる。
　そして、その中にふたりの手を入れた。
「理緒!?　いきなりどうしたの？」
「寒いから、由優の手が冷えないようにと思ってさ。ポケッ

トに入れてた方が温かいだろ?」
　理緒のコートのポケットの中で包みこむように握られた私の手は、指先までドキドキが駆けめぐっていた。
「ありがとう、理緒。すごく温かい」
　微笑みながら理緒の目を見つめた。優しさあふれる気遣いが、体の芯まで温もりを運んでくる。
　白い息が出るのに、不思議と寒さを感じていなかった。
「あ、そういえば、さっきの続き聞かせて? 昨日、どうしたんだ?」
　ゆっくりと私のペースに合わせて歩いていた理緒がピタッと足を止めた。
　そっか。さっき話せなかったんだっけ。
「あのね、昨日は親戚の人のお見舞いに家族そろって行ってたの。ちょっと事故でケガしたらしくて。でも、あと1週間くらいで退院みたいだし、元気な顔を見られて安心したよ」
「そうだったんだ。それで学校休んでたんだな。由優自身は本当に体調悪くねぇか?」
　理緒は、眉を少し下げて心配そうな表情を浮かべる。
「わ、私は元気だから大丈夫! 雨に濡れたせいで学校を休んだわけじゃないから安心してね」
　アタフタしながら伝えると、理緒は安堵の表情を浮かべてくれた。
　心配する表情も、ホッとした表情も、ドキドキしちゃう。

再び学校へと歩き始めると、理緒は私に優しい視線を向けた。
「そうだ！　誕生日の時にプレゼントしてくれたカップケーキとクッキー、本当にありがとな。マジで絶品だった」
「ほ、ほんと？」
「ああ。俺、また食べたいな。由優、作ってくれる？」
　笑顔でお願いをされてしまった私は、ほおの温度が上昇していくのを感じながら、コクコクとうなずいた。
　うれしいな……。
　理緒に"また食べたい"って言われちゃった。
　ほめてもらえると、さっそく作りたくなっちゃう。
　もっと美味しく作れるように、休日に練習しよう。
　もうすぐクリスマスも待ち受けてるし、その時には、また心を込めて理緒にプレゼントを贈りたいな。

　ゆっくり歩いて来たはずなのに、気づけば校門近くまで来ていた。
　は、早いな。さっき家を出たばかりのような気がしてたけど、もう学校に着いちゃった。
　理緒と会話をしていると、うれしくて楽しくて。
　時間があっという間だなぁ。
　驚きを感じつつ、私は視線をつないでいる手の方へと少しずつ落としていった。
　このまま理緒と一緒に校舎に入って行ったら、私たちが付き合ってることがバレちゃうよね、きっと。

「由優?」
　歩く速度が急に落ちた私に気づいた理緒は、顔をのぞき込んだ。
「こ、ここから別々に行った方がいいかなって思って。ほら、理緒ファンの女の子も多いし、私が隣にいたら、何だか申し訳ないから」
　うつむきながら、コートのポケットから手を出そうと引っ張ってみたけれど、ますます強く握られてしまった。
「俺、前に言わなかった?『申し訳ないとか感じたりするな』って。由優がほかの女子に気を遣う必要ねぇだろ?」
「でも……」
「俺、由優が本気で好きだから、学校の中で、その想いを隠したくないんだ」
　ドクンと高鳴る鼓動に胸がキュッとしめつけられる。まっすぐな理緒の瞳は、穏やかで、どこまでも澄んでいた。
　そう、だよね。
"好き"っていう純粋な気持ちを、隠す必要はないんだ。
「ごめんね。せっかくふたりでここまで歩いて来たのに変なこと言っちゃって。い、一緒に教室まで行こっか」
　湯気が出そうなくらいほてっているほおを、マフラーで少しおおって隠した。
「ありがとう、由優。俺、ちょっと想いが強すぎかな?」
　頭をクシャクシャとかきながら照れる理緒に、私はフルフルと首を横に振った。
「そんなことないよ。私も教室で理緒と普通に話ができた

らうれしいから」
　保健室だけに限らず、どこでも自然に会話を交わせたら、素敵だもん。
　ふたりで少しだけ見つめあって、微笑む。
　ちらほらと登校してくる生徒に紛れて、私たちも学校までのわずかな道のりをゆっくり歩いた。
　秘密を終わらせるのは、ドキドキする。
　理緒ファンの女の子たちの反応がまったく気にならないって言ったら嘘だ。
　でも、気にしすぎて秘密にし続けることよりも、素直な気持ちを優先させよう。
"理緒が好き"
"少しでも長く、理緒と楽しい時間を過ごしたい"
　そんな私の素直な気持ちを。

意外な反応

 校舎に入った私たちは教室へと向かう。
 途中、すれ違った数人の女の子たちが私と理緒のことを見ていた。チラリといった一瞬の視線じゃなくて、じっくり見られている感じだ。私が理緒のそばにいることを不自然に思ってるのかな。
 かなり不満に感じたのかもしれない。
 そんなマイナスな考えばかりが頭の中を駆けめぐる。
 あまり視線が気にならないように顔をうつむけた。教室の前までやってくると、鼓動が急激に加速する。理緒とつないでいる手もカタカタと小さく震えていた。
「ね、ねぇ、理緒。手だけは離してもいい？ つないだままだと、あの、ちょっと恥ずかしい気がして」
 うつむけていた顔を上げて発した声は、かすかに震えてしまった。
 理緒は、そんな私を見て手をゆっくりと離す。
「そうだな。ちょっと照れるもんな」
 ニコッと笑う理緒も心なしか顔が赤くなっているみたいだった。
 理緒も照れてたんだ。私と同じように緊張してたのかな？
 強張っていた私の表情は少しずつ緩んでいく。
 朝からふたりで、ほんのり顔を赤く染めながら教室へと

入った。
　入った途端、教室にいた生徒の視線はいっせいに私たちへと注がれる。まだ半分弱しか生徒は来ていないけど、視線の多さに、肩をビクッとさせてしまうくらい驚いてしまった。
「えっ、理緒君と包海さんってもしかして？」
「一緒に教室に入って来たってことは、どう考えてもふたりは!?」
　教室内の女の子たちは目を大きく見開いている。ヒソヒソ声のつもりなのかもしれないけど、私たちの耳にもハッキリ聞こえてくるボリュームだ。
　次の瞬間、「キャーッ!!」という女の子たちの悲鳴にも似た声が、教室どころか廊下にまで響き渡った。
　思わず耳をふさごうかと思ったくらいだ。
　口をパクパク開けたままで、放心状態の子もいる。ほおをポッと赤くしながら、こちらを見ている女の子もいる。一瞬にして、教室の空気がガラッと変わった気がした。
　想像はしてたけど、やっぱり女の子たちの驚き方はすごいな。
　確かに理緒と私じゃ、釣り合いが取れてないもんね。
　私はいろんな方向から飛んでくる視線を避けたくて、理緒の後ろに隠れるように立った。
「朝っぱらからふたりで堂々と登校だなんて、熱いよな〜。なんか包海さんのイメージ変わっちゃったなぁ〜」
「だよな。男がいたなんて、ガッカリだな〜」

声のほうにチラッと視線を向けると、教室の後ろで男の子が数人、輪を囲みながらこちらを見て笑っている。

私は、目にこみ上げてくるものを必死にこらえながら、男の子たちに背を向けた。

——バンッ!!　今の音、何？

振り向くと、理緒が黒板を叩いた音だった。

教室がシーンと静まりかえる中、理緒は男の子たちに鋭い視線を向ける。

「何、笑ってんだよ」

聞いたことのないくらいの低い声に、私も背筋がゾクッと凍りつく感覚がした。

「別に俺も由優も、アンタたちに笑われるようなこと、何ひとつしてねぇんだけど」

理緒のにらむような視線に、男の子たちは、みるみるうちに気まずそうな顔をし始める。教室にいづらくなったのか、コソコソと逃げるように後ろの扉から出て行ってしまった。

「理緒君、カッコいい！」

男の子たちが出て行った後、教室の中で一連の流れを見ていた女の子たちの口から、そういった言葉が漏れる。キラキラした視線が注がれているけれど、理緒はそれを一切気にすることなく、私の目を見つめた。

「朝から嫌な思いさせちまったな。ごめん。二度と由優の前で、あんなこと言わせねぇから」

そう言った理緒の瞳は切なげに揺れていた。
「理緒のせいじゃないでしょ？　私は大丈夫だから。ちょっと恐かったけど、さっきの言葉、うれしかったよ」
　微笑みを浮かべると、理緒の手は私のほおへと伸びてきて、目元にかすかに溜まっていた雫をぬぐった。
「そっか。ちょっと恐かったかな、俺」
「初めて見たよ、あんなに怒る理緒。私、背筋がゾクゾクしたぐらいだから」
「それって、"ちょっと"恐かったって言うよりも、"すごく"恐かったんじゃねぇか？」
　理緒がフッと優しい笑顔を見せた瞬間。
　またもやクラスの女の子たちから「キャーッ」という甲高い声がわいた。
　何事かと思って女の子たちを見ると、信じられないという驚いた表情をしている。
「今、理緒君、笑ったよね？」
「夢とか幻じゃないよね？」
「理緒君の笑顔、初めて見ちゃった！」
　そっかぁ。理緒の笑顔。ファンの女の子たちにとっては、ずっと見たかった表情だったんだっけ。
　みんなほおが真っ赤に染まってる。女の子たちは、私たちめがけていっせいに駆け寄ってきた。
　みんなさっそく、理緒とお話したいんだろうな。
　そう思ったら、私は自然と後退りをして理緒から少し離れてしまった。

でも……。女の子たちが集まってきたのは理緒の周りじゃなくて。
「包海さん、すごいっ！」
「そうだよ、すごすぎ！　理緒君を笑顔にさせちゃうなんて、尊敬しちゃう！」
　えっ？
　私は目を見開いたまま一瞬固まってしまった。
　なぜか私の周りに集まってきた理緒ファンの女の子たち。みんな目を輝かせながら私を見ている。
「私、包海さんなら理緒君の違った表情を見せてくれるんじゃないかって、前から思ってたんだよね～」
「私も!!」
　入学してから何回か私に"理緒君と話してほしい"ってお願いしに来てた女の子たちが、うれしそうな表情を浮かべている。
　女の子たちの意外な反応にとまどってしまう私がいた。
「ほら、みんなそれぐらいにしなよ。由優が困ってるでしょ？」
　女の子たちの輪を割くようにして、静乃がズンズンと入って来た。
「静乃」
「おはよ、由優」
　静乃はニッコリ笑うと、私の手を握って、女の子たちの輪から出してくれた。そのまま私の席までやって来ると、まだ来ていない隣の前澤君の席に座った。

「やっと一緒に登校してきたね。ふたりで教室に入って来た姿を見た時は、うれしかったよ」
「で、でも恥ずかしさとかあったんだ。理緒ファンの女の子の反応も気になってたし。それに、男の子たちに……」
　さっきのことを思い出して、言葉がつまる私の頭にポンとのせられた優しい手の温もり。
「理緒？」
　顔を上げると私の席の前には理緒が立っていた。
「本当にごめんな。いろいろ、心に負担かけさせて。由優が笑顔でいられるように、俺が守るからな」
　私の視線と同じ高さにしゃがみこんだ理緒の笑顔は、どこまでも穏やかで優しさに満ちていた。
「そうだよ！　私も由優を守るからね！　からかう男子がいたら容赦しないからさ」
　ニッと笑ってくれる静乃に、胸が熱くなる。
　優しいふたりの想いが、私を笑顔に導いてくれている気がした。
　静乃に。
　理緒に。
　温かく支えてもらってる私は。
　本当に幸せ者だ。

心の解放 [side 理緒]

　早く由優に会いたいな。
　朝起きて、真っ先に由優のことが頭に浮かぶ。
　ベッドから起きて、部屋のカーテンを少し開けると、今にも雪が舞い降りてきそうな曇り空が広がっていた。
　今日も寒いな。
　アイツを待たせないように、早く迎えに行かないと！
　急いで制服に着替えて、階段をスタスタと降りていく。朝食をすばやく済ませ、カバンを持って、いざ出ようとした時だった。
「理緒兄、おはよ〜。早い出発じゃん」
　無意識に俺の眉がピクリと上がる。
　振り向くと、階段の手すりから身を乗り出すようにしてのんきに手を振る奴の姿が飛び込んできた。
「なんだよ、カナ。お前にしては珍しく早起きだな」
　嫌味(いやみ)を含んだ言い方でそっけなく返すと、カナは軽い足取りで階段を降りてきた。
「理緒兄が起きるの早いから、つられて俺も起きちゃったんだよ。兄弟だから気が合うんだな、多分」
　いや違うだろ、どう考えたって。
　よくある、お前の気まぐれじゃねぇのか？
　ニッと笑っているカナにため息をこぼした。
「じゃあ、俺は行くから。カナとゆっくりしゃべってる暇

ないんで」
　イラつく気持ちを抑えて、玄関のドアを開けた。
「ねぇ理緒兄、由優先輩って、どんな感じの人？」
　……。
　俺は、開けかけたドアをすぐにバタンと閉めてカナに鋭い視線を向けた。
「なんで、お前が由優の名前を知ってるんだよ」
　この前、俺の誕生日に由優を家に連れてきたけど。
　あの日はカナがまだ学校から帰って来てなかったから、由優とは会ってない。俺も会わせたくなかったから、ちょうど良かったと思って、内心ホッとしてたっていうのに。
「だって、理緒兄、由優先輩と付き合ってるんでしょ？　今の西中の生徒の話題に結構出てくるからさ」
「なっ、なんだよそれ!!　誰から広まったんだ、一体」
　不覚ながらも、"由優先輩と付き合ってる"という部分に妙に反応してしまった。
　ヤバイ。
　カナの前で、明らかに照れてるじゃねぇかよ、俺。
「お！　クールな理緒兄とは思えない表情してる！　俺も一度、由優先輩に会ってみたいなぁ」
　ニヤニヤと笑っているカナを蹴り飛ばしてやりたいくらいだが。今は兄弟ゲンカに時間をさいてるわけにはいかねぇからな。
　カナよりも由優だ。
「絶対、お前には由優を会わせねぇからな」

"えーっ！"と残念がるカナをにらみつけた。
「それと、気安く由優って呼ぶな」
　冷たく言い放った俺は、イライラしながら家を出た。

　ったく、朝からカナとの会話で余計な時間使っちまった。何事もなく出発していれば、もう由優の家の近くまで着いてる頃だっていうのに。
「ハァ」とひとつため息をついた後、俺は全速力で走っていた。
　由優と付き合ってることを公表してからまだ1週間だけど、中学にも話が広まってたとは。俺の家みたいに高校に兄とか姉がいる生徒から伝わったのかもしれないけど、情報が伝わるの、ちょっと早すぎねぇか？
　秘密を終わりにしたわけだから、こういうことも想定してたつもりだったけど。いざ、カナの口から由優の名前が飛び出してくると、気持ちは複雑になる。
　カナに由優を会わせるわけにはいかない。
　あんなに可愛い由優を見たら、すぐに惚れそうだからな。
　白い息を吐きながら走って行くと、家の前でカバンを手に持ちながら待っている由優の姿が目に入る。曇り空を見上げる由優は、腕をさすりながら寒そうにしていた。
「由優！」
　まだ家までは少し距離があったけど、はやる気持ちに耐えきれず、名前を呼んだ。
　由優は、すぐに俺に気づくとマフラーをフワフワと揺ら

しながら、駆け寄ってきてくれた。その姿も可愛くて、走ってきた勢いのまま、俺は由優を抱きしめた。
「理緒、おはよう」
　強く抱きしめてしまったせいか、由優は少し苦しそうに声を出した。
「おはよ、由優。なんでまた外で待ってたんだよ。寒いから家の中で待ってろって言っただろ？」
「うん。そうなんだけど、家の中よりも外で待ってる方が理緒に早く会えるでしょ？」
　俺のコートの胸元をキュッと握りながらニコリと微笑む由優を見てしまうと、それ以上何も言えなくなってしまう。
　さっきまで、あんなにイライラしていた気持ちは、あっけなく消え去って、うれしさで胸がいっぱいになっていた。
　とはいえ、由優をあまり待たせないようにしねぇとな。
　冷えた由優の体を少しでも温めようと抱きしめ続けた。
　俺が最初に迎えに行った日。
　秘密を終わらせたあの日は、由優も、突然俺が迎えに行ったことにビックリしたようで、あわてて支度をしてきていたけど。次の日からは、由優が外で待っててくれるようになった。
　由優のことだから、俺を待たせるのは申し訳ないって思ってるんじゃねぇかって心配で。
『俺が迎えに行ったら、ゆっくり出てくればいいからな』って、そう言ったけど、由優は毎日、外で待っていた。
　でもそれは申し訳ないとかじゃなくて、俺に早く会え

るっていう理由だったんだな。
　ヤバいな、俺。
　由優のいろんな気持ちを知れば知るほど、可愛くてたまらなくなる。好きだっていう想いは、心におさまりきらずに、あふれるばかり。
　この状態で理性を保っていられるのは、奇跡としか言いようがないな。
「理緒、まだ息があがってるみたいだけど、大丈夫？　私は待つの平気だから、急いで走って来なくてもいいからね」
　か細い声で俺のことを心配してくれる由優の優しさは、本当に温かい。俺が温めてやりたいのに、これじゃあ逆に由優に温めてもらってるじゃねぇか。
「ありがとな、心配してくれて。でも俺も由優と同じで、早く会いたくて走って来てるんだ」
　由優の背中に回していた手を離した俺は、冷えきっていた彼女の両手を包み込んだ。
「どうしたの？」
　不思議そうに首を傾げている由優に微笑みながら、同じ視線の高さまで背をかがめる。そして、包み込んだ両手に温かい息をフワリと吹きかけた。
「温かい」
　由優は、ほおをほんのり赤く染めながらニッコリ笑った。
「もうちょっとだけ、俺が温めていてもいいかな？」
「うん。お、お願いします」
　恥ずかしがりながらも、コクコクうなずいてくれる由優

を微笑ましく感じながら、しばらく手を包んだまま温めていた。冷たかった由優の手に、少し温もりが戻った後、俺たちは手をつないで学校へと歩いた。

　1週間前は、由優が歩きにくくないようにと、自分のペースよりもゆっくり歩くことを意識してたけど。

　今は、もう無意識になってきている。自然と歩幅が狭くなって、由優の隣を自然に同じペースで歩いているんだ。

　由優は時折、「私の歩く速度、遅すぎない？」って気にしてくれるけど。このペースで歩き出すと、案外心地良くてハマるんだよな。

　学校に着くと、由優はつないでいる手へと視線を落とした。

　そっか。学校だもんな。

　由優は顔を真っ赤に染めていた。

　校門の前で立ち止まっている俺たちの横を時折、生徒たちがチラッと見ながら通り過ぎていく。あまり見るんじゃねぇよ、由優がますます恥ずかしがるじゃねぇか。そう思いながら、俺たちを見て行く生徒に鋭い視線を飛ばした。

　そして、つないでいた手を離そうとすると。

「理緒、今日はこのまま手をつないで教室まで行ってもいいかな？」

「えっ？」

　由優の予想外の言葉にビックリしてしまった。

「ほら、今日は冷え込みが厳しくて寒かったから、もう少

しつないでいたくて。り、理緒が嫌じゃなければ」
　だんだんと声が小さくなっていく由優。サラサラの長い黒髪のすき間から見える耳も赤くなっていた。
　てっきり、恥ずかしいから手を離したいって今日も言われるとばかり思ってた。だけど、顔を真っ赤にしてた理由はその逆だったのか。
　なんだか。
　めちゃくちゃうれしい。
　自然に顔が緩んでいくのが自分でもわかった。
「嫌なわけないだろ？　俺だって、由優と少しでも長くつないでいられたらうれしいよ」
　ホッとした表情を浮かべる由優の手をしっかりと握って、学校へと入った。

　教室に着くと視線がこちらに一気に集中する。
　そして。
「理緒君、包海さん、おはよ〜！」
　朝とは思えないテンションの声であいさつをしながら、女子が数人、俺たちの周りに駆け寄ってきた。
　毎日のお決まりとはいえ、どうも慣れない。
　それは由優も同じみたいで、いつもとまどいながら俺の方を見てくる。
　その表情で上目遣いされると、俺も抱きしめたくなる衝動を抑えるのに必死だ。
「おはよ。悪いけど、どいてもらっていい？」

由優には決して見せないような無愛想な表情で言ってるはずなのに、女子にはまるで効果がない。
　一応、道はあけてくれるけど、"カッコいい"とか"クールなところがいい"だとか。そんな言葉が聞こえてくる。
　でも、何とも思わない。特に何も感じないんだ。
　本当、由優だけにしか興味がないんだな、俺。

　とりあえず、カバンを自分の席に置きに行こうとして由優の手を離した時だった。
「由優ちゃん！　おはよ〜！」
　のんきな声の主は瞬太だ。
　席に座って、珍しく勉強らしきことをしている瞬太は俺たちが来たことに気づいたようで、顔を上げて手を振っていた。
　そんなことしたって、由優がお前のために手なんか振ったりするかよ。苦笑いを浮かべながら由優を見ると、小さな手を胸元で揺らそうとしていた。
「由優!?　何してんの？」
　彼女の手を握って動きを止めた俺は、焦りまくっていた。
「えっ？　前澤君が手を振ってくれてるのに無視するのも変な気がして」
　急に俺に手をつかまれたせいか、由優はまばたきを何度も繰り返しながら驚いていた。
　そうだよな。
　由優の性格を考えると、この状況で無視するなんて選択

肢はありえねぇよな。
　でも、それを何とか乗り越えて、あまり瞬太の言葉や行動に可愛らしく反応しないでほしいのが、俺の希望だ。

　由優の振り返そうとしていた手をギリギリで阻止した俺は、そのまま彼女の席まで一緒に行った。
　もういいや。
　カバンを自分の席に置いて来ようと思ったけど、やめた。
　由優のそばにいよう。
　なるべく瞬太とは会話させたくねぇからな。
　瞬太の言葉に、由優が可愛い声やしぐさで反応したりする姿は、あまり見たくないし、瞬太にも見せたくない。
　俺だけが独り占めしたいって思うんだ。
　由優の前の席の生徒がまだ来ていないようだし、ここに座らせてもらおう。
　カバンは、ふと目が合った瞬太の机に遠慮なく置かせてもらった。
「おい!!　なんで俺の机にカバン置いてるんだよ」
　不服といった表情でカバンをツンツン指で突きながら反論する瞬太に取り合うことなく、由優へと視線をまっすぐ向けた。カバンからノートやテキストを取り出していた由優の手がピタリと止まる。
「あ、あの前澤君と話していていいよ？　私、ノートとか机の中にしまっちゃうから、それまで待っててね」
　恥ずかしそうに笑みを浮かべる由優から、目が離せるわ

けがない。

 待つ時間を瞬太との会話に費やすぐらいなら、黙ったまま由優を見ているだけの方がいいに決まってる。
「いいよ。俺は由優を見てるから」

 ニコリと笑った途端、由優は手に持っていた数冊のノートをバサッと床に落とした。
「大丈夫か？　俺も拾うよ」
「あっ、大丈夫！　理緒はそのまま座ってて」

 由優は真っ赤な顔をしながら、あわててしゃがんでノートを拾うと、俺にその表情が見えないように、顔の前にノートをたてて隠している。

 そういうところが、また可愛かったりするんだ。

 由優がノート類をすべて机の中にしまい終えた後、すかさず俺は話しかける。瞬太は、会話に参加しようとしていたが、俺がその隙を与えないように由優に話しかけていたためか、そのうちあきらめて机に突っ伏して寝始めた。

 瞬太には悪いけど、由優とはなるべく話をさせたくねぇんだ。

 席替えした時、隣で瞬太が楽しそうに笑いながら由優に話しかける姿を見ているだけでも辛くて。

 すぐにでもそばに行きたいって思った。

 でも、付き合ってることを秘密にしてたから、それすらできなくて、我慢するしかなかった。

 でも、もう違う。

 我慢なんてしなくていいんだ。

朝から堂々と由優のそばにいられる。
　昼休みも。
　放課後も。
　保健室に別々に行って、そこで話さなくても。
　この教室で由優との大切な時間を過ごせるんだ。
「理緒、どうしたの？　思いっきり笑顔になってるよ？」
「由優と話せる時間も場所も増えたから、うれしい感情を抑えられないんだ」
「えっ」
　ビクッと体を震わせた後、真っ赤な顔をうつむけた由優に、俺は笑みが止まらなかった。

Act IX

小さな招待状

「由優〜! 最近、顔から幸せがにじみ出てるね〜!」
　休み時間、静乃に指でプニッとほおを押された私は、途端に顔が熱くなってしまった。
「ちょっと! 教室にみんないるんだから、聞こえちゃうでしょ!?」
「大丈夫よ! ベランダに出てるんだから、私たちの会話なんか聞こえたりしないって!」
「そ、それはそうだけど」
　チラリと教室の方を見ると、何人かの生徒があわてて視線を私たちからそらしているのがわかった。
　声は聞こえなくても、見られてるなら同じだよ。理緒と付き合ってることを公表した後から、なんだかやけに視線が気になる。女の子だけじゃなくて、男の子からの視線も感じるんだよね。
　私だと、やっぱり相当な違和感があるんだろうな。
　理緒の隣にいること。
　ハァとため息をつきながら、ベランダの手すりに顔を突っ伏していると。
「由優!」
　聞こえてきた理緒の声に、私はすぐに顔を上げて振り返った。理緒は、教室の窓から顔を出してベランダにいる私に手を振っている。

理緒の周りを囲んでいた女の子たちの視線が私たちに集まるのは言うまでもなく。
　私は手を振り返せずにうつむいた。
　すると、間もなくしてベランダに理緒がやって来て、私の頭にポンと手をのせる。
　温かな手に反応するように、ゆっくりと顔を上げると、そこには優しい理緒の笑顔があった。
「教室だと落ち着いて話せねぇから、放課後、久々に保健室に行きたいんだけど。いい？」
　耳元でささやく理緒の声にドキドキしながら、私はぎこちなくうなずいた。
　な、何だろう？　理緒の話って。
　気になりだすと止まらなくて、授業なんてどうでもいい状態だった。前澤君にも授業中に「どうしたの？」って心配そうに声をかけられてしまったくらいだ。
　私、理緒のことになるとすぐに頭がいっぱいになっちゃう。過剰に反応しすぎなのかな？

　放課後になると、私はバタバタとあわただしく、帰り支度を済ませた。
　待ち遠しく感じている時ほど時間がたつのが遅い気がして、ようやく放課後になった気分だ。
　カバンを持ち、立ち上がって理緒を見ると、女の子たちの輪に、あっという間に囲まれていた。
　さすが理緒。女の子たちからの人気は絶えないよね。

たくさんの女の子たちの輪の中を割って、理緒に堂々と声をかける勇気は出なくて、私はひと足先に教室を出た。
　前みたいに、先に行って保健室で待っていよう。
　スタスタと廊下を歩いていた時だった。
「包海さん」
　誰かに呼ばれて後ろを振り向くと、そこには男の子が立っていた。理緒よりも少し背は低くて、茶髪の男の子。
　表情は、なんだか緊張しているような感じだ。
「あ、あの、俺、包海さんの隣のクラスの三島です。初めまして」
「初めまして」
　三島君がペコリと頭を下げたのにつられて、私も少し頭を下げた。
「包海さんって、本当に噂通りの可愛らしい子なんだね」
　三島君に突然ニコッと笑いながら言われた私は、ブンブンと首を振った。
「そ、そんなことないよ！　私はいたって普通だから」
　一体、どんな噂が流れてるの!?　思わず困惑してしまう。
「そういうとこも可愛いんだね。あ、もしよかったら、途中まで一緒に帰らない？　もうちょっと包海さんと話してみたいし」
　ね？と笑顔の三島君が私の手を握ろうとした時。
「勝手に俺の彼女に手を出すのは、やめてほしいんだけど」
　恐ろしいほど低い声が三島君の後ろから聞こえてきた。
　三島君が後ろを振り返ると、かなり不機嫌オーラを漂わ

せた理緒が立っていた。
「えっと、アンタ誰？」
　不思議そうな顔で問いかける三島君を理緒は容赦なくにらむ。
「俺、空守理緒。包海は俺と付き合ってるんだよ。だから、さっさと離れてくんない？」
　キッと鋭い視線が三島君にバシバシと刺さっていく。
　あまりの怖さに、私も少し震えてしまっていた。
「本当に、コイツと付き合ってるの？　包海さん」
　まだ信じきれないのか、疑いの眼差しで私に聞いてくる三島君に、コクンと小さくうなずく。
「そうなんだ」
　急にガッタリと肩を落とした三島君は、そのまま歩いて行ってしまった。
「由優」
　三島君の後ろ姿を見ていると、すかさず理緒の低い声が後ろから響いてきて。
　ビクッと体を反応させた瞬間、そのままギュッと抱きしめられてしまった。
「えっ、離して！　ここだとみんなに見られちゃうよ！」
　いくら１年生の教室から少し離れた場所とはいえ、放課後になってまもない廊下は、生徒の行き来が頻繁だ。
　こんなふうに後ろから理緒に抱きしめられてる姿をたくさんの生徒に見られるのは恥ずかしいもん。
「なんで、ひとりで保健室に行こうとしてたんだ？」

理緒は、私の主張にかまわず抱きしめたままだ。
「前も、ずっとひとりで保健室に行ってたから、今回も先に行ってればいいかなって思ったの。理緒の周りには女の子たちもいたし、その、声かける勇気が出なくて」
　言っている間に顔がどんどん下に向いていく。
「ごめんね、もっと勇気があればって思うんだけど」
　いざ、たくさんの女の子を見ると、理緒の席に向かう足もカチコチに固まっちゃうんだよね。
「あ、いや、由優を謝らせたいわけじゃなくて、その……」
　急に、理緒の声はしどろもどろになる。
　どんな表情をしてるのか気になって、後ろに顔を向けようとすると、一瞬、抱きしめる力が強くなった。
「これからは由優の席に迎えに行くから、待っててほしいんだ、俺のこと」
「えっ」
　ビックリしていると、理緒は抱きしめていた私の体を向かい合わせるようにさせた。
「由優をひとりにさせると、危ねぇから」
　ポンポンと頭をなでて微笑んだ理緒は、私の手を握って保健室へと少し早い足取りで歩き始めた。
「危ないって、どういうこと？」
　よく意味がわからなくて、ハテナマークを浮かべながら歩く。保健室の前までやって来ると、理緒は私の耳元へと唇を寄せた。
「男が由優のこと、放っておかねぇからさ。さらわれちま

うだろ？」
　穏やかな声だけど、耳元から顔を離して私を見つめた理緒は真剣な眼差しをしていた。
「だ、大丈夫だよ！　私には理緒しかいないから。さっきみたいに誘われてもキッパリと断るもん」
　理緒を安心させたくて、ニッコリと笑顔で言ったんだけど。おかしいな。理緒、顔をうつむけちゃった。
　気にさわるようなこと言っちゃったのかな？
　オロオロしながら理緒を見ていると、理緒はうつむいたまま無言で保健室の扉を開けると、私の手をグイッと引っ張って中に入れた。
「由優、ありがとう。そう言ってくれるのは、すげぇうれしいんだけど」
　保健室の扉を閉めた理緒が顔を上げると、ほおは心なしか赤くなっているような気がした。
「その笑顔とか、俺以外の男には絶対に見せるなよ？　由優はかなり無防備(むぼうび)だから」
「う、うん」
　とりあえずうなずいたものの、イマイチ実感がないんだよね。私って無防備なのかな？　うーん、と頭の中で考えていると、ホッとした様子の理緒は私を連れてソファーの所までやってきた。
　ふたりでソファーに座ると、視界に朝比奈先生が映った。
　わわっ。
　先生の存在に全然気づかなかったよ。

「朝比奈先生、すみません。何もあいさつせずに入って来ちゃって」
「私、由優ちゃんたちが入って来たから『久しぶりね〜』って声かけたのに、完全にふたりの世界に入ってたでしょ？無視されちゃったんだからね！」
　プゥ〜ッとほおをふくらませてすねる先生に、もう一度謝ると、穏やかに笑ってくれた。
「でも、由優ちゃんも空守君も幸せそうに笑ってるから、怒るのはやめよっと」
　そう言って、先生は手元にあった資料を手にした。
「あのさ、由優」
　先生が仕事をし始めると、すぐに理緒が口を開く。
「そういえば話があったんだよね？」
　ドキドキしながら理緒の方に視線を向けると。
「もうすぐ、クリスマスだよな？」
　理緒はチラリと保健室の壁にかけられていたカレンダーに目をやった。
　クリスマス……。
　そういわれれば、もうそんな時期だっけ。
　ボンヤリとカレンダーを眺めていると、ひざの上に置いていた私の手に理緒が手を重ねた。
「クリスマス、由優と一緒に過ごしてもいい？」
　ちょっぴり照れくさそうに聞く理緒に、心臓もバクバクしてきてしまった。
「うっ、うん。もちろん。よ、よろしくお願いします」

さり気なく笑顔で言おうとしたけれど、結局、かなりぎこちない言い方になってしまった。
　でも、そんな反応になっちゃったのも仕方ないよね。だって、理緒と一緒に過ごせるクリスマスなんて、夢のまた夢だと思ってたから。
　去年まで、クリスマスの日になると何となく頭の中に理緒が浮かんでた。一緒に過ごせるわけないけど、憧れだけは心の中にずっとあったんだ。
"好きな人と聖なる夜を共有したい"
　その憧れが今年は現実になるなんて。
　こみ上げてくるうれしさに涙まで出てきそう。
　止まらないうれしさとドキドキの波に心を震わせていると、理緒が私の肩に手を回して、体が触れ合うほど近くに引き寄せた。
「由優は、クリスマスツリーってどこかに見に行ったことある？」
「小学生の頃に中央広場のツリーは友達と見に行ったことがあるけど、最近はどこにも行ってないよ。きれいだけど、人が多いから」
　理緒が近すぎるのと、甘い香りにクラクラしてしまったこともあり、ほぼうわの空状態で答えた。
　正直、今はツリーよりも近すぎる理緒に神経が集中しちゃう。理緒に丸聞こえになっていそうな自分の鼓動を落ち着けようとしていると、フワリと私の目の前に、小さな厚紙のカードが差し出された。

「これ……なに？」

　私はまばたきをしながら、首を少しかしげる。

　ふたつ折りになっている緑色のカード。

　カードの表面には、白色で"Special Invitation"という文字が印刷されていた。

「中、開いてみて」

　理緒は私の手にカードを握らせた。

　何だろう？

　ドキドキのあまり震える手でふたつ折りのカードを、ゆっくりと広げた。

「わぁ、すごい……」

　自然とそんな言葉がこぼれた。

　赤と白のビーズで周りをきれいに縁取りされた紙の真ん中には。銀色の文字で"brilliant tree 12.24"と書かれていて、シルバーの小さなハート型のファスナーチャームが２つ入っていた。

「この"brilliant tree"って、もしかしてクリスマスの時期だけ公開される特別なツリーのこと？」

「ああ。ちょっと街中から外れるけど、中央広場のツリーよりもきれいらしい。それに……」

　理緒は言葉を途中で止めると、ファスナーチャームをふたつ、手にとった。

「そのツリーのある場所に入れる人数は限定されてるんだ。だから、人ごみが苦手な俺と由優にはピッタリだと思ってさ。一緒に見に行こう？」

理緒が揺らしたふたつのファスナーチャームは光に反射してキラキラと輝いた。
「うん！」
　うなずきながら笑顔で答えると、理緒も優しい笑みを浮かべながら、私の手のひらにチャームをのせた。
「これ、ツリーの場所に入る時に見せるチケット代わりのものらしいから、由優も24日まで大事に持ってて？」
　理緒にそう言われて、私はハート型のチャームと小さな招待状をジッと見つめた。
　ひと足早く、理緒からクリスマスプレゼントをもらっちゃった。

ほころぶ笑顔［side 理緒］

「ありがとう、理緒」
　渡したチャームと招待状をうれしそうに見てくれる由優を見るだけで癒される。
　良かった、喜んでくれて。
　ホッと心の中で安堵しながら、由優を見つめていると、不意に視線が俺に向けられた。
「ど、どうしたんだ？」
　ドキッと心臓が飛び跳ねる。
　多分、由優は自覚ないんだろうが、突然澄みきった瞳でまっすぐに見つめられるのは、かなりヤバイ。
　一応、俺も男だし。
　押し倒したくなるんだけど。
　由優の小さな肩に回した手が少し震える。
　理性と必死に戦ってる証だ。
　ここは学校の保健室だし、保健の先生だってそばにある机のところに座っている。
　しかも、さっきから俺たちのやりとりを見てないフリしながらチラチラ見てるからな。
　ここではさすがに由優を襲えない。
　頑張れ、俺。
　心の中でそう言い聞かせていると、由優が口を開いた。
「私、こんなにクリスマスが来るのが楽しみだって思った

のは、初めてだよ。理緒と一緒にツリーが見られるんだもんね!」
　満面の笑みを俺に注ぐ由優を見た瞬間、何かがプツッと音をたてて切れたような気がした。
「あの先生、ちょっと時間もらってもいいですか?」
　ホワホワとハテナマークを浮かべる由優とは対照的に空気を察してくれた先生はガタッと席を立った。
「さてと。先生これから職員室に行かないと。あんまり遅くならないように帰ってね」
　ガサッと机の資料をかき集めた先生は、スタスタと保健室を出ていった。

　俺たちふたりだけになった保健室。
　由優はまだ意味がわからないのか、目をパチパチさせながら俺を見ている。
　ごめん、由優。我慢するつもりだったけど、どうやら理性の鎖が切れたみたいだ。
「きゃっ!　理緒!?」
　次の瞬間、俺は由優をソファーに押し倒していた。
「ダメ。保健室なんだから、誰か来ちゃうかもしれないよ!」
　ようやく由優も先ほどの俺の言葉の意味がわかったのか、あわてて起き上がろうとする。
　でも。
　俺が素直にその行動を受け入れることなんてできるわけがなく、そのまま唇を重ねた。

「んっ」
　ソファーへと沈む由優に何度もキスを繰り返す。
　そして、由優の手から床へとこぼれ落ちたファスナーチャームの音で俺は唇をゆっくりと離した。
　すると、グスッと鼻をすする音が耳に聞こえてきて。
　ハッとして由優を見ると、目はうるんでいてほおは赤く染まっていた。
　俺、もしかして泣かせた？
　失っていた理性が一気に戻ってくる。
「ごめん。俺、また由優を泣かせるなんて」
　パッと体を離すと、由優は涙をぬぐいながら首を振った。
「違うの。突然だったからビックリして涙が出ただけ。り、理緒のキスが嫌だったわけじゃないから」
　"だから悲しそうな顔しないで？"と言葉を続けた由優に、胸がいっぱいになった。
　由優の手を握って体を起こした俺は、強く抱きしめた。
　胸元に顔を埋める由優は、小さな手を俺の背中に回す。
　ギュッと制服をつかんでくれたのが、何だかうれしくて、俺は笑みがこぼれてしまった。
「由優がそう言ってくれたから、俺もう悲しい顔してねぇと思うんだけど、確かめてくれる？」
　俺の表情を見ようとして、素直に顔を上げてくれた由優に、笑顔と共に、そっと触れるキスをした。

　由優と一緒に、優しく流れていく時間を過ごしているう

ちに、気づけば外が薄暗くなってきていた。
"もう少しこのままでいたい"
　その思いを幾度となく積み重ねているうちに、時間もだいぶ経ったみたいだ。
「あらっ！　まだふたりとも保健室にいたの!?　ラブラブなのはいいけど、もう暗くなるし、帰りなさいよ！」
　そろそろ帰ろうかと思い始めていると、保健室の扉の開く音が響いて、職員室に行っていた先生が戻ってきた。先生は、ビックリしつつも少しニヤニヤとしていて、なんとも複雑な表情を浮かべながら俺と由優を見ていた。
　俺は床に落ちてしまったチャームを拾って由優の手にのせた。
　さっさと保健室を出よう。
　外も、こうしているうちにますます暗くなる一方だし。
　これ以上いると、先生からいろいろと突っ込まれそうな予感がするからな。
　由優との和やかな雰囲気を、壊したくねぇ。
「それじゃあ、失礼します。由優、行こっか」
　先生に、サッと礼をした後、ソファーに座ったままコートをはおって、帰り支度をととのえている由優の前に手を差し出した。
　チラチラと保健の先生と俺の手の間を行ったり来たりする由優の視線。少し間はあったけど、俺の差し出した手に重ねるように、温かな手をのせてくれた。顔は真っ赤だから、恥ずかしがってるんだなってのがすぐにわかる。

でも、俺はうれしくてたまらないんだ。
真っ赤になっても、顔を少しうつむけてしまっても。
差し出した手を、由優が拒(こば)まないでくれたこと。

　手をつないで保健室を後にした俺たちは、暗くなった道をゆっくりと歩く。
　太陽の光が消えて、いっそう空気が冷え込む中、できるだけ由優の体をそばに寄せた。
「そういえば、あの招待状、手に入れるの難しかったでしょ？　確か、すぐに限定人数が埋まっちゃうって静乃から前に聞いたことがあったから」
　由優は俺の手を強く握りしめた。
「さっきはうれしさのあまり舞い上がってばかりでごめんね。本当にありがとう。理緒には、どんなにありがとうを言ってもたりないくらいだよ」
　由優の温かさあふれる言葉に、目元がジワリと熱くなるのを感じた。
「俺の方こそ、ありがとう。めちゃくちゃうれしい」
　もっと喜びを表現したいけど、感極(かんきわ)まってしまった俺は短い言葉しか出てこない。照れまくってる俺を、由優はいつもと変わらない笑顔で見つめてくれていた。
　先月末に、あの"brilliant tree"のことを耳にしてから、由優と行ってみたいって思っていろいろと調べた。
　中央広場で限定の入場チケットを購入できるイベントがあることを知って、先週末の日曜日に、かなり早めに会場

へ行って並んだっけ。前も後ろもカップルでみんなニコニコと話をしながら並んでる中、ひとりだった俺は少し浮いてて恥ずかしかったけど。

　由優にサプライズで招待状を渡したかったし。

　何より可愛い笑顔を見たいと思ったら、恥ずかしさとか、もうどうでもよくなったしな。

　素敵なクリスマスにしたくて、手に入れた招待状。

　それを、俺が想像していた以上に由優は喜んでくれたし、とびきりの笑顔も見ることができた。

　こんなに幸せなことってあるか？

　俺、由優に出会うことができて、本当に良かった。

　ふと夜空を見上げると、たくさんの星がキラキラとまたたいていて。

　俺と由優のことを微笑ましそうに見てくれているような気がした。

クリスマスイブ

とうとう、この日が来ちゃった。
眠い目をこすりながら、ベッドから起きた私はカレンダーを見つめた。
12月24日、クリスマスイブ。
理緒と初めて一緒に過ごすクリスマスなんだよね。
まだ理緒と待ち合わせの時間まで、だいぶあるのに、もうドキドキしてるよ。
昨日の夜もドキドキしすぎて、あまり眠れなかったなぁ。そろそろ寝ようと思うと、理緒の顔がパッと頭に浮かんで、ドキンと心臓が跳ねてばかりだった。
私、ずっと理緒のことが頭から離れないよ。
でも、それぐらいうれしいんだから、気持ちを抑える必要はないよね。
あ！　そ、そうだ！　理緒にプレゼントする、お菓子作りの準備しなきゃ！

パジャマを着替えて、キッチンへと向かう。
ちょうど土曜日ということもあり、仕事が休みのお父さんも起きてきたところだった。
「由優、なんだか今日は朝からうれしそうだな。どうしたんだ？」
「えっと」

「も～う、お父さんったら鈍いわね～！　今日はクリスマスイブでしょ！　由優は大好きな彼氏とデートなのよ！」
　朝食の準備をしていたお母さんが声を弾ませながら、先にしゃべってしまった。
「そうかぁ！　今日はクリスマスイブだっけ。由優も彼氏とデートだなんて、うらやましいなぁ。母さん、俺たちもどっか行こっか？」
「あら！　いいわね～！」
　ふたりでテンション高く話をしている中、私は朝食をすばやく済ませて、お菓子作りを開始した。作るのは、理緒のリクエストに応えて、カップケーキとクッキー。カップケーキは、この前はプレーンだけだったけど、今回は抹茶味も作る予定。
　誕生日の後も、休日はお菓子作りをして、もっと美味しいものを食べてもらうために練習を重ねてきたから、今日も心を込めて作るんだ。
　理緒の笑顔を思い浮かべながら……。

「完成！」
　目の前のテーブルに置かれたカップケーキとクッキーを見て、笑みがこぼれる。
　うん、なかなかうまくできたかな。
「由優、今回もいい感じに作れたじゃない！　もうお母さんのアドバイスもいらないくらいうまいわよ～！」
　いつの間にか朝食を終わらせて、リビングでくつろいで

いたお母さんとお父さんが、そろってキッチンに来た。

　お母さんにほめてもらえると、ホッとするし、うれしい。

　理緒もきっと、喜んでくれるよね?

「本当だ!　すごくいい匂いだし、美味しそうだな。どれどれ、試しにひとつ」

「あっ!　ちょっと、お父さん!!　ダメだよ!」

　お父さんにつまみ食いされないよう、あわててお菓子を置いていたお皿を遠ざけた。

「これは、理緒に一番最初に食べてもらうんだから」

"え〜、食べたいなぁ"と残念がるお父さんをよそに、ラッピングをすることにした。

　うかうかしてると、食べられちゃいそう。

　用意していた厚紙の箱に、カップケーキとクッキーを詰め合わせて、その箱を銀色のチェック柄の包装紙で丁寧に包む。箱に赤いリボンをつけて、小さなツリーのプリントされた紙袋に箱を入れた。

　すべて完成!

「ラッピングも可愛らしくできてるわね!　きっと、理緒君も喜んでくれるわよ!」

　お母さんにニコニコ顔で言われた私は、気分よく紙袋を持って、一度、自分の部屋に戻った。

　もうひとつ、理緒にはプレゼントを用意したんだよね。

　私は、机の引き出しを静かに開けて、小さな袋を取り出した。

　お菓子をラッピングするための紙袋とかを買うために、

いろんなお店に行った時に買っちゃった。
　おそろいのスマホのストラップ。
　シルバーを基調(きちょう)とした落下防止のリングと、小さな星がいくつかついている、わりとシンプルなものだけど、理緒、どんな反応するかな？
　私が可愛いと思って買ったストラップだから、気に入らないかも。で、でも、ダメもとで渡してみよう。ふたりで同じものをつけてみたいって思って買ったんだし。
　お菓子の箱の下の方に、遠慮がちにストラップの入っている袋を入れた。
　これで、プレゼントは準備完了。後は支度をして、理緒との待ち合わせ時間に遅れないように出発しなくちゃ。
　クローゼットを開けて、服をサッと見回す。
　そんなにオシャレは得意じゃないし、服もたくさん持ってないけど、理緒とのデートだから、ちゃんと釣り合うような服装にしないと。
　何着か候補を取り出して、ベッドの上に並べた。
　うーん、どれにしよう。
　かれこれ数十分、服選びに時間を割いていると、コンコンとドアを叩く音と共に、お母さんが顔をのぞかせた。
「あら、なんだか苦戦してるみたいだけど、理緒君との待ち合わせ時間は大丈夫？」
「えっ、あ、うん。まだ大丈夫」
　とは言ったものの、この調子で悩んでたら、あっという間に家を出る時間になりそう。

ハァとため息をつきながら肩を落としていると、お母さんが微笑みながら部屋に入ってきた。
「こういう時は、思いきっていろいろと着て試してみたら？　その方が案外決まっちゃうかもしれないわよ？」
　そっか。それ、いいかも。
　候補にしている服を端から着てみた結果、グレーのチェック柄のひざ上のスカートに、マスタード色のセーターに落ちついた。
　そんなに派手(はで)じゃない方がいいし。
　変ではないはず。
　これで黒いブーツを履いて、コートをはおればいっか。
　確か、黒いコートがあったはずなんだけど。
　あれ??　クローゼットに入っているはずの黒いコートが見当たらない。
　おかしいなぁ。ちゃんとしまってあったと思うんだけど。
　クローゼットの中をくまなく見渡していると、ベッドの端に座っていたお母さんが口を開いた。
「由優、もしかして黒いコート探してるの？」
「うん。でも、ないみたいなの。変だなぁ」
「あら、あのコート、確か舞依(まい)ちゃんに貸してたんじゃなかったっけ？」
　私は探していた手をピタリと止めて、お母さんの方を振り向いた。
「あ！　そうだった。舞依に貸してたんだ」
　スッカリ忘れてた。

舞依は、私よりひとつ年下の親戚の女の子で、今年のお正月に家に遊びに来た時に、ちょっと貸してほしいってお願いされたんだっけ。
「すぐに返すね〜！」って言われたけど、もうすぐ１年経つ。
　忘れてた私も悪いけど、まさかこんな形で困ることになるなんて。
　う〜ん、仕方ない。
　いつも学校に着ていくコートにしようかな。
「ねぇ、由優。せっかくだから、あの白いコートを着て行ったら？」
　お母さんはクローゼットにかかっているショート丈の白いニットコートを指差した。
「あ、あれは、ちょっと派手かなって思うんだけど」
　だって白だから目立ちそう。
「でも、いつか着ようと思って買ったんでしょ？」
「うん」
　初めてお店で見た時は、すごく可愛いなぁと思って、買ったけど。いざ、自分が着て外に出るとなると、なかなか勇気が出なくて、結局、クローゼットに入れっぱなしなんだよね。
「由優に似合うと思うわよ？　せっかくのクリスマスデートなんだから、思いきって着てみたら？」
　お母さんは立ち上がると、クローゼットから白いニットコートを出して、背後から静かにはおらせてくれた。
「ほら！　すっごく似合ってるじゃない！」

お母さんは私の両肩に手をのせて、鏡の私にニッコリと微笑んだ。
「不自然じゃないよね？」
「そんなこと、絶対にないから大丈夫！　自信持って着ていきなさい。ね？」
　ポンポンと頭をなでるお母さんに、私はコクンとうなずいた。お母さんの"大丈夫"は、私の背中を押してくれる温かい言葉だね。

　身支度をしっかりと済ませた後、家の中をソワソワと動き回っているうちに、出発する時間がやってきた。
　白いニットコートの上に桜色のマフラーを巻いて、理緒へのプレゼントも忘れずに持った。
「楽しいクリスマスイブを過ごしてきてね！」
「お母さんたちも、素敵なイブを過ごしてね」
　お互いニッコリ笑って手を振る。
　家の外に出た私は、ひとつ深呼吸をしてから、いつもよりも速めに歩き始めた。
　いよいよ。ずっと憧れだった、理緒と過ごすクリスマスが始まるんだ。

心弾む時間〔side 理緒〕

　ちょっと早く来すぎたかな?
　駅前の小さな噴水の所にやってきた俺は、近くの時計を見上げた。由優との待ち合わせは17時だけど、まだあと20分近くある。
　もう少しゆっくり来れば良かったかな。
　でも、由優を待たせるよりは俺が待ってる方がいい。
　アイツが来たらすぐに駆け寄って、笑顔で迎えてやれるからな。
　こういう時間ってドキドキする。
　昨日から冬休みに入ったから、会うのは1日ぶり。
　早く由優に会いてぇな。
　なかなか進まない時計の針に恨めしさを感じていると。
「あ〜!!　理緒君だぁ!」
　後ろから聞こえてきた、やけに明るい女の声に、俺はため息がこぼれた。もちろん、由優じゃないことは確かだ。聞こえないフリして無視しようと思ったものの、女はガバッと腕を絡めてきた。
「理緒君と会えるなんて、すごくラッキーだなぁ!　めちゃくちゃ久しぶりだね〜!」
「な、何やってんだよ!　離せよ。っていうか、誰?」
　まとわりつく腕を振りほどこうとしながら、ムッとした口調で言った。

「私のこと、本当に知らない？ 覚えてないの？」
　女は不思議そうに首を傾げた。
「知らねぇよ」
　俺は由優以外の女は名前すら、まともに覚えようとしないほど興味も何もないからな。
　悪いが、キッパリと言わせてもらう。
「西中学で同じクラスだった若葉だよ～！ いつも理緒君の席に遊びに行ってたでしょ！」
　腕を小刻みに揺すられ、イライラが募る。俺の席の周りで勝手に話しかけてた女子たちのことなんて、どうでも良かったからな。
　知らないものは知らない。
「悪いがまったく覚えてない。俺、大切な人と待ち合わせしてるから、どっか行ってくんない？」
「えーっ！ せっかく会ったんだから、少し話そうよ～」
　冷たく言ったにもかかわらず、まるで効果なしの女にキレそうになっていると。
「理、緒？」
　その声に自然と体が反応した。
　視線を声が聞こえてきた方に向けると、そこに立っていたのは、俺が会うのを心待ちにしていた人、由優。
「えっと、私、早く来たのマズかったかな？」
　気まずそうに顔をうつむけ、少しずつ後退りをしていく。
「違うんだ、由優」
　俺は、女に絡められていた腕を力を込めて無理やり振り

ほどくと、すぐに由優のもとに駆け寄って手を握った。
　その様子を目の当たりにした若葉っていう女は、俺の行動にビックリしたようで、ポカーンと口を開けてあっけにとられていた。
「中学の同級生らしいんだけど、急に声かけられたんだ。ただそれだけだから」
　アタフタしながら、由優の目線に合うよう背をかがめて澄んだ瞳を見つめた。
「うん。わかった。な、なんかごめんね。私、ちょっと妬いちゃったみたい」
　恥ずかしそうに微笑みながら、つないだ手を見ている由優に、心臓が破裂しそうなくらいドキッとしてしまった。
　由優のヤキモチ。
　不謹慎かもしれねぇけど、壮絶に可愛い。
「本当にごめんな、由優。それじゃあ行こっか」
「えっ？　でもいいの？　あの女の子、理緒を見てるけど」
「いいよ、放っておいても何の問題もねぇから。それより、初めてのデートなんだから楽しまないとな？」
　ニッコリと笑いながら由優の手を引いて歩き始めた。
「え〜っ！　理緒君、彼女がいたの〜!?」
　あっけにとられてボーッと立っていた女が、そんな反応をする頃には、俺たちは駅前の噴水の場所から、さっさと立ち去っていた。

「理緒、もしかしてだいぶ待たせちゃった？」

「いや、俺もさっき来たばかりだから。ほとんど待ってないよ」
「そ、そう？　良かった」
　ホッと胸をなで下ろす由優と一緒に、駅前の通りを歩く。
　横断歩道での信号待ちで足を止めると、俺は由優をジッと見つめた。
「あ、あのさ、由優。か、かなり可愛すぎねぇか？」
　しどろもどろになる声と共に、顔までもが熱くなる。
「えっ！　そ、そんなことないよ！」
　由優は顔を赤らめて、アタフタしながら自分の服に視線を向けた。
　いやいや、誰がどう見たって可愛い。
　白い柔らかそうなニットコートを着て、グレーのチェック柄のスカート。髪の毛も、いつものストレートじゃなくて、ゆるくウェーブがかけられていて、フワフワだ。夏祭りの浴衣姿にもドキドキしたけど、この私服姿もヤバイくらいにドキッとする。
　由優よりも俺の顔の方が赤くなってる気がするな。
　信号が青に変わると、俺は由優の腰に手を回してそばに引き寄せた。
「理緒！　人がいっぱいいるから、こ、こんなに近いのは恥ずかしいよ」
「こうでもしねぇと、俺が安心できねぇから」
　由優は、もう少し離れて歩きたいといった表情をしているけど、回した手を離すことなく横断歩道を渡った。

こんなにそばにいても、正直、不安な気持ちになる。すれ違うほとんどの男は由優をチラリと見ていくし、中には、声をかけたそうにしながら通り過ぎていく奴までいるからだ。ちゃんと俺の彼女なんだってことをアピールしていないと、誰かに連れていかれそうで怖い。

　由優とピッタリくっついたまま、中央広場までやってきた。brilliant treeは19時からだから、それまでまだ時間がある。とりあえず寄り道して、広場の大きなツリーを見たり、食事をしたり、とにかく由優と楽しみながら時間を過ごしたいって思ってるんだ。
　それにしても。
　さすがに土曜日のクリスマスイブだけあって、すでに中央広場は、かなりにぎわっている。
　想像してた以上に多いな。
「由優、人たくさんいるけど平気か？　brilliant treeに行く通り道だし、せっかくだから寄ってみようと思ったんだけど」
　由優の顔をのぞき込むと、視線を俺に合わせた後、コクンとうなずいた。
「理緒と一緒だから平気。ドキドキしちゃってるから、あんまり人ごみとか気にならないよ」
　俺のコートを小さな手でキュッと握りながら、笑ってくれる由優に、うれしい気持ちがあふれてくる。
　俺も同じだな。

人ごみは得意じゃないから、これだけにぎわってたら、普段なら素通りするところだけど。
　　由優が隣にいるから、苦手意識すら感じなくなってる。
　　心を占めるのは、由優へのドキドキだ。

「きれいだね、ツリー」
「そうだな」
　　中央広場のツリーはきれいだっていうのは聞いたことあったけど、本当にその通りだ。
　　ツリーも大きいから、見ごたえあるし。
　　だけど、俺は、ツリーよりも由優が気になってしまって。
　　気づけば、ツリーを笑顔で見つめている由優の方に目がいっていた。
「久しぶりに見たら、なんだか懐かしかったなぁ」
　　しばらくツリーを見た後、俺たちは中央広場から、再び大きな通りに出た。広場のツリーを見て満足そうな由優は、終始ニコニコしてて、本当に微笑ましく感じてしまう。
　　俺は、視線の比重がツリーよりも由優に置かれてたから、あんまりツリーを見てなかったけど。
「理緒、これからどうする？　まだ時間があるよね」
　　由優の上目遣いの視線にドキッと胸が高鳴る。
「そ、そうだな。軽くご飯とか食べよっか」
　　ドキドキのあまり、声のトーンが不自然に高くなってしまった。
　　ヤバイ。

由優が可愛いすぎて、気を抜いたら襲ってしまいそうだ。
　我慢、我慢。

　大通り沿いをふたりで少し歩き、見つけたカフェに入ろうとした時だった。
「あれっ？　空守先輩じゃないですか!?」
　今度は一体誰なんだよ。お店のドアを開けようとしていた俺は、声のした方に渋々と視線を向けた。
「うわっ！　やっぱり空守先輩だ！　お久しぶりです！」
　俺のところにやってきたのは、男３人。あぁ、コイツらサッカー部の後輩だ。と言っても、俺は他の部もカケモチしてたから、そんなにかかわってなかったけど。
「久しぶりだな」
　自分でも驚くほど、テンションが低い声になっていた。
「空守先輩、クリスマスイブだっていうのに元気ないじゃないですか！」
「そうっスよ〜！　テンションもっと上げましょうよ」
　はぁ。誰のせいで一気にテンション下がったと思ってるんだよ。せっかくふたりでデートを楽しんでいたっていうのに、邪魔しやがって。
　徐々にイライラしてきた。
「えっと、空守先輩のお隣にいるのは、あっ!!　由優先輩だ！」
　ひとりの男が由優を見て声をあげると、他のふたりの視線もいっせいに由優へと注がれた。

「えっ!?　あ、あの?」
　由優はビクッと肩を上げて驚く。少し警戒気味なのか、一歩後退りをした。
「本物見るの初めてだ〜!」
「噂で聞いたことあったけど、由優先輩すげぇ可愛い」
　俺は、ジリジリと由優の近くに寄ってくる３人をさえぎるように立った。
「お前ら、由優がビックリしてるだろ?　それ以上近づくな。しかも、勝手になれなれしく名前で呼ぶんじゃねぇよ」
　鋭い視線でにらむと、３人はニヤリと笑みを浮かべた。
「妬いてる空守先輩見るの初めてだ。ひょっとして由優先輩と?」
「付き合ってるよ。俺の何より大切な彼女だ」
　こういう時は、バシッと言うに限る。シッカリ言わないと、コイツら由優に気安く話しかけそうな気がするからな。
「空守先輩、いいなぁ〜!　由優先輩と付き合えるなんて、うらやましいっスよ〜!」
　３人からキラキラと憧れの眼差しで見つめられた。
「も、もういいだろ?　俺たち、これから予定あるから。じゃあな」
　ここで長々と時間を費やすわけにもいかない。キリのいいところで、話は終了させねぇとな。
「えっ、もう終わりですか?　ほとんど由優先輩と話してないんですけど」
　そんなの、当たり前だろうが。

名残惜しそうに由優を見ている３人にかまうことなく、サッとカフェに入った。
　由優の噂って、俺が思ってた以上にすごいな。
　これは、まだまだ敵（てき）が多そうだ。
　カフェの空いている席にふたりで座ると、由優は顔をうつむけてしまった。あの３人から急に視線を浴びたりして、ビックリしてたもんな。そういえば夏祭りの時、由優にからんでた奴らも３人組だったっけ。
　あの時みたいな怖さとかも思い出させちまったかな？
「由優、ごめんな。アイツらサッカー部の後輩なんだけど、いつもテンション高いんだ。不快な思いさせたよな？」
「だ、大丈夫。一度に見られたのは驚いたけど、あの、それよりも」
　モジモジしている由優は、チラリと俺に視線を向けた。
「理緒が私のこと"何より大切な彼女"って言ってたでしょ？　人通りも多かったし、いろんな人が聞いてたから、ちょっと恥ずかしくなっちゃったんだ」
「そ、そうなのか!?　ごめん」
　俺は、アイツらにキッパリ言っておきたくて、自然と出た言葉だったけど、ほかの人にも聞かれてたなんて、気づいてなかった。
　本当に、由優のことで頭がいっぱいになると、周りが見えなくなるな、俺。
「でもね、恥ずかしかったけどうれしかった。ありがとう。わ、私も理緒は何よりも大切に想い続けていたい人だから」

由優の、ほんのり赤く染まっていたほおは、真っ赤になっていく。照れているようで、巻いていた桜色のマフラーで顔をおおい隠してしまった。
　俺、いろんな場面で幸せを感じるな。
　これだけ由優に想ってもらってるのは、うれしいなんてもんじゃない。もっともっと素敵な気持ちで、言葉では表現できないくらいだ。
「由優、ありがとな」
　ニッコリと笑いながら由優を見つめていると、マフラーを目のあたりまで見えるように少しずらして、優しい瞳で見つめ返してくれた。こういう由優の仕草を見てるだけでも、心は温かく満たされていく。
　常にドキドキしてばかりだ。

brilliant tree

　理緒とのドキドキしっぱなしの夕食を済ませると、いつの間にかbrilliant treeを見に行く時間が迫ってきていた。
「そろそろ出ようか。19時からだもんな」
「そうだね」
　お店にある時計をふたりで見ながら、コートをはおって身支度をととのえた。
　マフラーを巻き終えると、理緒は先に立ち上がって、私に手をスッと差し伸べる。
　さり気なく気遣ってくれるところが、カッコよくて。その優しさに甘えられる私は、すごく幸せ者だなって感じるんだ。

　お店を出た私たちは、大通りを抜けてゆるやかな傾斜(けいしゃ)のある道を歩いていく。
　10分ほど歩くと、brilliant treeへの入り口が見えてきた。この辺は街中から少し外れていることもあり、人もだいぶ少ない。駅前や中央広場のツリー周辺みたいなにぎやかさがない分、心臓の音が余計に大きく感じちゃう。
「由優、ガチガチじゃん。大丈夫か？」
「うん、緊張してきちゃった」
　胸元に手をあてながら、少し笑みを浮かべると、理緒が優しく私の頭に手をのせた。

「これから、もっとドキドキさせるかもしれないけど、平気？」
　ドキン。
　髪に指をからませながら、微笑む理緒に勢いよく心臓が飛び跳ねてしまった。
「ほら、入り口で受付してるみたいだし、早く行こう？」
　口をパクパクと開けながら何も答えられずにいた私に笑いかけながら、理緒は手を引いて受付へと向かう。
　なんだか私。
　頭の中が真っ白になりそうだよ……。

「メリークリスマス！　ようこそ、brilliant treeへ」
　クリスマスのリースが飾られた入り口で、受付をしている女性にファスナーチャームを見せて、中に入った。
　青いイルミネーションに飾られた木々の間にあるレンガの道を歩いて行く。理緒は再び、私の腰に手を回して引き寄せた。
「この方が、温かいから」
　理緒の優しい声に私は小さくうなずいた。
　青いイルミネーションの木々の間を通り抜けると。
　私は目の前に広がった光景に、まばたきも忘れるくらい見入ってしまった。
　白いレンガが敷(し)き詰められた広い円形の場所。その真ん中に、さまざまな色のイルミネーションに彩(いろど)られたツリーが立っている。ツリーの周りにはドーナツ状に水が張られ

ていて、水面にライトがキラキラと鏡のように反射していて、とてもきれいだ。

　広い円形の敷地を囲むように、小さな噴水が一定の間隔(かんかく)で配置され、淡いクリーム色のライトで照らされている。

　どこかの洋風なお城に迷い込んできたかのような。
　そんな錯覚(さっかく)をしてしまうくらい、神秘的(しんびてき)で素敵な場所だ。
　まるで夢を見ているみたい。
「すごいね！　こんなにきれいなクリスマスツリーを見るのは初めて」
「俺も初めてだな。由優、もっと近くでツリー見よっか」
「うん、そうだね」
　私たちは、ツリーのそばまでやってきた。
　近くに来ると、キラキラと輝きを放つツリーに吸い込まれてしまいそうになる。
　温かくて柔らかい光。
　しばらく見とれていると、腰に回っていた理緒の手が離れて私のほおに触れた。
「理緒？」
　ゆっくりと顔を理緒の方に向けると、穏やかな瞳が私を映していた。
「由優、メリークリスマス」
　ツリーのイルミネーションに照らされながら、微笑む理緒の顔は、少しずつ近づいてきて。
　温かい唇が静かに重なった。
　私は、ゆっくりと目を閉じていく。

周りにある小さな噴水の音以外は、ほとんど何も聞こえてこない静かな空間だ。
　こんなに素敵な場所でクリスマスイブの夜に、理緒とキスを交わせるなんて、心臓が破裂しちゃいそうなくらいのドキドキだけど。
　涙が出そうなくらい、うれしくてうれしくて、たまらないよ。
　長いキスの後、理緒の胸の中へと抱き寄せられる。
　落ち着く香り。
　心地よい温かさ。
　すべてが心をくすぐるんだ。
「理緒、メリークリスマス」
　顔を上げて笑顔で伝えた私は、理緒の背中に手を回して、コートをギュッと握った。
　これからもずっと。
　ずっと理緒のそばにいられますように。
　心の中でそう願いながら……。

　しばらくツリーの前で抱きしめ合った私たちは、今度は周りに置かれているベンチに座った。
　そ、そういえば、ここって、人数が限られてるから人があまりいないと思って来たけど。
　あまりというよりも、全然いないよね？
　キョロキョロと辺りを見回してみたけれど、私たちが通ってきた、青いイルミネーションに彩られた木々の道か

らも、人がやって来る気配はない。
　おかしいなぁ。誰かしらいてもいいはずなのに。
「ねぇ理緒、誰も来ないみたいだけど、私たち、ここに入っちゃって大丈夫だったんだよね？」
「もちろん大丈夫。だって、1時間、ここは俺と由優だけの場所だから」
「えっ!?」
　そ、それって？
「要するに貸し切りみたいなものだな」
「か、貸し切り!?」
　思わず、驚きで声が少し大きくなり、私の声は辺りに響きわたった。
「今日と明日、それぞれ10時から22時まで、1時間ごとに入れる時間が区切られてるんだ。だから、この時間はほかの人は絶対に入って来ない」
「そ、そうなんだ。人数が限られてるっていうのは、そういう意味だったんだね」
　私ってば、てっきりほかにも何人かツリーを見ている人がいるものだとばかり思ってた。
「由優とふたりっきり。邪魔する奴は誰もいねぇよ？」
　耳元でささやく理緒の甘い声に、素直に顔も心も反応してしまう。
　理緒の言葉どおり、さっきから、ドキドキの波が押し寄せてばかりだよ私。

深まる愛

そうだ！
時間も限られてるわけだし、そろそろクリスマスプレゼントを理緒に渡しちゃおう。手にしていた紙袋をジッと見つめて、手提げ紐を少し強く握った。
「理緒、あの、私からのクリスマスプレゼントなんだけど、受け取って下さい」
私は、持っていた紙袋を静かに理緒のひざの上にのせた。
「ありがとう！　さっそく開けちゃってもいいかな？」
「うん、いいよ」
私がうなずきながら言うと、理緒は目を輝かせながら、お菓子が入っている箱のラッピングを開けていく。
こういう時間は、緊張しちゃう。
理緒、喜んでくれるといいな。
「これ、前に俺が、また作ってほしいって言ったカップケーキとクッキーだ。由優、作ってくれたんだな」
箱を開けた理緒は声を弾ませながらニッコリと笑った。
「今回は、新しく抹茶のカップケーキも作ってみたから、帰ったらゆっくり食べてね」
「帰るまで待てねぇから、今食べようかな」
理緒は箱の中から、抹茶のカップケーキを取り出した。
包んである小さな透明の袋を開けて、パクッと食べたとたん。理緒の表情は満面の笑顔になっていた。

「すげぇ美味い！　由優の手作りは、やっぱり最高だな！」
　理緒は、抹茶のカップケーキをあっという間に食べ終えてしまった。
「よ、良かった。理緒にそう言ってもらえて、うれしい」
　私はホッと胸をなで下ろした。
　理緒のまぶしいくらいの素敵な笑顔を、頭の中に思い浮かべながら作ったから、本当にうれしくて胸がいっぱいになる。
「ん？　紙袋の底にまだ何かある」
　理緒は、紙袋をのぞき込むと中に手を入れた。
　わわっ！　気づかれちゃった！
　私は、紙袋と理緒の間で視線を何度も行ったり来たりさせた。
「由優、この小さな袋も開けていいのか？」
　微笑みを浮かべながら首を少しかしげる理緒に、私はコクコクとうなずいた。
　理緒、ストラップを見たらどんな顔するかな？
　私は呼吸することすら忘れてしまいそうになるくらい、鼓動が速くなっていた。
「あっ！　これ、ストラップじゃん！　ふたつあるってことは、ひとつは由優の分？」
「う、うん」
　緊張のあまり、声がかすかに震える。
　理緒はふたつのストラップを袋から取り出すと、大きな手のひらにのせた。

ストラップにつけられたリングと、シルバーの小さな星たちが、ツリーの光を浴びて七色に輝く。まるで、ストラップが光を発しているみたい。
「同じストラップをつけたいなって思って買ってみたの。あ、あの、もしも理緒が嫌なら無理しなくていいからね」
　アタフタしながら言葉を付け足した。押しつけるのは、よくないもんね。
　おそろいのものを身につけるのは嫌かもしれないし。
　理緒はストラップを見たまま固まっている。
　な、なんか困らせちゃったかな。
「や、やっぱり今の話はなしにしよっか。わ、忘れてね」
　理緒の手のひらにのせられたストラップを取ろうと手を伸ばすと。
「えっ!?」
　空いている方の手でつかまれ、グイッとそばに引き寄せられる。
　理緒の顔が近い、なんて思う間もほとんどないまま、唇が重ねられた。
　いきなりのことで、まばたきすることも忘れていると、すぐに唇が離れた。
「俺、由優が同じストラップをプレゼントしてくれたことがめちゃくちゃうれしいんだ。由優の可愛いお願いに、ドキッとして固まっちまったけど」
　恥ずかしそうに笑いながら、理緒はストラップに視線を向ける。私の顔は、みるみるうちに理緒のほおよりも赤く

なってしまった。
　てっきり、おそろいのストラップが嫌で固まったんだとばかり思ってたから、ビックリしちゃった。
　私もストラップに視線を落とすと、理緒はコートのポケットに手を入れてスマホを取り出した。
「さっそくだけど、つけてもいい？」
「あっ、うん」
　理緒はストラップを小さく揺らすと、柔らかな笑みを浮かべながらスマホに素早くつけた。
「俺は完了。あとは由優のだな。貸してみ？」
　理緒が私の前に手を差し出す。
　あわててバッグから取り出すと、理緒の手のひらに静かにのせた。
　理緒は丁寧にストラップをつけると、ふたつのスマホを近づけた。
「ふたり、おそろいになったな！」
　理緒の手がかすかに動くだけでも、リングや小さなシルバーの星がキラキラ輝きながら揺れる。
「理緒、いいの？　本当は嫌なのに、無理してつけてくれたんじゃ」
「嫌なわけねぇじゃん。由優と同じものつけられるなんて、むしろうれしすぎるくらいだよ。だって、由優とつながってるものが増えるだろ？」
　理緒は私の手にスマホをのせると、その上に自らの手をかぶせた。

「俺にとって、最高のクリスマスプレゼントだよ。ありがとう」

重ねられた理緒の手は温かくて、指先から優しい温度が私の心に伝わって包み込んでいく。

トクントクンと少し速い鼓動のリズムが体中に心地よく響いて、自然と笑顔になりっぱなしだった。

「じゃあ、今度は俺から由優に渡したいものがあるから」

「えっ、私に？」

思わぬ理緒の言葉に固まっていると、目の前に長方形の小さな白いケースが差し出された。

「開けてもいいの？」

「もちろん」

理緒の手からケースを受け取ると、結ばれていた深紅(しんく)の細いリボンを解(と)いた。

何が入ってるんだろう？

ドキドキしながら、ケースをゆっくりと開けた。

「これ……」

私は、そこまで言うとこみ上げてくる想いに言葉を詰まらせてしまった。

中に入っていたのはネックレス。シルバーの細いチェーンに天使の羽をモチーフにした小さなクリスタルのチャームがつけられていた。

「これ見た瞬間、似合いそうだなって思ったんだ。フンワリした温かいオーラの由優は、天使みたいだからさ」

理緒は穏やかな表情を浮かべると、ケースに入っていた

ネックレスを指ですくった。
「由優、ちょっと動かないで?」
　理緒の落ち着いた声にとまどっていると、私のマフラーをゆっくりとはずして、ひざの上にのせた。
　私は、もはや動かないようにしている、というよりもカチコチに固まってしまって動けない状態だ。
　理緒はネックレスを持ったまま、私に顔を近づける。
　そして、私の首元に、ネックレスを丁寧につけてくれた。
　少しずつ私から離れる理緒の顔は、笑顔に満ちていた。
「やっぱり、よく似合ってる」
　私も、鎖骨のあたりに視線を落とすと、ネックレスのクリスタルがキラリと輝きを放つ。
　天使の羽のクリスタル。
　手のひらにのせて小さく揺らしながら見つめているうちに、ジワッと涙があふれてきた。
「理緒、あ、ありがとう。私、このツリーを見に来られただけでも、とても素敵なクリスマスプレゼントだって思ってたのに、こんなに可愛くてきれいなプレゼントまでもらえるなんて、うれしいよ……」
　目元から耐えきれずにこぼれた涙の雫がクリスタルの上に落ちる。
　みるみるうちに歪む視界の中で、涙をつたったほおに温かいものが触れた。
　柔らかい感触。それが理緒の唇だって気づくのに、それほど時間はかからなかった。

「由優に、こんなに喜んでもらえて、俺すげぇうれしいし幸せだ」
　理緒は私の涙を温かい指でぬぐうと、胸の中へと抱き寄せた。
「愛してる」
　私の背中に回された手がギュッといっそう強く私を抱きしめる。その言葉が心に響いて、体中がうれしい気持ちと温かい気持ちで震えていた。
　私は理緒の胸に顔を埋めて、次々と涙をこぼした。優しく包み込んでくれる理緒の温もりで、心がいっぱいだ。
「理緒、私も愛してるよ……」
　涙をすすりながらで、小さな声になったけど。
　言わずにはいられなかった。
　大切な人への特別な言葉だから。

「あっ」
　驚いたような理緒の声に、私は顔を上げた。
「雪だ」
　理緒が夜空を見上げてつぶやく。
　私も同じように、理緒の胸の中で抱きしめられたまま、見上げると、フワフワと舞い降りてくる小さな白い雪が視界に入った。
「ホワイトクリスマスだね」
「そうだな」
　ふたりでクスッと笑いながら、予想外の夜空からの贈り

物にしばらく見入ってしまっていた。
　まるで綿のように、ゆっくりと舞い降りてくる雪と、まばゆい光を色とりどりに放ち続けるツリー。夢の中にいるような幻想的な光景が、心の中に刻まれていく。
"ずっと、このまま時間が止まってくれたらいいのに"
　そんな思いを自然に抱いてしまうほどだった。
「由優」
　その言葉が合図になって、もう一度、唇が静かに重なりあう。
　時折、ひんやりとほおに雪が落ちても、その冷たさが気にならないくらい、温かくて甘いキス。
　どこからか聞こえてくる聖夜の鐘の音に心をときめかせながら、brilliant treeの柔らかいイルミネーションに包まれた私たちは、甘いキスを繰り返していた。
　幸せの温度を心地よく感じながら、何度も……。

Act X

代償

　理緒と過ごしたクリスマスイブから時間はあっという間に流れて、今日は大晦日(おおみそか)。
　午後から理緒と会う予定になってる。
　一緒に年越しをしようねってイブの日から話をしてたんだ。
　クリスマスに続いて、大晦日も理緒と過ごすのは初めてのこと。
　とても楽しみで、ドキドキしてるんだけど、昨日の夜から、ちょっと風邪っぽいんだよね。
　喉がイガイガしていたから、大事をとっていつもよりも早めに寝たのに、やっぱり今日も変わらないまま。
　熱は、大丈夫かな？
　念のため、体温計を持ち出してきて測ってみることにした。寒気とかは感じないし、熱はないよね。
　——ピピッ、ピピッ。
　しばらくして体温計の音が鳴り、取り出してみると。
　うーん、37.4度。微熱(びねつ)かぁ。
　体温計に表示された数字を見て、ため息が出てしまった。
　だけど、せっかくの理緒と過ごせる大切な時間だから。
　中止にはしたくないよ。
　と、とりあえず午前中は安静にしていよう。
　私は、パジャマに着替えて布団にもぐり込んだ。

微熱だったら、下がるかもしれない。

前も微熱のまま学校に行って、帰って来る頃にはスッカリ下がって元気になったことだってあるし、今回も大丈夫だよね、きっと。

前向きに考えながら目を閉じて、体を休めた。

「ん」

目を開けて時計を見ると、もうお昼前になっていた。

わわっ!!　軽く目を閉じて、休んでいるつもりだったのに、ぐっすり寝ちゃったみたい！

理緒との待ち合わせ時間まで、あと1時間ぐらいになっちゃったよ。あわててベッドから飛び起きた私は、部屋の中でオロオロしてしまった。

そういえば熱は!?

少し緊張しながら熱を測ると、結果は36.3度。

眠ったのが良かったのか、普段の平熱に戻っていた。

良かった、無事下がってくれて。

ホッと安心した私は、バタバタと出かける支度を始めた。常に時計をチラチラと見て、時間をチェックしつつ、支度を進める。ひざが少し隠れるチョコレート色のスカートに、クリーム色のカーディガンをはおる。

そして、胸元には、クリスマスイブに理緒からもらったネックレスをつけた。

うれしくて自然と顔が緩む。

このネックレスをつけるだけでも、理緒がそばにいてく

れるみたいでドキドキしちゃうんだ。
「あ、そろそろ行かなくちゃ!」
　コートを着て支度をととのえる頃には、もう家を出る時間になっていた。

「お母さん、行ってきます!」
　あわてて階段を降りた私は、キッチンから顔をのぞかせるお母さんに手を振りながら、外に飛び出した。
　今日は、並木道沿いにある小さな公園で待ち合わせ。
　駅前のお店を見たりするから、イブと同じ場所でもいい気はしたんだけど、理緒が"人が多いから、やめた方がいい"っていうことで、あまり人気のない公園に決まった。
　確かに、理緒は目立つから、人が多い場所だと、誰かに見つかっちゃうかもしれないもんね。
　心の中でうなずきながら、公園へと走った。
　凍りつきそうなくらいキンと冷えた空気がほおをなでていく。空を見上げると、雪も少しちらつき始めていた。

「由優!」
　公園に入ると、すぐに理緒が私に気づいて、そばに駆け寄って来てくれた。
「理緒、ま、待たせちゃってごめんね」
　息を切らしながらしゃべると、理緒は私を包みこむように抱きしめた。
「俺も来たばっかりだから、気にするなよ。それよりも、

こんなに息があがるまで走ってきたら、苦しいだろ？　大丈夫か？」
　背中をゆっくりさすりながら、優しく声をかけてくれる理緒に、私はコクンと小さくうなずいた。呼吸が落ち着いてきた頃、理緒はゆっくり体を離すと、私を見つめて笑顔を浮かべた。
「そろそろ駅前の方に行こっか？」
「うん、そうだね」
　そう答えると、理緒は私の手を握った。
　ゾクッ。あ、あれ??
　今、ちょっと寒気(さむけ)がしたような。
　走ってきて熱くなってた体が冷えたからかな？
　でも一瞬だけだったし、大丈夫だよね。

　理緒と一緒に駅前まで歩いて来ると、大晦日のせいか、かなりの人でにぎわっていた。
「由優、どこ行きたい？」
「えっと」
　辺りを見渡しながら、考え込んでしまった。駅前の大通りにはさまざまなジャンルのお店がズラリと並んでいる。この先には、大きなデパートも２店舗(てんぽ)かまえているし、どこに行こうか迷っちゃう。
「由優が行きたい所なら、俺はどんな場所でも楽しいから、あんまり気を遣ったりするなよ？」
　ポンポンと頭をなでられた私の心はドキッと跳ね上がっ

ていた。
　理緒、私が考えてたこと、お見通しだったんだ。
　私の行きたいお店に行っても、理緒が楽しめないんじゃないかって思ってたんだよね。
　だから、どのお店に入ろうか悩んでたんだけど、今の言葉でフワッと心が軽くなった気がするよ。
「そ、それじゃあ、あのオレンジ色の看板の出ている雑貨屋さんに入ってもいい？」
　私は、20mほど先に見える看板を指差した。
「もちろん」
　理緒は微笑みながら、私の手を離さないよう、しっかりと握って歩いていく。
　早くお店に入って暖まりたいな。
　何だか、さっきよりも寒くなってきたし。

「いらっしゃいませ！」
　雑貨屋さんに入ると、年末のせいか、店員さんもお店の中であわただしく動きながらあいさつをしている。店内にいるお客さんも普通の休日よりも、倍くらい多い印象だ。おかげで、中がかなり狭く感じてしまう。
「由優、どうした？」
　ボンヤリと混雑している光景を見ていると、理緒が顔をのぞき込んで、心配そうな表情を浮かべた。
「な、何でもないの。あ！　あの奥の方、少しすいてるみたいだから見に行ってみよっか」

出入りの激しい入り口近くから離れて、私たちは、お店の奥に移動した。
　私ってば、何やってるんだろう。
　ボーッとして、理緒に心配させちゃうなんて。
　デート中なんだから、時間を大切にしなくちゃ。
「わぁ、アクセサリーも売ってるんだ」
　並べられている、いろいろな種類のネックレスやブレスレットを眺めていると、理緒は私の頭をなでた。
「由優は可愛いから、どんなアクセサリー身につけても似合うよな」
　ドキン。鼓動があわただしくなっていく。
　り、理緒ってば周りに人がたくさんいるのに。
　私はアタフタしながら周りを見回した。
　うれしいけど、恥ずかしいよ。
　顔をうつむけると、また背中にヒンヤリとした感覚が走った。
「理緒、ここ、あんまり暖房効いてないよね？」
　うつむけた顔を上げて理緒を見ると、少し不思議そうな表情をしていた。
「そ、そうか？　俺は、暑すぎるくらいに感じてたんだけど。混み合ってるし、人の熱気もあるからさ」
　理緒は着ているコートをパタパタと動かしてあおぐしぐさを見せた。
　えっ、そんなに暑いんだ。
　おかしいな。私、だんだん寒くなってきちゃった。

次第に手や体が寒さのあまり、小さく震え始める。
 も、もしかして、風邪がひどくなってきたんじゃ。
 ふと頭の中に不安がよぎった。
 いやいや、せっかく理緒とデートしているのに、何考えてるんだろう、私ったら。
 大丈夫、大丈夫。きっとそのうち良くなるよ。
 自分に言い聞かせて、再びアクセサリーを見始めた。
「ねぇ、理緒。今度は向こうに行ってもいい？」
 時計などが並んでいるスペースを見ながら、そちらに向かって歩こうとした時だった。
「え？」
 理緒はグッと強い力で私の手を握ったまま動かない。どうしてなのかわからずとまどっていると、理緒がその手を引っ張って私をそばに引き寄せた。
「由優、もしかして、熱あるんじゃねぇか？」
「ど、どうして？」
 あせって声を出すと、理緒は私の手に視線を落とした。
「さっきから、手が少し震えてる。暑いくらいの店内なのに寒そうにしてるじゃん」
 手が震えてたこと、気づかれてたんだ。
「由優、ちょっとごめんな」
 理緒は私のおでこに手をあてると、またたく間に驚いた表情を浮かべた。
「やっぱり、すげぇ熱あるじゃん。ほおもほてってるし。とりあえず、店出るぞ？」

混雑する店内の人ごみをかきわけるようにして、私たちは外に出た。

「理緒、あの」
「今日は、もう帰ろっか。ゆっくり休んで治した方がいい」
　理緒は心配そうな表情で私の頭をなでると、家の方に向かって歩き始めた。
「由優、もしかして、待ち合わせの時から、具合悪かったのか？」
　理緒の少し低い声にビクッと肩が上がる。
「あの時は、少し寒気がしたんだけど、具合は悪くなかったの」
「そっか」
　理緒は、そう返事をするとしばらく何も言わずに歩いていた。

優しさ

　怒ってるよね、絶対。
　少しずつ体に異変(いへん)が起こってたのに、理緒に何も言わなかったから。
　まだ駅前のお店を見始めたばかりだったのに、結局、私のせいでデートも中止になっちゃった。
　理緒に話しかけるのも気まずくて、うつむいたまま歩いているうちに、待ち合わせをした公園の所まで戻ってきてしまった。
　なんだか足もふらついてきたし、かなり寒気も感じるようになってきちゃった。理緒にはこれ以上迷惑かけないように、ここで別れて帰ってもらおう。
「理緒、今日はこんなことになっちゃって、ごめんなさい。ここからは私ひとりで帰れるから。それじゃあまたね」
　理緒の顔を見られず、視線を下へと落としながらクルリと背を向けた。
「調子悪そうな由優を放って帰れるわけねぇだろ？　俺も一緒に由優の家まで送って行く」
「で、でも、迷惑かけちゃうから」
　そこまで言葉を発したところで、理緒は私の前に立ち、私と向かい合わせになった。
「迷惑って言葉はなしだろ？　俺は由優の彼氏なんだから、もっと甘えていいんだからな？」

優しさあふれる笑顔を注ぎながら、理緒は自分の着ていたコートを脱いで、私に手渡した。
「ど、どうしたの!?」
　手渡されたコートを見ながら首をかしげた。
「立ってるのも辛そうな顔してる由優を見たら、何とかしたいって思うだろ？」
　理緒は背をかがめると、またたく間に私を抱きかかえてしまった。
「きゃっ！　り、理緒!?」
「由優、軽すぎ。ちゃんと食事とってるのか？」
「うん、一応。そっ、そんなことより、降ろして？　私、歩けるし大丈夫だから」
　足をバタバタさせてみたものの、降ろしてくれない。
「大丈夫じゃねぇよ。このまま家まで連れて行く。俺のコート、体にかけてろよ。少しは寒くないと思うから」
　えっ。私のために、わざわざコートを脱いでくれたの？
　雪が舞ってるくらい寒いのに。
「理緒、ありがとう」
　私は、理緒の優しい言葉に甘えて、コートを体にかけた。
「あったかい」
　自然に口から言葉がこぼれる。
　今の今まで理緒が着ていたコートはとても温かくて。
　体だけじゃなくて、心まで包み込んでくれているみたいだった。
　抱きかかえられながら家までやって来ると、理緒は私を

降ろすことなく、家のドアを器用に開けた。
「あら!?　由優、どうしたの?」
　驚いた声を出しながら、リビングからお母さんがパタパタと駆け寄ってきた。
「かなり熱あるみたいなんです。あの、早く寝かせて休ませてあげたいんですが」
　熱のせいでボンヤリとしている私の代わりに、理緒が事情を説明すると、お母さんは急いで私の部屋へ案内した。
「由優、大丈夫か?　もう部屋に着いたからな?」
　理緒は、私に優しく声をかけながらベッドに静かに寝かせてくれた。
「ごめんな。由優の体調が悪くなってたことにもっと早く気づけていれば良かったのに、無理させちまった」
　肩が隠れるくらいまで、しっかりと布団をかぶせてくれた理緒の表情は切なさを漂わせていた。
　私が悪いのに。何も言わなかった私のせいなのに。
　どうして理緒が謝るの?
　理緒の深い優しさに触れると、涙があふれてくるよ。
「由優!?　どうした?　どこか苦しいのか?」
　心配そうに私の涙をぬぐってくれる理緒に、フルフルと首を横に振った。
「違っ、違うの。理緒が優しすぎるから、涙が止まらないの」
　次々とほおをつたっていく涙。
　何度もぬぐってくれる理緒の指はとても温かくて。
　私は、そのうちに意識を手放して眠ってしまった。

そばにいたくて〔side 理緒〕

　由優、眠ったみたいだな。
　熱を持ったほおにつたっていた涙を、起こさないように気をつけながら、そっとぬぐった。
　具合悪そうだったから、これで少し眠れれば楽になるかもしれないな。由優の頭をなでながら、静かな寝息をたてて眠っている姿を見つめる。
　俺、由優と一緒にいられるのがうれしくて、体調のことを早く気づいてやれなかったな。由優のこと、見ているようで見てなかった自分に悔しさが募る。
　本当にごめんな、由優。

　——コンコン。
　部屋のドアを叩く音がして、ゆっくり開けると、由優のお母さんが冷やしたタオルを持って来ていた。
「由優、寝ちゃった？」
「はい。今眠ったばかりです」
　由優のお母さんは、音をたてないよう静かにベッドに近づくと、タオルをおでこにゆっくりとのせた。
「ぐっすり眠れば熱も下がるかもしれないわね」
　そう言いながら、優しい瞳で由優を見つめていた。
「あ、理緒君。もうすぐ夕食になるし、よかったら食べてって？　わざわざ家まで送ってもらっちゃったし。ね？」

由優のお母さんはドアの近くに立っていた俺のところまで来ると微笑んだ。由優が具合悪いのに、俺だけ夕食を食べさせてもらうなんて。
　チラリと由優の眠るベッドに視線を移した。
「あの、俺、このまま由優のそばにいてもいいですか？ 心配で、夕食をご馳走(ちそう)になったとしても、手につかない気がするんです」
「でも、お腹空いちゃうでしょ？ それに、理緒君も早めに帰った方がいいわよ？ 由優の風邪、うつったら大変だから」
　心配してくれる由優のお母さんに俺は頭を下げた。
「勝手言ってすみません。このまま家に帰っても、し、心配で不安で、落ち着かないと思うんです。俺が近くにいても何も力になれないかもしれないけど、それでも由優のそばにいたいんです。あの、いさせてもらえませんか？」
「理緒君……」
　由優のお母さんは少し悩みながらも、ニッコリと笑った。
「わかったわ。それじゃあ、由優のそばにいてあげて？ でも、家の人にはこのことを連絡してね。心配なさると思うから」
「はい。ありがとうございます」
　深く下げた頭を上げると、由優のお母さんは柔らかな笑顔でうなずきながら、部屋を出て行った。
　再び、ベッドのそばに近寄って由優の様子をうかがう。まだ眠ってるみたいだし、今のうちに先に親に連絡してお

くか。俺の声で起こすかもしれないし、部屋の外で電話しよう。いったん、部屋から出た俺は家に連絡を入れた。

母さんに由優のことを話すと、かなり興奮しているみたいで、テンションが一気に高くなっていた。

そういえば、普段は両親も遅くまで仕事してるし、なかなか話す機会がなかったっけ、由優のこと。

俺に彼女ができたことを喜んでいるらしく、次々と電話の向こうから質問が飛んできたため、俺は帰った後に話すことにして、早めに会話を切り上げた。

とにかく今は気が気じゃない。

由優の熱が早く下がることだけを願っていたいんだ。

再び由優の部屋に入り、ベッド脇にしゃがみこむ。

少し布団が下にズレたのか、由優の首元のネックレスがキラリと光るのが目に入った。

そういえば、由優……。

イブの日から、俺に会わない時も毎日のようにネックレスをつけてるって、昨日の電話で声を弾ませながら言ってたっけ。

気に入ってもらえて、本当に良かった。

天使の羽のクリスタルに小さくキスをした後、布団をゆっくりと肩までおおうようにかぶせた。

時折、おでこにのせられたタオルを裏返しながら由優を見つめていた。

ウトウトして眠ってしまった時間もあったせいか、ふと

時計を見た時には日付が変わって間もない頃になっていた。
　いつの間にか新年になってたのか。
　あんまり年越しの夜って感覚がしないな。
　由優に視線を移すと、少しほおの赤みがひいているような気がした。
　もしかして、ちょっと熱が下がったのか？
　ほおに触れようと手を伸ばすと、「ん」という声と共に、由優がゆっくりと目を開けた。
「り、お？」
　目が覚めたばかりのためか、ボンヤリとうるんだ瞳で俺を見る由優にニッコリ微笑んだ。
「具合どうだ？　寒気とか、苦しいところとかない？」
　由優の頭をなでると、コクンとうなずいた後、「大丈夫」という答えが小さな声で返ってきた。
「私、結構寝ちゃってたんだね」
　チラリと由優は部屋の時計に視線を向けた。
「眠れて良かったな。少し顔色良くなった感じがする」
　頭をなでていた手をほおに滑らせると、熱っぽさがほとんどなくなっていた。
「ずっと私のそばにいてくれたの？」
　瞳を揺らしながら聞く由優にうなずいた。
「当たり前だろ？　由優のそばにずっといたかったから。でも、何もできなかった。ごめんな」
「そ、そんなことないよ。目が覚めた時に視界に理緒が真っ

先に入って、すごくうれしかったの。理緒がそばにいてくれたから、治ってきたんだと思う。ありがとう」
　微笑みを浮かべてくれる由優を見ると、俺もうれしくて。ほおに手を触れたまま、気づけば彼女にキスをしていた。
「早く風邪、治そうな？」
　目をパチパチさせながら、固まってる由優に微笑みかけると、少し時間を置いてからコクコクとうなずいてくれた。
　そのしぐさも愛しく感じてしまう。しばらく見つめていると、何やら由優がソワソワし始めた。
　どうしたんだ？
　また寒気がしてきたのか？
　不安を抱きながら、由優に声をかけようとした時だった。
「あの、汗かいちゃったから、き、着替えたいなって思って」
　そういえば、デートの服装のままでベッドに寝かせたんだっけ。
「そうだな。汗で体が冷えるといけねぇから、早く着替えた方がいいかもしれないな」
「うん。そ、それでね、理緒。私が着替える間は、その」
　赤みが少し引いたはずのほおを真っ赤に染めながら、俺に視線を送る由優。その視線にドキッと心臓が跳ねてしまった。
　そ、そっか。
　俺が部屋にいると、着替えられねぇよな。
　ったく、気づくの遅いじゃねぇかよ、俺。
「それじゃあ、少し外に出てるよ。その間に、おでこのタ

オル、冷やしてくる」
　のせられていたタオルを静かに取った。
「あ！　何か食べたいものとかあるか？　タオル濡らしに１階に行くからさ」
「そ、そうだなぁ、果物なら食べられそう。ぐっすり寝たら、少しお腹すいたみたい」
　由優は布団を鼻のあたりまでバサッとかぶりながら、恥ずかしそうに笑った。
　ヤバイ。
　可愛いすぎて、気を抜くと襲いたくなる。
　我慢、我慢。
　由優は風邪ひいて辛い思いをしてるっていうのに、まったく何考えてるんだよ、俺は。髪の毛をクシャッとさせながら苦笑いを浮かべてしまった。

　由優の部屋を出た俺は、あまり音を立てないように階段を降りていく。
　リビングの前を通ると、部屋の明かりがついていた。
　由優の両親、起きてるみたいだな。
　心配してるだろうし、由優のこと伝えておこう。
　リビングのドアを開けると、テレビを見ていた由優のお母さんが俺に気づいた。
「あら、理緒君！　どうしたの？」
　由優のお母さんは驚きながら、ソファーから立ち上がって、俺の方に駆け寄ってきた。

「由優がさっき起きたんです。熱も少し下がったみたいで、ちょっと安心しました。タオルが温(ぬる)くなったんで冷やし直そうかと思って」
「そうだったの。理緒君には、ずっと付き添ってもらっちゃってごめんなさいね。疲れたでしょ?」

心配そうな表情で声をかけてくれる由優のお母さんに首を横に振った。
「無理言ってそばにいさせてもらってるので、気にしないで下さい。それに疲れとか一切感じていませんから、大丈夫です」
「理緒君、ありがとう。こんなに優しい男の子が由優の彼氏になってくれて、本当にうれしいわ。ね? お父さん!」

リビングのソファーでくつろいでいた由優のお父さんも、その言葉に、ニコニコしながら俺を見てくれていた。由優の両親にそう言ってもらえるのって、ありがたいよな。
「そ、そうだ。果物って何かありますか? 由優、少しお腹空いたみたいなんです」

そういえば、由優に果物も持っていくんだった。

何かあるかな?
「了解! 果物なら確かリンゴがあるから、今むくわね!」

スタスタとキッチンに移動した由優のお母さんは、テーブルの上に置かれていたバスケットの中から真っ赤なリンゴを手にとった。
「あ、あの、リンゴ、俺がむいてもいいですか? 由優のために、何かしたくて」

タオルを手に持ちながら、キッチンに一緒にやって来た俺は、思いきってお願いをしてみた。
「ええ、もちろんいいわよ！　その方が由優も喜んでたくさん食べそうよね！」
　にこやかに笑いながら、快諾してくれた由優のお母さん。
　リンゴを手渡された俺は、タオルはテーブルの上にとりあえず置いて、皮をむきはじめた。仕事で親の帰りが遅かったこともあって、多少は料理とかしてたんだよな。カナが風邪ひいた時はリンゴ、よくむいてやったっけ。
　最近は、カナも風邪ひくことは少なくなったから、そういう機会も減ったけど、由優のために役に立つ時が来たから良かったかもしれないな。
　リンゴをむき終わり、お皿に盛り終えると、由優のお父さんもキッチンに入ってきた。
「お！　リンゴのむき方、すごく上手いな〜！　どれどれ、ひとつ食べさせてもらおうかな」
「あっ、すみません。これは由優に最初に食べてもらいたいんです。だから」
　スッとお皿に手を伸ばした由優のお父さんにとっさに声をかけると、何やら由優のお母さんと顔を見合わせてニコリと笑った。
　お、俺、変なこと言ってしまったんだろうか？
「理緒君ってば、由優と言ってることが一緒だったから微笑ましいなって思ったのよ！」
「え？」

由優も同じようなことがあったのか？
「クリスマスイブの日に、お父さんがお菓子をつまみ食いしようとしたら、由優に阻止されちゃったのよね〜？」
「ああ。『理緒に一番最初に食べてもらうんだから』って怒られちゃったよ」
　　ハハハと頭をかきながら由優のお父さんは笑った。
　　俺は、少し熱くなった顔をうつむけた。
　　由優が似たような言葉を言ってたなんて、思ってもみなかっただけに、うれしくて顔が緩む。
　　何かいいな。
　　思ってることが一緒だっていうのは。
　　温かい気持ちで心が満たされていくのを感じた。

「それじゃあ、2階に戻りますね」
　　キッチンの水道でタオルを冷やし終えると、リンゴをのせたお皿を持った。
「理緒君、私も由優の様子が気になるから、一緒に部屋に行かせてもらってもいい？」
「はい」
　　俺が答えると、由優のお母さんは「ちょっと待っててね」と言って、コンロの火をつけたり、冷蔵庫から次々と食材を出し始めた。
　　俺はお皿やタオルを手にしたまま、その様子を見ていた。
　　しばらくすると、あわただしく動いていた由優のお母さんがトレーにいろいろとのせる。

「できあがり。これ、理緒君の夕食だから、よかったら食べて？　たいしたものじゃないから、口に合うかわからないけど」
　テーブルに置かれたトレーには、ふっくらしたご飯、お吸い物、焼き魚、サラダがのせられていて、とても美味しそうだ。
「こんなにいただいてしまってもいいんですか？」
「理緒君も何も食べずに由優の看病をしてくれてたんだから、お腹すいてるでしょ？　これじゃ足りないかもしれないけど、ご飯は、お代わり自由だから、遠慮しないで食べてね！」
　笑顔でトレーを持つ由優のお母さんに、胸がいっぱいになった。
「ありがとうございます」
「ごめんね。もっと美味しいものがあれば良かったんだけど、お父さんとふたりだけだと思ってたから、あっさりしたものばかりになっちゃって」
「いえ、充分すぎるくらいです。とてもうれしいです」
　ホンワリと湯気の立ち上る料理を見ながら笑顔で言った。
「それじゃあ、由優の部屋に行きましょうか！」
　キッチンを出た俺と由優のお母さんは、2階へと向かった。

温かな夜［side 理緒］

　部屋をノックして入ると、由優も着替えを終えて、ベッドにもぐりこんでいた。
「理緒、それにお母さん」
　体を起こした由優はニコリと笑顔を見せてくれた。
　白地でピンクのドット柄（がら）のパジャマを着ている由優にドキドキせずにはいられない。手に持っているお皿が、急激に速くなる鼓動で震えないようにこらえた。
「だいぶ顔色良くなったみたいね！　具合はどう？」
「寒気も感じなくなったよ！　今、熱も測ったんだけど37.0度だったの」
　うれしそうに話す由優を見ていたら、俺も一緒に笑顔になっていた。
「良かったわね！　これも理緒君のおかげよね！」
「うん」
　由優のお母さんは、部屋の中の小さなテーブルにトレーを置くと、照れながらうなずく由優を微笑ましそうに見つめた。
「そうそう！　由優のリクエストした果物、理緒君が用意してくれたからね！　じゃあ、お母さんはふたりの邪魔になるから下に行こうかな」
　由優のお母さんは、素早く立ち上がると、あっという間に部屋から出ていってしまった。

俺がリンゴをのせたお皿をテーブルに置くと、由優がベッドから降りて、こちらにやってきた。まだ熱が下がったばかりのせいか、足元が少しフラフラしている。俺は、由優が倒れないように、手を添えながらゆっくりと座らせた。
「待たせてごめんな？」
「私も着替えるのに時間かかってたから大丈夫。それより理緒、もしかして夕食、食べてなかったの？」
　トレーのご飯を見た由優は、心配そうな表情を浮かべた。
「由優が苦しんでる時に食べられるわけねぇじゃん。頭も心も由優でいっぱいだからさ」
　柔らかな髪に指を通すと、ピクリと由優の体が跳ねるのがわかった。
「り、理緒、そんなにドキドキさせられたら、リンゴが喉を通らなくなっちゃうよ」
　目を潤ませながら、恥ずかしそうにしている由優は、可愛いとしか言いようがない。ずっと見ていても飽きないし、常に見守っていたいって思う。
　それが、由優の魅力なんだよな。
　しばらく由優はリンゴをジッと見つめていたけれど、お腹が空いてたこともあってか、ようやく食べてくれた。
　小さな口を開けてパクッとリンゴをほお張ってくれる由優に笑みがこぼれる。
　しかも、「美味しい」って何度も笑顔で言ってもらえて、マジうれしすぎるんだよな。

由優のお母さんが作ってくれた美味しい料理を食べながらも、視線は由優の方にほとんど向けてしまう状態に。
　時折、由優は俺の視線が気になるようで、「そんなに見ないで？」とか細い声でお願いしてきたけど。俺は、そのお願いを聞き入れることはなく、結局、自分の食事を早く終わらせて、由優の方ばかりを見てしまっていた。

　由優がリンゴをきれいに完食してくれた後、俺は食器を片付けようと再び1階へと降りた。
　俺が片付けをと思っていたけれど、由優のお母さんに「今日は、ゆっくり休んで！」と言われ、申し訳なく思いながらも由優の部屋へと戻ることにした。
　そういえば、俺。
　由優の部屋で寝るんだよな？
　さっきまでは由優の具合が心配でたまらなくて、それどころじゃなかったけど。
　女の子の部屋に入ったのって、今日が初めてだ。
　もちろん、泊まるのも初めて。
　そっか、由優のそばで一晩過ごすんだよな。
　そう考えたら、急に緊張が襲ってきた。
　ヤバイ。半端ないくらいドキドキする。
　一応、朝までふたりきりってことになるわけだし。
　そんなに長時間、理性を保ち続けることができるんだろうか。
　なんだか早々に暴走しちまいそうな気がするな。

ゆっくりと階段を上っていた俺は、苦笑いを浮かべながら頭をかいた。
　でも、理性は頑張ってつなぎとめておかなきゃいけないよな。いくら熱が下がってきたとはいえ、完全に治っているわけじゃない。
　だから由優には、ゆっくりと休んでもらわねぇとな。
　ふう。もっと落ち着こう。
　あまりドキドキしすぎるのは危険だ。
　由優の部屋の前で、高鳴る鼓動を少し抑えようと奮闘していると、１階から由優のお父さんが布団を抱えて階段を上ってきた。
「理緒君、この布団を使ってもらってかまわないから、今日はゆっくり寝て疲れをとるといいよ」
　優しい笑顔を向けてくれる由優のお父さんから布団をゆっくり受け取った。
「すみません、何から何まで。本当にありがとうございます」
　深々と頭を下げると、由優のお父さんは、ポンポンと軽く肩を叩いた。
「こちらこそ、いつも由優を笑顔にしてくれて、ありがとう。理緒君がいるから、由優は毎日幸せなんだと思うよ」
　その言葉に、俺は胸がいっぱいになってしまった。そんな風に言ってもらえるなんて、ものすごくうれしい。
「お、俺も由優がいるから、毎日がとても楽しくて、温かくて、幸せです」
　由優だからこそ、笑顔が自然とあふれてくるし、優しい

気持ちで満たされるんだ。
「ありがとう、理緒君。これからも、由優のそばにいてやってほしい。よろしくね」
「はい」
　温かい言葉に少し声を震わせながら返事をすると、由優のお父さんは何か思い出したような表情を浮かべた。
「そうそう、来月のことは、ちゃんと内緒にしてあるよ。というよりも由優自身が忘れてるみたいなんだけどね」
「そうなんですか。あの、俺の勝手なお願いなのに、すみません」
「そんなことないよ。由優も、その方が喜ぶだろうから。それじゃあ、おやすみ」
　由優のお父さんは優しく笑いながら言うと、音を立てないように静かに1階へと降りていった。由優のことはもちろんだけど、俺にも同じように優しく温かく接してくれるなんて、素敵な人だな、由優のお父さん。

　布団を抱えて部屋に入ると、由優はベッドの端に、ちょこんと座っていた。
「理緒、だ、大丈夫？」
　駆け寄ってきて一緒に手伝おうとしてくれる由優に微笑んだ。
「俺は大丈夫だから、由優は休んでて？　せっかく熱が下がったのに、無理すると悪化するからさ」
「うん、ありがとう。あ、あの、どこに敷いてもらっても

いいからね。テーブルもどかしちゃってかまわないから」
「了解」
　クルリと部屋を見回した俺は、迷うことなく由優のベッドのそばに布団をおろした。
「俺、ここでいい？」
　少しビックリしている様子の由優に聞いてみると、コクンとうなずいてくれた。
　拒否されなくて良かった。
　ホッとした俺は、布団を敷いて、そこに寝転んだ。
　柔らかな布団の感触が眠気を誘う。
「ふぁ」とあくびをしていると、ベッドにもぐりこんだ由優が俺に視線を向けた。
「ん？　どうした？　どっか調子悪い？」
　心配になって聞いてみると、由優はフルフルと首を横に振った。
「ち、違うの。えっと、わ、私しばらく理緒を見ていてもいい？」
「えっ？」
　予想もしていなかった由優からの言葉に、勢いよく心臓が飛び跳ねる。大きく音をたてる鼓動は床をも震わせているように思えた。
　ほおを赤く染めながら、俺を見つめる由優。
　心なしか少し寂しそうな瞳をしている気がした。
　もしかして。
「由優、眠れなくなっちまったのか？」

そう聞くと、由優はかけている布団をキュッと握りしめて気まずそうにうつむいた。
「さっき、思ってた以上にぐっすり寝ちゃったみたい。それに、理緒がずっとそばにいてくれたことがうれしくて舞い上がってたせいか、目がさえちゃったの」
　由優は布団を鼻のあたりまでスッポリとかぶってしまう。
　そういうの、本当に可愛いすぎ。
　そんなこと言われたら、俺だって眠気が吹っ飛ぶ。
　落ち着こうとしてたのに、気持ちは高まっていく一方だ。
「由優……」
　俺は自分の体を起こすと、視線をそらす由優の頭を、そっとなでる。
　触れた手に気づいた由優がゆっくりと俺に視線を合わせたところで、優しく笑いかけた。
「俺も、ベッドの中に入ってもいい？」
「えっ!?」
　由優は目を大きく見開く。
　とまどいながら、頭まで布団をかぶろうとする手をつかんで止めた。
「由優が眠れないなら、俺も一緒に起きてる。だから、もっと由優のそばにいたいんだ」
「で、でも、風邪うつしちゃうかもしれないし、ふたりじゃ狭いから」
「ダメ。由優が可愛いこと言うから限界なんだよ、俺」
　由優の唇に触れるだけのキスをして、俺はベッドの布団

の中に静かに入った。由優は、かなり緊張しているのか、カチコチに固まってしまった。
　唇や指先はかすかに震えているのがわかる。
「由優？　だ、大丈夫か？」
　ちょっと強引だったかもしれないと思いながら、由優の表情をうかがうと、目を潤ませて、はにかんでいた。
「うん。すごくドキドキしてるけど、大丈夫だから」
　小さな声でつぶやくように話す由優に愛しさを感じながら、ゆっくりと背中に手を回す。
　そして、優しく包むように俺の胸の中へと抱き寄せた。
　ふわりと甘い由優の香りが鼻をくすぐる。
　サラサラな黒髪に指をからめた。
「痛いところとか、苦しいところない？　体勢がキツかったら遠慮なく言って？」
　華奢（きゃしゃ）な由優の体をそっと抱きしめながら、耳元でささやいた。
「平気だよ。理緒あったかいね」
　俺が着ているセーターの胸元を小さな手で握る由優に、心臓がバクバクと激しく動く。
　由優も顔が赤いけど、俺も負けないくらい赤くなってる気がするんだよな。
　でも、由優は風邪ひいているわけだし、そっと抱きしめるだけにとどめよう。
　そう思ってベッドに入ったけど、理性って頼りにならないな。由優の声も言葉もしぐさもすべてが可愛くて、暴走

してしまいそうになる想いを抑えるのに必死な状態だ。
「理緒？」
　由優が顔を上げて俺を見つめる。
「ん？」と穏やかに微笑んで反応したが、内心かなりドキッとしてしまった。
「ちょっと遅くなっちゃったけど、あ、明けましておめでとう」
　あ！　そういえば、新年になったんだもんな。
　あんまり実感なくて、その言葉すら忘れてた。
「明けましておめでとう。由優、今年もよろしくな」
「うん。今年もよろしくね」
　ふたりで笑顔であいさつを交わした。
　いいな、こういうのって。
　新年からふたりで一緒にいられるなんて、去年の今頃は想像もつかなかった。あの頃の俺からすれば、まさに夢だったことが現実になってるんだよな。
「由優、もし風邪が治ったら、今週末でも初詣に行かないか？　今日は行けなくなったけど、ふたりで行きたいから」
　正月といえば家で過ごしてきた俺。
　人でにぎわう初詣になんか行こうとも思わなかった。
　だけど、由優が一緒となると話は別だ。
　初詣だって行ってみたくなってしまう。
「うん。私も理緒と行きたい」
　セーターを握る由優の力が少し強くなる。
　そして、俺の胸にコツンとおでこをくっつけた。

「理緒にこんなに温かい看病してもらったから、風邪は早く治りそう。楽しみだなぁ、初詣」
　やっぱり抑えきれねぇ。
　抱きしめるだけじゃ足りねぇよ。
　由優にゆっくり休んでもらおうと思って理性をつなぎとめるべく、頑張っていたけど、ダメだ。
　もっと由優に触れたい。
　そんな気持ちが心の中を占めてしまい、理性がもろくも崩れさっていくのを感じた。
「由優、もう無理」
　つぶやくようにこぼした俺の言葉に、由優は「えっ？」と首をかしげながら、胸にくっつけていたおでこをゆっくりと離していく。
　すかさずあごへと手を添え、俺の方に顔を向けさせた後、由優の唇にキスをした。
「ん……」
　由優から漏れる声を堪能(たんのう)しながら、いつもより少し熱くなっている唇に何度もキスをする。
　唇だけじゃなくて、ほおにもおでこにも、たくさん。
　長いキスを終えた後は、ギュッと体を抱きしめた。
　由優は大きく息を吸い込みながら、呼吸を整えている。
　そんな由優にも愛しさを募らせながら、頭をゆっくりとなでていた。
　しばらくすると、聞こえてきたのは由優の静かな寝息。
　俺もなかなかキスを止められなかったし、おそらく疲れ

て眠ってしまったんだろう。
　起こさないよう気を付けながら、少し体を離すと、ほんのりほおを赤く染めたまま眠る、可愛らしい由優の寝顔が映った。
"おやすみ"と口パクで言った後、おでこに口づけて、自分もゆっくりと目を閉じた。

秘密のキス

「うん……」
　なんだかまぶしい気がして、うっすらと目を開けると、カーテンの隙間から光が漏れているのが見えた。
　もう朝になったんだ。
　「ふぁ」とあくびをしながら、目をこすっていると、静かな寝息が聞こえてきた。
　目をシッカリ開けると、視界に入ったのは、理緒。
　私の隣で、ぐっすりと眠っていた。
　こ、こんなに近くに理緒がいるっ!!
　起きて早々、アタフタして声をあげそうになるのを必死にこらえた。
　せっかく理緒が熟睡（じゅくすい）してるんだから、起こしちゃダメだ。
　私は唇を固く結んだ。
　そ、そっか。そういえば、夜、理緒が布団の中に入って来て。
　しばらく抱きしめられたり、甘いキスされたりしてたんだっけ。
　そのうちに、だんだんと眠くなってきて、寝ちゃったんだよね。
　理緒、私が眠った後も、ベッドの横に敷いていた布団に戻らずに、そばで寝てくれたんだ。
　しかも、腕枕ずっとしてくれてたんだね。

少しだけ体を起こして、たくましい腕を見つめた。
　痛い思いさせちゃって、ごめんね、理緒。
　私の頭がのっていた部分の腕を、優しくなでた。
　よし、目が覚めたことだし、布団から出よう。
　いつまでも腕枕してもらうのも申し訳ないし。
　そう思って、ゆっくりと体を動かすと。
「由優」
　つぶやくような声が聞こえてきて、もう片方の手が私の腕をギュッとつかんだ。
「えっ？」
　ビックリして声を出すと、腕を引っ張られて理緒の胸の中へと抱き寄せられてしまった。
「好きだ。絶対に俺から離れたりするなよ」
　も、もしかして、私が動いたりしたから起こしちゃった!?
　アタフタしながら顔を上げて理緒を見たけれど、目は閉じられたまま。変わらず、静かな寝息をたてていた。
　起きたわけじゃなかったんだ。
　寝言だったみたい。
　私はホッとしながら、微笑みを浮かべた。
　ちょっとビックリしたけど、寝言でも、そんなふうに言ってもらえるなんてうれしいな。
　大丈夫だよ。
　私、理緒から離れたりしない。
　だって、運命の王子様だもん。
　何より特別で、大切な人だからね。

私は理緒の寝顔をジッと見つめた。
　夜、理緒がむいてくれたリンゴ、すごく美味しかったよ。
　ずっとそばで見守っていてもらったおかげで、スッカリ風邪もよくなったみたい。
　私は、ゆっくりと手を伸ばして理緒のサラサラな髪に触れた。
　本当にありがとう。
　少し体を動かして理緒のほおに顔を近づけると、そこにキスをした。
　唇を離したとたん、ドクンドクンと鳴り響く鼓動が、ものすごく大きな音になっていく。
　わ、私。自分から理緒にキスしちゃった……。
　感情が高まっていたとはいえ、大胆すぎたかな。
　まばたきを繰り返しながら、理緒の寝顔をまじまじと見つめてしまった。
「ん……」
　すると、理緒から声が漏れる。
　そして、ゆっくりと目を開けた理緒と視線が重なった。
　わわっ!!　理緒、起きちゃった。
　キスのこともあり、私の顔は沸騰してしまいそうなぐらい熱くなっていく。
　あわてて理緒から視線をそらしてうつむいた。
「おはよ。由優、どうした？　体調悪い？」
「だ、大丈夫！　理緒のおかげで、もう体のダルさも熱っぽさもなくなったから」

心配そうな声で尋ねる理緒に、小さな声で答える。
「本当に大丈夫か？」
　その言葉と共に、理緒の手が私のあごに触れる。
　そして、グイッと顔を理緒の方へと向けさせられてしまった。
「まだ顔少し、赤くねぇか？」
「あの、えっと、これは」
　どう説明をしていいのかわからなくて、しどろもどろになる。理緒にキスしたから、顔が赤くなってるなんて、言えるわけないよ。
　必死に目を泳がせていると、理緒は自分のおでこをコツンと私のおでこに、くっつけた。
「ひゃっ！」
　ビクッと体が震える。ますますカァァッと顔が熱くなっていくのを感じた。
「熱は下がったみたいだな。良かった」
　おでこを離した理緒は、ニッコリと微笑んだ。
「う、うん。体調はスッカリ良くなったよ。あの、顔が赤いのは、理緒がこんなにそばにいて、ドキドキしてるからだと思う」
　熱くなったほおを押さえながら言うと。
「そ、そっか。体調良くなったって聞けて、ホッとした」
　ぎこちなく話す理緒の顔も少し赤く染まっていた。
　本当の理由、隠しちゃった。
　でも、触れ合うほどの近い距離にドキドキしてるのも事

実だもんね。
「ヤバイ」
「えっ?」
　いきなり降ってきた理緒の言葉に、ハテナマークを浮かべていると、チュッと、おでこにキスをされてしまった。
「ど、どうしたの!?」
「由優、朝から可愛すぎ。そんなに俺を誘わないでくれる?」
「なっ、何もしてないよ、私」
　フルフルと首を振ったけれど、理緒はフッと優しい笑みを浮かべた。
「そういうところ、由優らしい。無意識だもんな」
　む、無意識??
　ますます意味がわからず、キョトンとしていると、理緒の手が私のほおを包んだ。
「悪いけど、しばらく堪能させてもらうからな?」
「えっ」
　私が言葉を発した瞬間、重ねられた理緒の唇。
　何度もついばまれるようなキスをされてしまい、体が溶けてしまいそうだった。
　朝とは思えないほどの甘い雰囲気に、意識が飛びそうになっていると。
　理緒はようやく唇を離してくれた。
「由優」と優しい声で呼びながら、今度はギュッと抱きしめてくれる理緒。
　うれしくて、愛しくて。

私は笑みがこぼれてしまった。
理緒。
今はまだ、恥ずかしくて勇気が出ないけど。
今度は眠っていない時に、あなたにキスできたらいいな。

元日の朝。
私は理緒に包まれながら、幸せな温もりに浸(ひた)っていた。

Act XI

バレンタイン

　——ピピピピ。
　部屋に目覚まし時計の音が鳴り響く。
　モゾモゾと布団の中を動きながら、時計を見ると。
「ひゃっ！　も、もうこんな時間!?」
　思わず大きな声を出して驚いてしまった。
　いつもなら、理緒が来るのを外で心待ちにしているような時間だ。いつもの時間に合わせたつもりだったのに。きっと、ウトウトしながらセットしたから間違えたんだ。
　昨日、学校から帰って来て、宿題を済ませた後、キッチンで、夜遅くまで一生懸命作ってたんだよね。
　理緒に贈る、バレンタインのチョコレート。
　うまくできて良かったって安堵しながら目覚ましをかけて、ベッドに入ったけど。
　まさか、こんなことになるなんて！
　あわててベッドから飛び起きた私は、制服に急いで着替えて1階へ。キッチンに行くと、テーブルの上には朝食が用意されていた。
　そっか。
　今日は、お母さんが用事で朝早くからいないんだっけ。お父さんも出張で一昨日から今日の夕方まで不在(ふざい)。戸締まりもシッカリ確認してから出ないといけないし、なおさら急がなくちゃ！

朝食を済ませて、先に家中の戸締まりを確認した私は再び２階の部屋に向かった。
　昨日の夜、ラッピングをしておいたチョコレートをカバンの中へと入れて、コートをはおる。
　マフラーを巻きながら時計を見ると、いつもの待ち合わせ時間よりも、だいぶ遅れてしまっていた。
　余裕を持って、理緒と一緒に学校に行ってるのに、これじゃあ遅刻ギリギリになっちゃう。
　理緒もかなり待ちくたびれてるよね。
　階段をバタバタと降りて、家の外の道まで勢いよく飛び出したけれど、そこに理緒の姿はなかった。
　まだ来てない、なんてことはないよね。
　うん、それはない。
　もしも、何か遅れるようなことがあったら、理緒は連絡くれるだろうし。
　私はカバンからスマホを取り出してみたけれど、特に着信やメッセージは入っていない。
　学校へと続いていく道を遠くまで眺めた。
　もしかして、私があまりにも遅すぎて、怒って先に学校に行っちゃったのかな。
　顔をうつむかせると。
「由優！」
　突然、聞こえてきた優しい声に、私は後ろを振り向く。
　すると、玄関のドアのすぐ横で、理緒が微笑みながら私を見つめていた。

「理緒」
　その姿が視界に入った瞬間、ホッとしている私がいた。
「おはよ」
　スタスタと玄関先から私のところに歩いてきた理緒はポンポンと頭をなでてくれた。私ってば、脇目も振らずに家の前の道まで飛び出したから、玄関のすぐ横で待っててくれた理緒に気づかなかったんだ。
「おはよう。かなり遅くなったから、理緒が先に学校行っちゃったかなって思ったの。待たせてごめんね」
「俺は待つ時間なんて苦にならないから大丈夫だよ。それよりも、先に行ったって思わせちゃってごめんな。でも俺が由優を置いて先に学校行くなんてこと、絶対にねぇから」
　微笑んでくれる理緒に胸がいっぱいになってしまった。
　こんな時でも、理緒は本当に優しい。
　優しすぎるくらいだ。
　手をつないだ私たちは、学校へと歩き始めた。
「由優、具合が悪いわけじゃねぇよな？」
　理緒は心配そうな表情をしながら、私の顔をのぞき込む。
「大丈夫。どこも不調なところはないから。け、今朝は単に寝坊しちゃったんだ」
　私は恥ずかしさのあまりうつむいた。
　寝坊が原因だなんて、理緒もあきれちゃうよね。
「それならいいんだ。由優には前みたいに無理してほしくねぇから」
　つないでいる手をいっそう強く握りながら、理緒の優し

い声が耳元で響く。寝坊のことよりも、私の体調のことを真っ先に心配してくれるんだ。私はジワリとこみ上げてくる涙で視界がにじむ中、「ありがとう」と小さな声で伝えた。

　寒空の下、お互い白い息を吐きながら足早に歩いていく。
　いつもなら途中で理緒がいろいろと話しかけてくれるけど、今日はそれがなくて、ほぼ沈黙(ちんもく)のままだ。
　その静かな時間が、学校までの道のりをやけに長く感じさせる。
　理緒、どうしたのかな？
　チラリと横顔を見ると、さっきまでの穏やかな雰囲気から変わって、硬い表情をしているような気がした。
　心の中では怒ってるよね、きっと。
　寒い中ですごく待たせたうえに心配までさせちゃったんだもん。気まずさのあまり、私は顔をうつむけた。

　結局、理緒とほとんど会話をしないまま、気づけば学校まで来ていた。教室に入るや否や、ものすごい勢いで理緒のもとに駆け寄ってきたのは、たくさんの女の子たち。
「理緒君！　これ受け取って！」
「私のチョコももらって下さい！」
　みんないっせいにチョコレートを差し出す。その光景に圧倒されてしまった私は、少しずつ理緒から離れて静かに席に着いた。
「おはよう、由優ちゃん。朝から理緒があんな感じだと大

変だね」
　隣の席の前澤君が女の子たちに囲まれてる理緒を見ながら、苦笑いを浮かべていた。
「今日はバレンタインだし、予想はしてたから、仕方ないよ」
　誕生日の時もプレゼントを渡す女の子たちがすごかったけど、やっぱりバレンタインもかぁ……。
　私もひと足早く家の前で渡せば良かったけど、寝坊しちゃったから、気まずくて渡しそびれたんだよね。
「ごめん。悪いけど、誰からも受け取る気はないから」
　周りを囲む女の子たちにキッパリと言うと、理緒はスタスタと自分の席に着いた。
　女の子たちはガッグリと肩を落としながら、それぞれの席に戻っていく。
　私は、ただただ理緒のことを目で追っていた。いつも、朝は私の席に必ず来てくれるけど、今日は自分の席に着いたまま、机に顔を突っ伏してる。もうすぐ朝のホームルームが始まるような時間だからなのかもしれないけど。
　少し寂しい。
　でも、もとはと言えば、私の寝坊のせいで学校で過ごす朝の時間が少なくなったんだから、そんな風に寂しさを感じたりしちゃダメだよね。
　理緒は何の不満も言わずに厳しい寒さの中、私を待ってくれたんだから。
　よし、チョコレートは放課後に渡そう。
　教室だと、女の子たちに見られちゃうから恥ずかしいし、

保健室がいいかな。

　お昼休み、ベランダで前澤君と話している理緒のところに思い切って行ってみた。放課後、保健室に来てほしい旨(むね)を伝えておきたいと思ったんだ。
　声をかけると、理緒はビックリしたみたいで、まばたきを繰り返していた。
「ど、どうしたんだ？」
「あっ、あのね」
　私たちが、ぎこちなく言葉を交わし始めると、前澤君はニコニコ笑いながら先に教室へと戻っていってしまった。
　ふたりになると、心拍数が一気に上昇する。
　深呼吸しても、ドキドキが増すばかりで落ち着かない私の心。なかなか言葉を続けることができずにいると、理緒がニコリと笑った。
「放課後、保健室に行こっか？」
　まるで、私が言おうとしていたことをわかってくれていたみたい。理緒の言葉に驚きつつも、うれしく思っている自分がいた。
「俺、ちょっと用事があるから、それが終わったら保健室に行くよ。だから、由優は先に行っててもらっていいかな？」
「う、うん、わかった」
　うなずきながら答えると、理緒は教室へと入っていった。
　なんだか、理緒の様子がおかしい気がする。

あまり私と会話しないようにしているような、そんな感じがするんだ。
　そういえば、学校に来る時も沈黙の時間が多かったし、今もすぐに教室に戻っていっちゃった。やっぱり今朝のことが原因なのかな。
　それに、用事って何だろう？
　午後の授業は、その疑問が頭の中を占めていた。
　部活関係？　友達関係？
　あれやこれやと勝手な想像が飛び交う。
　用事があるからって理緒が言うのは初めてのことだからなのか、妙に気になってしまっていた。

涙

「由優ちゃん？」
「えっ？」
　前澤君に呼ばれて、ハッと周りを見回すと、最後の授業が終わって放課後に突入していた。
　チャイムが鳴ったことすら、全然気づいてなかった。
　ふと理緒の席を見ると、もう姿はなくて、次々と他のクラスからチョコレートを持ってやって来た女の子たちは、残念そうな顔をしていた。
　用事があるって言ってたし、もう行っちゃったんだ。
　ボーッと理緒の席を眺めていると、前澤君は心配そうに首を傾げた。
「どうしたの？　理緒と何かあった？」
「と、特に何もないから大丈夫。わ、私帰るね」
　ニコッと微笑みながらも、急いで支度をととのえた私は、教室を飛び出した。
　ぼ、ボンヤリしてる場合じゃなかった。保健室にひと足先に言って、理緒がやって来たらすぐにチョコレートを渡せるように準備しておかなくちゃ。
　私の場合、理緒が来てからだと、ドキドキしすぎて、チョコレートを渡すのに手間取りそうだもんね。

「失礼します」

「あら、由優ちゃん！　今日はひとり？」

　保健室にやって来ると、朝比奈先生は机の上にまばらに置かれた資料や本を片づけていた。

「はい。あとから理緒が来ることになってるんです」

「そっか！　待ち合わせってわけね〜！」

　ニヤッと口元を緩ませる先生の横をうつむき加減で通り過ぎて、ソファーに腰をおろした。

　あ。今日は具合悪い人が休んでるんだ。

　ふたつ並ぶベッドのうち、窓際のベッドの周りに、白いカーテンがかけられているのが目に入った。

「午後から体調の悪い生徒がずっと休んでるのよ。ぐっすり眠ってるから、少し良くなるといいんだけど」

　先生は、心配そうにカーテンのかけられたベッドの方に視線を送った。

　そうなんだ。

　ゆっくり休んでる子がいるなら、理緒が来たらすぐに保健室を出よう。ここでチョコを渡して楽しく理緒と会話するなんて雰囲気じゃないし、迷惑になっちゃうよね。

　カバンから出そうとしていたチョコレートを、そのまま奥にしまい込んだ。

「ねぇ、由優ちゃんって、空守君のどんなところが好きなの？」

　朝比奈先生はスタスタとソファーまでやってきて、隣に座った。

「どうしたんですか？　急に！」

思わず大きな声を出してしまった私は、あわてて口元を両手でおおった。休んでる子がいるって聞いたばかりなのに。さっそく、迷惑になるような声出しちゃったよ。
　お、起こしたりしてないかな？
　心配になって、ベッドの方を見てみたけれど、特に物音も聞こえてこないので、大丈夫そうだ。
「ちょっと気になっちゃって！　ぜひとも、聞いてみたいな〜って思ったのよ！」
　興味津々に目を輝かせながら、私を見る先生に圧倒されてしまった。
　理緒の好きなところかぁ。
　ポンと頭の中には理緒の姿が浮かぶ。
　たくさんありすぎて、挙げきれないよ。
　ジワジワとほおが熱を帯びていく中、私は小声で答えた。
「ぜ、全部です。理緒の全部が好き」
　プシュ〜ッと顔から湯気が吹き出している気がした。
　自分で言った言葉に、こんなに赤くなっちゃうなんて、理緒がそばにいる時には、きっと照れてしまって言えないだろうな。
「由優ちゃんは、本当に空守君が大好きなのね。私も、青春時代に付き合ってた彼から、そんなふうに言われてみたかったわ〜」
　遠い目で過去を懐かしんでる朝比奈先生に、少し苦笑いを浮かべてしまった。
　──カタン。

その時、ベッドの方から少しだけ物音が聞こえてきた。
　小さめの声で会話してたとはいえ、やっぱり起こしちゃったかな。
　申し訳なく思いながら、口を閉じると、隣で座って興奮していた先生がトントンと私の肩を指で突いた。
「由優ちゃん、私、ベッドで休んでる生徒の担任の先生のところに、ちょっと行って来てもいい？　連絡しておきたいことがあるから」
「は、はい。わかりました」
「ごめんね。すぐに戻って来るから」
　先生は音をなるべくたてないように気をつけながら、静かに保健室を出て行った。
　理緒、早く来ないかな。
　視線は保健室の入り口の方にばかりいってしまう。
　用事って、女の子からの呼び出しとかじゃないよね？
　ふと、理緒の誕生日の日のことが脳裏をかすめた。
　今日はバレンタインデーだし、女の子たちから告白されても不思議じゃない。
　前みたいに。
　同じクラスの新谷さんみたいなきれいな女の子から、告白されてたりして。
　あ〜、ダメダメ！　どうしてそう考えちゃうの？
　私ってば、自分で自分を不安な気持ちにさせてるよ。
　フルフルと首を振った後、ため息をこぼしていると。
　——ガタンッ。

さっきよりも大きな音が聞こえてきて、ビックリした私は、ベッドの方を見つめた。
　ど、どうしたんだろう。何かあったのかな？
　白いカーテンで覆われていて中の様子がわからないだけに、余計に気になってしまう。
　もしかしたら体の調子がおもわしくなくて、苦しんでるのかもしれない。それとも、ベッドから体を起こそうとして倒れたりしたんじゃ。そう思ったら、いてもたってもいられず、ベッドを囲む白いカーテンの前まで来ていた。
「あ、あの、保健委員の者ですけど、大丈夫ですか？」
「……」
　中からは何も返答がない。
　これって、大丈夫じゃないってことだよね!?
「すみません、ちょっとカーテン開けます」
　あせって、白いカーテンに手をかけた時だった。
「きゃっ！」
　突然、中から手をつかまれた私は、グイッと強い力で引っ張られてしまった。
　な、何!?　どうして??
　驚きのあまり、反射的に目をギュッと固くつむる。
　次の瞬間、体が少し浮いた感覚がしたかと思うと、ベッドのきしむ音が保健室に響いた。
　私、もしかして、ベッドの上にいるの？
　な、なんで??
　この人、何をしようとして。

不安な気持ちが体中を駆けめぐっていく。
　カタカタと小さく震えながら、おそるおそる目を開けた。
　え？　私は目を大きく開けたまま、まるで時が止まったように体が動かなくなってしまった。
　だって、私の目の前に。
　視界に映る人は。
　いつも優しい笑顔を向けてくれている。
　ずっとずっと私が一途に想い続けてきた。
　何よりも大切で大好きな人だったから。

「理緒？　どうしてここに……？」
　ポツリとつぶやくと、理緒は私の手をつかんだまま、ゆっくりと顔を近づけてきた。
「驚かせてごめんな。実は先に保健室に来て、由優を待ってたんだ」
　もう片方の手で私のほおに触れると、唇にチュッと触れるぐらいのキスをして、微笑みを浮かべた。
「由優、誕生日おめでとう」
　た、誕生日？
　えっと今日は２月14日。
「あっ！」
「その様子だと、自分の誕生日のこと、すっかり忘れてたみたいだな」
　フッと笑う理緒に、コクンとうなずいた。
　バレンタインのことで頭がいっぱいで、自分の誕生日の

ことなんて、意識すらしてなかった。
　見事に忘れてたよ。
「り、理緒は、どうして私の誕生日知ってたの？　教えてなかったよね？」
「由優のお父さんから聞いたんだ。初めて由優を迎えに行った、あの朝に」
　そういえば理緒、私が玄関に行く前にお父さんと何か話をしたみたいだったもんね。その時に私の誕生日を聞いてたんだ。
「思いきって聞いて良かった。俺も由優に笑顔で言いたかったからさ。誕生日おめでとうって」
　少し恥ずかしそうに笑いながら、私を見つめてくれる理緒。その優しい瞳が私のあふれる想いを涙に変えていた。
「あ、ありがとう。こんなにうれしい誕生日初めて」
　ポタポタと涙がベッドのシーツにこぼれ落ちた。
　私、理緒と一緒にいることが増えたら、笑顔だけじゃなくて泣くことも多くなった気がする。
　でもそれは切なさとか辛さからくる涙じゃなくて、うれしいから涙が出るんだ。
　涙をぬぐっていると、その手を包むように理緒が手を重ねる。そして、私の耳元へと唇を寄せた。
「由優、目、閉じて？」

永遠の言葉

「え?」
　ゆっくり耳元から顔を離していく理緒を見ながら、少し首を傾げた。
「ちょっとだけでいいから、目を閉じてほしいんだ」
「うん」
　もう一度、理緒からお願いされた私は、理由がわからなかったけれど、言われるがままに目を閉じた。
　急にどうしたんだろう?
　頭の中で疑問符を浮かべていると、ほどなくして私の手のひらに何かがのせられた感触が伝わってきた。
「目、開けていいよ?」
　優しく響いてきた理緒の声で目を開けると、私の手のひらにはピンク色の正方形の小箱が置かれていた。
「これは?」
「由優への誕生日プレゼント。開けてみて?」
　私は、微笑んでいる理緒から視線を小箱へと移した。
　誕生日プレゼント、わざわざ用意してくれたんだ。
　うれしくて、自然に笑みがこぼれる。
　胸をドキドキさせながら、ゆっくりと小箱を開けた。
　その瞬間。
　私はすぐに声が出てこなくて、まばたきすることも忘れてしまった。

小箱に入っていたのは。
指輪。
シルバーでゆるいツイストがかけられた指輪が、キラキラと輝いていた。
「俺がはめてあげてもいい?」
その言葉に、私は指輪を見つめたまま小さくうなずくと、理緒は小箱から指輪を取り出した。
そして、私の左手を持ちながら、スッと薬指に指輪をはめていく。
指輪が通された瞬間、ドキン!と大きな鼓動が体中を震わせた。
「ピッタリだな。よく似合ってる」
微笑みながら見つめる理緒は、私の左手を口元へと近づけていき、薬指の指輪に口づけした。
たちまちほおは沸騰しそうなくらい熱くなる。
あまりにもドキドキしすぎて小刻みに震えていた左手を、理緒はギュッと握った。
「由優、俺がお前を守る。どんな時も守りぬく。だから、これからも俺のそばにいてほしい。ずっと一緒にいさせてほしいんだ」
理緒の目は真剣そのもので、私は一瞬もそらすことなんてできなかった。
「由優」
理緒の呼びかけに、私が口を開こうとした時だった。
「将来、俺と結婚してほしい……」

その瞬間、空気の流れも時間も、すべてが動くことを止めてしまったかのような錯覚をするくらい、静かになった気がした。
　理緒の言葉が、頭の中を何度も何度も駆けめぐる。
　私の左手を握ってくれている理緒の温かい体温が、今の出来事が夢じゃなくて、現実なんだっていうことを教えてくれていた。
　理緒が私に。
　プロポーズしてくれたんだ……。
　こんなにうれしい誕生日を迎えられるなんて、思ってなかった。
　ダメ。また私、涙があふれてきちゃったよ。
　涙で視界はグチャグチャに歪んでいく。
　理緒は、泣いてばかりの私を包むように優しく抱きしめてくれた。
「いきなりで、ビックリさせたよな？　でも、どうしても言っておきたかった。っていうか、言わずにはいられなかったんだ」
　理緒は、私の頭をあやすようになでた。
「由優は可愛いから、モタモタしてるとほかの男にプロポーズされそうだもんな。それは、さすがに嫌だからさ」
　少し照れくさそうな声で話す理緒が、とても愛しく感じられた。
「私が、ずっと一緒にいたいのは理緒だけだよ？　も、もちろん、結婚も」

言葉の最後になるにつれて、声がだんだん小さくなってしまった。顔だけじゃなくて、体中がほてりだす。今にも破裂してしまいそうなくらい、心臓が勢いよく鳴っていた。
「それじゃあ由優、OKしてくれたってことでいいんだよな？」
　理緒の手が頭からほおへと降りてきて、私はゆっくりと胸元に埋めていた顔を上げた。
「約束だよ？　将来、一緒になろうね」
　微笑んだ瞬間にこぼれ落ちた涙は、今までで一番温かかった。きっと、理緒と一緒に暮らす日々は、素敵なことがいっぱいなんだろうな。今もこんなにドキドキするほど好きなのに、もっと好きになっちゃうかもしれない。幸せな気持ちで満たされながら、理緒のブレザーをギュッと握った。
「由優は本当に可愛いよな。一緒にいると、どんどん好きになる」
　理緒はまたたく間に唇を重ねた。
「んっ」
　静かな保健室に私の声が響く。ついばむように唇を重ねられていくうちに、キスは深いものへと変わっていった。
　涙が溶けて、しょっぱいはずなのに、とてもとても甘いキスだった。
「続きは俺の家に行こっか？」
　クラクラしてしまいそうになるくらい、たくさんキスをされた後、唇を離した理緒は微笑みを浮かべた。

「ま、まだ続きがあるの？」
　息を大きく吸い込みながら聞く私の唇に、理緒は人差し指をたてた。
「当たり前だろ？　まだ足りないからな」
　サラリと言われてしまい、ドキドキが治まる気配は、これっぽっちもなさそうだ。

　ベッドから降りた後、理緒からプレゼントされた指輪を薬指にはめたまま、ふたりで手をつないで保健室を出た。
「そういえば、朝比奈先生、すぐに帰って来るって言ってたわりには、帰って来ないなぁ」
　あれから、だいぶ時間がたったのに、何か急用でもできたのかな？
「あ！　たぶん、まだ来ないんじゃないかな。先生には、由優の誕生日のことを説明して、協力してもらってたんだ。俺がベッドの所にいることを隠してもらったりしたんだよ。『今日だけだからね』って、ニヤニヤしながら念を押されたけどさ」
「えっ、そうだったの？」
「ああ。でもまさか、先生が由優に俺のどこが好きなのかを聞くなんて思ってもみなかったから、あの時はベッドの上でかなりドキドキしてた」
　照れくさそうに理緒は笑った。
「しかも、由優から最高の言葉まで聞けて、思わず物音立てちまったんだ。マジでうれしかった」

少しほおを染めながらニッコリと笑う理緒に、私のほおは一気に赤くなってしまった。
　そっか。
　私と朝比奈先生の会話、理緒には聞こえてたんだよね。わ、私、そうとは知らなかったから、「理緒の全部が好き」って素直に、しかも堂々と言っちゃった。
　ひゃああ!!　ど、どうしよう!!
　今になって、照れくささや恥ずかしさで心臓がバクバクと大きく脈打ち始めてしまった。
　朝比奈先生ってば、演技してたんだ。きっと心の中では、ニンマリしてたんだろうな。な、なんかプロ顔負けの演技っぷりだったから、見事にだまされちゃったけど。
　おかげで理緒と素敵な時間を過ごせた。
　忘れられない、とても温かい誕生日になったんだ。
　朝比奈先生、ありがとう。

　そんなことを考えながら校舎を出ると、空は薄暗くなり始めていた。
「寒いから、もっとそばに来いよ」
　理緒の手が腰に回されて引き寄せられる。
　温もりに心地よさを感じながら、自分のカバンへと視線を落とした。理緒の家に行ったら、今度は私がプレゼントを渡さなきゃ。
　バレンタインの手作りチョコレートを。
　あっ、そうだ、朝の寝坊のこと。もう一度、理緒にちゃ

んと謝ろう。
「理緒、今朝は本当にごめんね。手が冷たくなるくらい待たせちゃった。やっぱり怒らせたよね？」
「え？　俺、まったく怒ってなんかいねぇよ？　由優の体調が悪いんじゃないかって心配はしてたけど、怒ったりするわけねぇじゃん」
「で、でも、学校に行くまで会話もほとんどなかったし、朝や休み時間も様子が少しおかしかったから」
　そこまで私が言ったところで、理緒はハッとなって自分の頭をクシャクシャとかいた。
「あれは、その、由優の誕生日のことや、プロポーズのことで頭がいっぱいで、気が気じゃなかったんだ。由優を驚かせたかったから、あんまり会話したりすると誕生日のことを口走りそうで怖かったんだよ」
　そ、そうだったんだ。
　それで理緒はあまりしゃべらなかったんだね。
　照れ笑いをしながら、視線を少しそらした理緒に、思わず笑みがこぼれてしまった。

　理緒……。
　いつも優しい笑顔を。
　温かい言葉を。
　本当にありがとう。
　数えきれないくらいのトキメキやドキドキは大切な宝物だよ。

私は……。
あなたのことが大好きです。
これからも、ずっとふたりで歩いて行こうね。
温かい光に満ちた道を。
一緒に。

理緒の気持ち〔side 理緒〕

うれしい。
うれしすぎだ。
俺のプロポーズを笑顔で受け入れてくれた由優と、校舎を出てゆっくりと歩いていく。
もちろん俺の家に向かって。
何だか幸せすぎて、地に足がついてないんじゃないかって感じがする。
鼓動も、うるさいくらいドキドキしたままだ。今日は、朝からずっとこんなふうにドキドキしてたな、俺。
由優と一緒に学校に向かう時も、休み時間も、頭の中は由優への想いでいっぱいで、すぐにもあふれそうな状態だった。放課後までは我慢しようと思って、あまり由優としゃべらないようにしてたんだが。それが逆に由優を不安にさせみたいだし、申し訳なかったな。
お互いドキドキしているせいか、沈黙が続いていた。
何か話したいな。

そう思いながら歩いているうちに、気づけば俺の家の前まで来ていた。
ドアの前でピタリと足を止めると、由優は緊張しているのか、かすかに震える手でギュッと強く俺の手を握りしめた。緊張を和らげてやりたいけど、さすがに俺も、何もし

ないからとは言えない。今日は、部屋に入ったら早々に押し倒してしまいそうだ。
「由優、寒いから、中に入るぞ？」
　な？と由優に穏やかに微笑みながら、ドアを開けようとすると。
「あっ！　理緒兄も今帰って来たんだ〜！」
　後ろから、俺と由優の和やかな空気を裂くようなのんきな声が聞こえてきた。
　思わずため息がこぼれてしまう。
「帰って来るタイミングも同じだなんて、やっぱ兄弟だよな〜！」
　スタスタと俺たちの方に近づいてくる足音に、イラつきながら振り向くと、カナは目を丸くして由優を見ていた。
「あれ？　その人って、わわわっ!!　由優先輩だ！」
　カナの大きな声に、由優は思いっきりビックリしたようで、俺の後ろに隠れるようにして立った。
「ったく、お前がデカい声だすから由優が驚いただろ？　気をつけろ」
　怒りのオーラをまとってにらみつけても、カナはまったく気にせずに由優をキラキラとした目で見ていた。
「生で見られるなんて感激だ〜。由優先輩、ほんっっとうに可愛いですね！　男子の間では彼女にしたいって思ってる奴、たくさんいますよ！　俺もそのひとりだし」
　ニコッと無邪気に笑うカナに、早くもイライラが頂点に達しそうだ。俺の彼女だっていうのに、なんで堂々と狙っ

てんだよ、コイツは。
　油断(ゆだん)も隙もあったもんじゃねぇ。
「お前、いい加減に」
「も、もしかして、奏多くん？」
　後ろから聞こえてきた由優の声に、俺は言葉を途中で止めてしまった。
「えっ！　由優先輩、俺のこと知ってるんですか!?」
「あの、理緒兄って呼んでたし、前に理緒から名前を聞いたことがあったから」
　ね？と俺の目を見つめる由優に静かにうなずいた。
　そういえば、由優にカナのこと、少ししゃべったんだっけ。カナのせいで由優が誤解しちまったから、それを解くためにと思ったんだけど。言うんじゃなかったな、カナの名前。
　由優の声でコイツの名前を言ってほしくねぇ。
「由優、コイツのことは名前呼ばなくていいから。あと、適当に無視していいからな？」
「えっ、理緒？」
　とまどう由優の腰にサッと手を回して家の中に入った。
　ここでカナの相手してたら、由優の体が冷えちまう。
　風邪はひかせたくねぇからな。
「な、何だよ理緒兄！　弟の俺に冷たすぎねぇか!?」
　カナはムッとしながら家に入って来たけれど、取り合わずに、２階の俺の部屋へと行こうとした時、後ろでガサッと音がした。

何なんだよ一体。
　振り向くと、カナはカバンを廊下に落として、そこにしゃがみこんでいた。
「ひでぇよ、理緒兄。俺は由優先輩に会えたのがうれしくて、もう少し話をしたいなって思っただけなのに」
　シュンと寂しそうにしているカナに呆れてしまって、またしてもため息がこぼれる。
　ったく。そんな態度取ったって、俺が同情するとでも思ってるのかよ。小さい頃から都合が悪くなると、すぐこれだ。
　かまわず２階へ行こうとしたが、由優は俺のコートをギュッと握った。
「理緒、すごく落ち込んじゃったみたいし、なんだかかわいそうだよ」
　由優がカナを心配そうに見つめるのを、すかさずさえぎった。
「いいんだよ、由優。アイツに気を遣ったりする必要はねぇんだから」
　やっぱり優しい由優は、カナの姿を見たら気にしちゃうよな。
　でも、あれは演技なんだ、演技。
　カナの奴、純粋な由優をだまそうとしやがって。思いっきり怒りたいところだが、由優がそばにいることもあって、それだけは必死に抑えた。
「でも、せっかく奏多くんと会ったんだし、やっぱり無視するわけにもいかないよ。そ、それに私も少しお話しして

みたいし」
　俺をジッと見つめる由優に、何も言えずにいると、カナがスッと立ち上がった。
「さすが由優先輩！　理緒兄と違って、優しくて素敵な先輩だなぁ！　俺、うれしいです」
　満面の笑みを浮かべると、俺たちのそばにやって来て、由優を後ろから抱きしめた。
「ひゃっ、奏多くん!?」
　由優はビックリして、かなりとまどっている。
　もちろん、驚いたのは由優だけじゃねぇけど。
「カナ、何やってんだよ、離れろ」
　自分でも恐ろしいほど低い声になってしまっていた。
　怒りが今ので頂点に達したのは言うまでもない。
「ご、ごめんごめん。ついうれしくってさ。ほら、由優先輩って抱きしめたくなるくらい可愛いじゃん」
　俺が異様なくらいの殺気を漂わせていたせいか、さすがのカナも、気まずい顔をしながら由優から離れた。
「由優、部屋行くぞ」
「えっ!?」
　まばたきを何度もさせながら、この空気になじめないでいる由優を連れて、自分の部屋へと向かった。

　部屋に入ると、すぐに由優をギュッと抱きしめた。
　いくら弟とはいえ、アイツも男だし。
　目の前で抱きしめられる由優を見たら、俺も妬かずには

いられない。
「少しこのままでいさせて?」
　低い声でつぶやくように言うと、由優はコクンとうなずいて、俺の背中に手を回した。コートを強く握って抱きしめかえしてくれる由優に、心は次第に落ち着きを取り戻していく。
　しばらくして、体を少し離すと由優は心配そうな表情をしていた。
「私、さっき変なこと言っちゃったかな?」
「い、いや違うんだ。俺がカナに勝手に妬いてただけなんだよ。ガキっぽくて、ごめんな」
　由優がそばで見てたってのに、情けねぇ。
　自分の心の狭さに我ながら苦笑してしまった。
「そ、そんなことないよ。私だって、理緒ファンの女の子たちに妬いちゃうことあるもん」
　恥ずかしそうにほおを赤く染める由優は、ニコッと笑ってくれた。
「そういうところ、可愛いよな」
「えっ」
　ますます赤くなっていくほおを、そっとなでた。
「あのさ、今から由優をもらってもいい?」
　思わずというよりも、自然に言葉が出てしまっていた。
　俺の部屋で、しかもふたりきりになったわけだし、やっぱり気持ちは高ぶる。
　俺の誕生日の時は頑張って抑えたけど、今日は正直いっ

て限界だ。
「も、もらう？ あっ！ まだ理緒に渡してなかったんだよね。ちょっと待ってね」
　由優は俺から少し離れると、あわててカバンから何かを出そうとしている。由優の反応に、「ん？」とハテナマークを浮かべながら見つめていると、中から赤い包装紙でラッピングされた正方形の箱が出てきた。
「遅くなっちゃったけど、理緒へのチョコレート。よかったら受け取って下さい」
　ゆっくりと差し出された箱をジッと見てしまった。
　そっか。
　今日ってバレンタインだったんだよな。そういえば、朝から女子がチョコレートを持って来てたっけ。
　由優の誕生日のことばかり考えていて、それどころじゃなかったんだよな。
「ありがとう。めちゃくちゃうれしいよ、俺」
　由優から笑顔でチョコレートを受け取ると、そばのテーブルに置いた。
　俺の誕生日、クリスマスに続いて、由優からもらった素敵なバレンタインプレゼント。すぐにチョコレートを食べたいところだけど。
　今は由優が先だ。
「どうしたの？ もしかしてチョコレートって嫌いだった？」
　由優は不安そうな視線を送る。

「そんなわけねぇだろ？」
　俺は首を左右に振って否定すると、無防備な由優の体を抱きかかえた。
「えっ!?　や、やだ、降ろして!?」
　ビックリしてバタバタと足を動かす由優をそのままベッドのところまで抱えていき、その上に静かにおろした。
「さっき、俺が言ったもらうことって、チョコのことじゃねぇから」
　起き上がろうとする由優の上に体をかぶせて、おでこにキスを落とす。
　アタフタしながら、おでこに手を伸ばしてキスをした部分に触れている由優に笑みがこぼれた。
「"由優がほしい"ってことだよ。すべてがほしい」
　スッと唇を指でなぞると、ピクリと由優の体が跳ねた。
「俺、こんなに愛したいって思える女は、由優が初めてなんだ。触れたくて、愛しくて、たまらない」
「で、でも、私初めてだから、えっと、よくわからなくてどうしよう……」
　真っ赤な顔で、目をうるませながら体を強張らせている由優に俺は優しく微笑んだ。
「由優は由優のままでいいよ。そんなに緊張しなくても大丈夫だから」
　チュッと唇に触れるだけのキスをしてから、耳元に顔を埋めた。
「俺を信じて？」

「うん」
　由優の小さな声に、埋めていた顔を離すと、少し笑みを浮かべてくれていた。
　それを合図に、お互い手を握りあって、視線をからませる。そして、由優の唇へとゆっくり距離を縮めていく。
　その時だった。
「理緒兄？　入るよ〜？」
　のんきな声が部屋の外からしたかと思うと、ガチャッという音が聞こえてきた。
「なっ、何で、勝手に部屋のドア開けるんだよ！」
　俺と由優はあわてて起き上がり、ベッドの上で少し離れて座った。
　由優が真っ赤な顔でうつむく中、俺は部屋にひょっこりと顔をのぞかせたカナを思いっきりにらみつけた。
「ご、ごめん、理緒兄。もしかして、おふたり、取り込み中だった？」
「当たり前だろ!?　わかってんなら、来るんじゃねぇよ！」
　怒濤の勢いで怒りをぶつけると、カナはアハハと苦笑いを浮かべた。
「いや〜実は、母さんが珍しく仕事が早く終わったらしくて帰って来たんだよ。それで由優先輩のこと話したら、めちゃくちゃテンション上がってさ。理緒兄の彼女と、ぜひ話したいって目をキラキラさせてた」
　マジかよ。普段、あんなに仕事が忙しくて帰りが遅いっていうのに、まさかの早い帰宅。

タイミング悪すぎだ。
「ったく、なんで由優のことをわざわざ話したんだよ」
「玄関に由優先輩の靴があったから、聞かれて答えただけだよ。言っとくけど俺から話したわけじゃないから。それより、そのうち母さんが理緒兄の部屋に来るかもよ？」

　チラリと部屋の外にカナは視線を向けた。
　はぁ……。
　せっかく由優と甘い雰囲気になれると思ってたのに。
　こうなったら仕方ねぇな。
「由優、突然ごめん。母さんに由優のこと、彼女だってはっきりと紹介したいんだけど、いいかな？」
　うつむく由優に声をかけるとビクッと肩が上がった。
「理緒のお母さん？　わ、私なんかが急に会っても大丈夫かな？」
　不安そうな顔でオロオロし始める由優の頭にポンッと手をのせた。
「大丈夫に決まってるだろ？　俺の彼女は由優なんだから。いつもみたいに自然にしてればいいからな？」
　微笑みかけると、由優もゆっくりとベッドから降りて、俺の手を握りしめた。
　まったく、今日は散々な日だ。
　友達の家に行くって言ってたカナは、なぜか俺と同じくらいのタイミングで家に帰って来たし。
　母さんは、やけに帰りが早い。
　おかげで由優とふたりきりで過ごす時間が大幅に減った

じゃねぇか。
　ため息をこぼそうとしたが、由優がニッコリと可愛い笑顔を見せてくれたので、そんな気もすぐに失せてしまった。
　今日も我慢するか。
　まだ俺と由優の時間は始まったばかりだ。
　ゆっくりゆっくり歩いていけばいいよな。
「それじゃあ、下に行こっか」
　俺の手をチョコッと引っ張りながら、そう言ってくれた由優を胸の中に抱き寄せた。リビングに行ったら、完全にふたりの時間がなくなるからな。
　それなら、最後に……。
「ちょっと充電させて？」
「んっ」
　顔を上げた由優の唇に深く深く口づける。
　こぼれる吐息にドキドキしながら、とびきり甘いキスを交わした。
「由優、ずっと愛してる」
　キスを終えた後、耳元で静かにささやくと、小さな小さな声で「私も」と返してくれた。
　俺にとって、由優の言葉や仕草は幸せの連続だ。
　きっと。この先、どんなことがあっても由優となら乗り越えていける。
　そんな絶対的な安心感を与えてくれるくらい、そばにいると幸せやうれしさを感じられるんだ。
　これからも素敵な毎日をたくさん送っていこうな。

手をつないでリビングへと向かう俺と由優には、柔らかな笑みがこぼれていた。

fin

番外編

和やかな初詣［side 理緒］

　元旦から数日が経った週末の土曜日、俺は軽い足取りで由優の家へとやって来た。
　由優の風邪がスッカリ良くなったこともあり、約束していた初詣に行くことになったんだ。
　待ち合わせ場所は、由優の家。昨日電話をして、俺が迎えに行くことを伝えた。
　もちろん、由優はわざわざ来てもらうのは申し訳ないからと言って、神社での待ち合わせを提案してきたが。
　俺は却下させてもらった。
　少しでも早く由優に会いたいっていうのも理由のひとつだけど。最大の理由は、やっぱり"危険"だから。
　いくら、三が日を過ぎたと言っても、今日初詣をするために神社を訪れる人がいるかもしれない。そんな中で、直接神社で待ち合わせなんてしたら、由優が他の男に声を掛けられたりする可能性が大だからな。
　あの夏祭りの時みたいに、俺がいない隙に、男たちにナンパでもされたらと思うと、やはり気が気じゃない。それなら、迎えに行って最初からふたりで一緒に行くのが最善策だ。

　──ピンポーン。
　チャイムを鳴らすと、少し間をおいてからドアが開いた。

「あら！ 理緒君〜！ いらっしゃい」
　出てきたのは、由優のお母さん。優しい笑顔で俺を中に入れてくれた。
「こんにちは。少し早く来てしまってすみません。あ、あの、由優は？」
　あいさつをして、すかさず由優のことを聞いてしまう。
　頭の中も心の中も、アイツでいっぱいで、すぐに会いたいって思うんだよな。
「今ね、支度しているところなの。あと少しで終わるから、良かったらあがって待ってて？」
「あ、ありがとうございます。でも、俺、ここで待ってます」
　お辞儀をすると、由優のお母さんは「急がせるから待っててね」と申し訳なさそうに言って、リビングへと入って行った。
　こんな風に、待ってる時間は嫌いじゃない。むしろ、ワクワクしていられる時間だから好きだ。
　由優との初詣、楽しみだな。

　心躍らせながら待つこと10分。リビングから由優のお母さんがあわてて出てきた。
「ごめんなさいね、理緒君。思ったより着付けに時間がかかっちゃって」
　えっ、着付け？　ということは、もしかして。
　パンッと両手を合わせて謝る由優のお母さん。
　その後ろに視線を向ける。

すると、リビングからゆっくりと出てきたのは、着物姿の由優だった。恥ずかしそうに、ほんのりほおを赤くしている姿に、ドキッと心臓が跳ね上がる。
「あ、あの、待たせちゃってごめんね」
　申し訳なさそうに、か細い声を出す由優に首を左右に振るのが精一杯だった。
　や、ヤバイ。
　あまりの可愛さに、すぐに声が出てこないという事態におちいってしまった。
　紅い生地に小さな花が、品よく散りばめられた着物。落ち着きのある金色の帯。髪はアップにまとめていて、キラキラと揺れる桜の髪飾りが可愛いらしさをより引き立てていた。
「由優、理緒君との初詣、楽しんできてね」
「うん。行って来ます」
　草履を履き終えた由優は、俺の手をギュッと握った。
「理緒、行こう？」
　ニコッと笑いかけられて、またもやドキンと心臓が大きく鼓動する。
　早くも気持ちが暴走してしまいそうだ。でも、せっかく、これから初詣行くんだから、我慢しないと。
　ひとつ深呼吸をして、由優の温かい手を包むように握りかえした。由優のお母さんに見送られながら、ふたりで外に出ると、神社を目指して歩き始めた。
　迎えに来たのは、マジで正解だったな。

ひとりになんかに、絶対させられねぇ。
　チラッと由優を見ると、俺の視線に気づいたのか、こちらに顔を向けた。
「き、着物ってあまり着ないから、慣れてなくて。歩くの遅くてごめんね」
「だ、大丈夫だよ。時間はたっぷりあるんだから、ゆっくりと由優のペースで歩いて？」
「うん。ありがとう」
　微笑む由優を見つめながら、耳元に唇を近づけた。
「着物すげぇ似合ってる。可愛くて、すぐにでも押し倒したくなるぐらい」
　思わず、言葉にしたくなった自分の気持ち。そうささやいた途端、由優の耳や顔は真っ赤に染まっていく。
「あ、あの、えっと」
　アタフタしている姿を微笑ましく感じながら、青空の下をゆっくりと歩いていった。

　やって来たのは、夏祭りの時と同じ神社。
　誰もいなければいいなと思っていたけど、さすがにそれは甘かったか。初詣に来たであろう人が、ちらほらといた。俺たちも、その人たちに混じって参拝する。
　俺は、"由優と一緒に、穏やかで楽しい時間をたくさん過ごしたい"と願った。
　由優が笑顔でいてくれるのが一番だもんな。
　願い事を心の中で言い終えた後、閉じていた目を開けた。

隣に視線を向けると、由優はまだ目を閉じたままだ。
　どんな願い事をしてるんだろう。
　そんなことを気にしながら彼女の横顔をジッと見つめる。少し経つと、由優はゆっくりと目を開けて俺の方に顔を向けた。
「いろいろと願い事してたら、少し長くなっちゃった。ご、ごめんね」
　申し訳なさそうな表情を浮かべる由優の手を再びギュッと握った。
「どんなことを願った？」
　微笑みながら聞くと、由優はポッとほおを赤く染めた。
「あ、あのね。理緒や私の家族、みんなが健康でいられますようにっていうのと、理緒のそばで素敵な時間をいっぱい過ごせますようにってお願いしたの。よ、欲張りかな」
「いや、欲張りなんかじゃねぇよ。あ、ありがとう。すげぇうれしい」
　恥ずかしそうに笑みを浮かべる由優に、顔が一気に熱を帯びてしまった。
　こんな風に願ってもらえるなんて。
　幸せ者だな、俺。
　舞い上がってしまいそうなほどのうれしさに浸っていると、由優がつないでいる手をほんの少しだけ引っ張った。
「ねぇ理緒。あ、あの」
「ん？　どうした？」
「少しだけ、見て行ってもいい？」

由優が視線を向ける先にあるのは、御守り等が置かれている場所だった。
「もちろん。せっかく来たんだから、ゆっくり見て行こう」
　俺の言葉に、コクンと笑顔でうなずいてくれる由優。
　その姿を微笑ましく感じながら歩き始めた。

「わぁ。いろいろな種類があるね」
　そばまでやって来ると、由優は並べられている御守りをじっくりと見始めた。
「由優。おそろいで御守り、いただこっか？」
「うん！　えっと、どれにしようかな……」
　うれしそうに声を弾ませながら、御守りを選んでいる由優に笑みがこぼれる。こうして、ふたりで穏やかに過ごす時間は本当に心地良いな。
　かなり癒される。
　温かい気持ちに包まれながら、由優と一緒に御守りを見ていた時だった。
「由優！」
　いきなり後ろから飛んできた男の声。
　俺の眉がピクッと無意識に上がる。
　この声は、たぶん……。
　素早く振り向いて、鋭い視線を飛ばした。
「あっ！　雅お兄ちゃん！　ど、どうしたの？」
　生徒会長。俺に続いて振り向いた由優は、驚きの表情を浮かべていた。

俺も、正直言ってビックリだ。
　まさか、初詣に来てまで、あまり顔を合わせたくない人物に出会うなんて、まったく予想してなかったからな。
「実は、近くの図書館でクラスの奴と勉強することになったから、待ち合わせしてるんだけど。まだ来そうにないから、ちょっとここまで来てみた。合格祈願しておこうと思ってさ」
「そうだったんだ。もうすぐ大学の試験だもんね。が、頑張ってね。雅お兄ちゃんなら、きっと合格できるよ」
「ありがとう。由優にそう言ってもらえるとうれしい」
　柔らかい笑顔で由優を見つめながら、こちらに近づいてくる生徒会長。
　俺は、サッと由優の前に立って、それ以上近づくなと言わんばかりの視線を送った。
「相変わらず、由優のことになると嫉妬が激しいな」
「わかってるなら、あまり由優に近づかないで下さい」
　苦笑いを浮かべている生徒会長に、低い声を発した。
　何か、イライラするんだよな、この人の前だと。
「そんなに恐い顔すんなよ。俺、今はアンタが由優の彼氏になったこと、本当に良かったって思ってるんだし」
「えっ？」
　生徒会長から出た意外な言葉に、俺はビックリして目を見開いてしまった。
　てっきり、挑発的なことでも言われるかと思ってただけに、拍子抜けな感じだ。

「だって、由優が幸せそうだからな。今さっき、俺が声かける前にふたりで御守り選んでただろ？　その時の由優は俺には見せたことないような、すごく可愛い笑顔だった」
　その言葉に、心臓が勢いよく跳ねる。
　な、何だか、生徒会長に、そんな風に言われると調子が狂うな。
　イラついていた気持ちが和らいでいくのを感じた。
「由優をこれからもよろしくな。幸せにできるのは、アンタだけだと思うから」
「あ、ありがとうございます」
　少し照れながら、小声で返事をすると、生徒会長は俺の後ろにいる由優に視線を移した。
「由優。ふたりで素敵な日々をたくさん送っていけよ？」
「う、うん」
　由優は俺の後ろから出てきて隣に並ぶと、ギュッと手を握ってくれた。
　その愛らしい行動に鼓動が加速する。顔も、かなり熱くなってきてしまった。
「由優が恋した王子様は、まさに運命の王子様だったんだな」
「お、王子様？」
　穏やかに笑みを浮かべる生徒会長を見ながら首を傾げていると、由優がビクッと体を震わせた。
「ま、雅お兄ちゃん‼　そっ、それは言っちゃダメだよ！」
　アタフタしている由優の顔は、またたく間にリンゴのよ

うに真っ赤に染まってしまった。
　ど、どうしたんだろう、由優。
　今の生徒会長の言葉に、かなり動揺してるよな。
「さてと。そろそろクラスの奴も、誰か来てるかもしれないし、参拝を済ませて図書館に行ってみるよ」
　生徒会長は、「じゃあな」と笑顔で手を振ると、参拝をしに行ってしまった。
「由優？」
「えっ!?　あ、あの、その、何でもないから大丈夫」
　いまだに真っ赤な顔をしている由優。言葉もしどろもどろだし、大丈夫な感じには見えない。
「あっ、そういえば御守りを選んでいたところだったよね？」
　戻ろうとする由優を、思わず引き止めた。
「理緒？」
「さっき、生徒会長が言ってた王子様っていう言葉に反応してた理由、良かったら聞かせて？」
　しばらく由優の瞳をまっすぐ見つめていると、うんと小さくうなずいてくれた。
「あ、あの理緒。少し背をかがめてもらってもいい？」
「ん？　わかった」
　由優からの突然のお願い。俺はハテナマークを浮かべながら、由優と同じ目線になるぐらいまで背をかがめた。
「他の人に聞こえちゃうのは、恥ずかしいから」
　キョロキョロと周りを見回した後、由優は俺の耳元に顔

を近づけた。
「わ、私ね、理緒と初めて会った幼い頃のあの日。優しくてカッコいい理緒は王子様だって思ったの。あの頃、雅お兄ちゃんには、王子様が私のケガを手当てしてくれたこと、何回も話してたんだ。すごくうれしい出来事だったから」
　ドクンッ。大きな音をたてて、鼓動が鳴り響く。
　王子様って思ってくれたんだな。
　由優。
　俺たちが出会った頃のことを頭に思い浮かべながら、うれしくて笑みがこぼれてしまった。
「恥ずかしいから、理緒には今まで秘密にしてたの」
　そうささやいた後、由優はパッと俺の耳元から顔を離してうつむく。さっきよりもさらに顔が赤く染まっていた。
　由優……。そういうところ、可愛いすぎるって。
　家まで我慢と思っていたけど、やっぱり無理か。
「俺、由優の王子様になれて、本当に良かった」
　由優と同じように耳元で、そっとささやく。
　驚いて顔を上げた由優の唇に、すかさずキスをする。
「んっ」
　こぼれた甘い声を聞くと、すぐに唇を離すことなんてできるわけなくて。
　後頭部に手を回して、少し長いキスを交わした。
「り、理緒。ここでキスしちゃダメだよ。人だっているんだから」
　唇を離した後、か細い声でお願いする由優をギュッと抱

きしめる。甘い香りが鼻をくすぐった。
「じゃあ、俺の家ならいい?」
「えっ? で、でもキスは今したよね?」
「まだ足りないし、もっと甘い時間を過ごしたい」
　ゆっくり体を離した俺は、由優の真っ赤なほおにチュッとキスをした。
「悪いけど、俺、由優と早くふたりっきりになりたいから、御守りはまた近いうちにってことでいいよな?」
「えっ、理緒!?」
　アタフタしている由優の手を引いて、ゆっくり歩き始めた。結局、我慢しても長時間は抑えられなかったな、俺の理性。でも、それだけ由優の行動や言葉が可愛いんだから、仕方ないか。
　俺は微笑みながら、由優に視線を向けた。
　由優がいてくれるから、俺の心に幸せな気持ちが生まれる。優しい気持ちでいっぱいになるんだ。

　由優……。
　いつも、ありがとう。
　俺、ずっとずっとお前を守り続けるよ。

　だって。
　愛しくてたまらない、俺のお姫様だからな。

ふわり桜日和

　４月に入って最初の日曜日。朝起きて、カーテンを開けると、穏やかな青空が広がっていた。
　わぁ。いいお天気！
　暖かい陽の光を浴びて、私は思いっきり深呼吸をした。
　こんなに天気がいいと、外に出かけたくなっちゃう。
　ちょうど、この土日は桜も見頃みたいだし、お花見行ってこよう。
　そ、そうだ。せっかく行くなら、理緒と一緒がいいな。
　確か、土日は特に用事が無いって言ってたし、たぶん家にいるはず。
　電話で誘うと、理緒が気を遣って、私の家までわざわざ迎えに来ちゃいそうだし。今日は私が理緒の家に行って、直接誘ってみようかな。

　そう思った私は、さっそく、出かける準備をすることに。
　軽く朝食を済ませた後、服を着替え始めた。淡いピンク色の小花柄のワンピースに、ベージュのカーディガンをはおる。そして、胸元にはネックレスをつけて、薬指には指輪をはめた。
　どちらも、理緒がくれた大切なプレゼント。
　これを見るだけで、ドキドキするし、うれしくて顔がほころぶんだ。

支度を終えると、鏡で最終チェック。おかしなところがないことを確認すると、私は家を飛び出した。
　ど、どうしよう。自分で思い立ったこととはいえ、すっごく緊張してきちゃった！
　次第に心拍数も上昇し、バクバクと鼓動が高鳴る。
　何度も深呼吸をして、心を落ち着かせようと奮闘しながら歩いて行くうちに、いつの間にか理緒の家へとやって来ていた。

　つ、ついに来ちゃった。
　玄関のドアの前に立った私は、ガチガチになりながらチャイムのボタンをジッと見つめた。急に家まで押しかけたりして、迷惑に思われちゃうかな。
　ムッとされちゃうかもしれない。
　マイナス思考が頭をよぎったものの、せっかく理緒の家まで来たんだからと思い直して、チャイムを鳴らした。
　間もなく玄関の方へと向かってくる足音が聞こえてきて。ガチャッという音と共にドアが開けられた。
「はい、どちら様ですかって、ええっ!!　由優先輩っ!?」
　出てきたのは奏多くん。私を見るなり、目を丸くして驚いている。
「お、おはよう、奏多くん」
　じっくりと見つめてくる眼差しに圧倒されながらあいさつをすると、奏多くんもペコリと頭を下げた。
「おはようございますっ！　朝から由優先輩に会えるなん

て、すっごく感動です！　あぁ～なんか幸せだ」
「えっ、し、幸せ!?」
　その言葉にビックリしつつ、視線をチラッと奏多くんの後方へと向けた。
「と、ところで奏多くん。りっ、理緒はいますか？」
「あー理緒兄、まだ寝てるんです。休日は、遅くまで寝てる日が多いんですよ」
「そ、そうなんだ」
　私も突然来ちゃったからなぁ。
　理緒、寝てるなら仕方ないよね。
「あ、ありがとう。それなら私、帰るね」
「もう帰っちゃうんですか!?　せっかくですから、俺とどこかに出かけませんか？」
「えっ!?」
　そう言って奏多くんは私の手を握ってきた。
　突然、手を握られた私はビクッと体を震わせてしまった。
「今日は俺、何も予定がなくて暇なんです！　由優先輩となら楽しく日曜日が過ごせそうだし」
「で、でも」
　キラキラとした笑顔で誘ってくる奏多くんに、とまどっていると。
「おい、カナ。さっきから誰としゃべってるんだよ」
　声と共に、奥からスタスタと玄関に向かって歩いて来る足音がして。そちらに視線を向けると、目を見開いて驚いている理緒の姿が映った。

「えっ、由優？」
「あ、あれ？ 理緒？ もしかして、起こしちゃった？」
　アタフタする私を見て、理緒は不思議そうな表情を浮かべる。
「ん？ 俺、だいぶ前から起きてるけど」
「そ、そうなの!?」
　ビックリして声を出すと、理緒はハッと何かを察したような表情で、私の元にすばやくやってきた。
「由優、ちょっとごめんな」
　そう言うと、理緒は奏多くんをギロッとにらんだ。
「何で由優が来たのに、すぐに俺を呼ばねぇんだよ」
「えっと、ちょうど今、呼ぼうと思ってたんだよ」
「お前、由優に何を言った？」
「えっ～と、特に何も、あいさつしたぐらいだし」
　ハハハと笑ってごまかしている奏多くんに、理緒の目つきはますます鋭くなっていった。
「それじゃあ、由優の手、なんでお前が握ってるわけ？」
　だんだんと低くなっていく理緒の声。奏多くんも、空気を察したのか、握っていた私の手をあわてて離した。
「あ、いや、これはその、あいさつの一環(いっかん)で」
「そんなわけねぇだろ!? お前のことだから、由優の手を握りたかったとか、そういう不純な動機に決まってる！」
「ち、違うよ。なんていうか、なりゆきでさ」
「ふざけんじゃねぇ！ お前、調子に乗って俺がまだ寝てるとでも言ったんだろ？ 由優に嘘つくんじゃねぇよ！」

「り、理緒兄、まあ抑えて抑えて。せっかく春もまっさかりで気持ちいい天気なんだから、もっと穏便(おんびん)に」
「これが穏便に済ませられるかよ！ しかも、話をはぐらかすんじゃねぇ！」
　なだめようとしている奏多くんだけど、理緒はいらつく一方で、理緒の放つオーラも尋常(じんじょう)じゃないほど怖い。
　どうしよう。このままじゃ、大ゲンカに発展しちゃう。
「理緒、あの、ご、ごめんね。私が急に来たりしたから」
　オロオロしながら謝る私に、理緒は険しかった表情をとたんにゆるめる。
「いや、由優のせいじゃねぇよ。断じて違うから！」
　申し訳なさそうに私を見つめた後、そばにいる奏多くんに再びキッと鋭い視線を送った。
「いつまでそこにいるんだよ。もっと由優から離れろ。っていうか、どっか行け」
「えーっ！　弟なんだし、俺にも由優先輩と話す権利が」
「お前にはいっさいそんな権利はない。しかも、由優の名前を気安く呼ぶんじゃねぇよ。何度も言わせんな」
　理緒のすごみのある低い声と怒りの表情に、とうとう奏多くんはシュンと小さくなり、階段の方へとトボトボと歩いて行った。何だか、すごく落ち込んじゃったみたいだし、かわいそうな気が。
　階段を上っていく奏多くんの後ろ姿を見ていると、理緒に腕を引っ張られて胸の中へと抱き寄せられた。
「由優、ごめんな。せっかく来てくれたっていうのに、ま

「たカナに妬いて見苦しいところ見せちまった」
「か、奏多くん大丈夫かな？　かなり沈んでたよ？」
「大丈夫、大丈夫。アイツがこんなことで落ち込むような奴じゃないっていうのは、よくわかってるから」
　理緒は抱き締めている腕の力を少し緩め、私を優しい瞳で見つめた。
「それより、由優の方から俺の家に来てくれるのって、初めてだよな？」
「う、うん。今日すごくいいお天気だし、桜も見頃みたいだから、りっ、理緒とお花見に行きたいなって思って、それで誘いに来ちゃった」
　ひゃああ、照れる。理緒を目の前にして言うのは、やっぱりドキドキしちゃうよ。
　顔は、たちまち熱を帯びた。
「そ、それで来てくれたんだ。ありがとう由優。俺、めちゃくちゃうれしい」
「ほ、ほんと？」
「ああ。お花見、俺も由優と行きたいから」
　ほんのりとほおを赤らめながら、微笑んでくれる理緒に私も笑みがこぼれた。
　やったぁ！　理緒と一緒に桜を見られるなんて。
　本当にうれしいな。
「じゃあ、俺すぐに出かける準備してくるから、ちょっとだけ待ってて？」
「うん！」

私がコクンとうなずくと、理緒は足取り軽く階段を駆け上がって行った。

　　そして数分後。
「お待たせ」
　　ジーンズを履いて、グレーのシャツに黒いジャケットをはおった理緒が私の前にやってきた。
「理緒、カッコいいね」
　　思わず見とれていると、理緒は私の唇にチュッと軽く触れるキスをした。
「ありがとう。由優は可愛すぎ。俺、ヤバイくらいドキドキしてる」
　　甘い声に顔も心も沸騰してしまいそうなぐらい熱くなりながら、私と理緒は家を出た。

「お花見、どこに行きたい？」
　　さり気なく私の手を握りながら、理緒はニッコリと笑顔を浮かべる。そんな優しさあふれるしぐさに、ドッキンと心臓が跳ね上がってしまった。
　　お花見どうしよう。
　　理緒を誘うことにドキドキしてたから、特に場所までは考えてなかったんだよね。
　　うーん。そうだなぁ。あっ！
　　行きたい場所と言えば、あの場所。
　　頭の中にパッと景色が浮かんだ私は、理緒に視線を向け

た。
「私、理緒と行きたい場所があるんだけど、いっ、行ってもいいかな？」
「もちろん！　由優が行きたい場所に行けるのって、すげぇうれしい」
　理緒は優しい笑顔と共に私の頭にキスをした。

　ふたりで和やかに会話をしながらやって来たのは、小学校の近くにある桜並木。春の日差しを浴びて、桜が咲き誇っていた。
「由優、この場所って」
「うん、私が理緒に初めて会って、恋をした場所……」
　私はひとつの桜の木の前で足を止めると、ゆっくり空を見上げた。
　そう……。
　こんな風に桜を見上げて歩いてたんだよね、私。
　ちょうど、この辺りで転んでケガをしちゃった私を、理緒は手当てしてくれたんだ。
　優しい笑顔を私に向けながら。
　何だか、ここに来るとあの日のことが昨日のことのように感じちゃう。
　あの時の初恋の王子様と一緒に、こうして思い出の場所に来られるなんて、すごくうれしい。
「懐かしいな。俺も、あの日に初めてひとりの女の子を好きになったからさ」

理緒はつないでいた手を離すと、後ろから優しく私を抱きしめた。
「素直に気持ちを伝えられなくて遠回りしたけど、ずっとずっと由優だけが好きだった。これからもその想いは変わらない」
　言葉のひとつひとつに込められた理緒の気持ち。
　温かくて、まっすぐな告白に、涙があふれてしまった。
「私も理緒への想いは、ずっと変わらないよ。大好き」
　胸元に回されていた理緒の手に、ゆっくりと自分の手を重ねる。甘い香りと優しい温もりを感じながら、素敵な気持ちに浸っていた。
　しばらくふたりで桜並木を見た後、再び手をつないで歩き始めた。
「由優、俺も行きたい場所が浮かんだんだけど、そこに行ってもいい？」
　微笑みながら聞く理緒に、私はコクンとうなずいた。
　理緒が行きたい場所、どこかなぁ。
　ドキドキしちゃう。
　さっきまで歩いて来た道とは反対の方向へと、歩くこと20分、たどり着いたのは、噴水のある公園だった。
　ここ、来るのは初めて。
　私は公園をグルリと見回した。家の近所にある公園よりも、かなり広いなぁ。日曜日のためか、公園はたくさんの子どもたちでにぎわっていた。
「この公園にきれいな一本桜があるんだ。それを由優と一

緒に見たいなって思ってさ」
　笑顔の理緒に連れられて、公園の中を進んで行くと、木々が連なる細い小道が目に飛び込んできた。
「この道の先にあるんだ。もうちょっとで着くからな？」
「うん」
　わぁ。ドキドキする。
　木漏れ日が優しく照らす小道を、心弾ませながら歩いて行く。木々のトンネルを抜けたとたん、私は目を奪われてしまった。
　視線の先には、満開の大きな一本の桜。
　そして……。
　桜の木の周りには小さくて可憐な花が、あちこちに咲いていた。
　公園の中に、こんな場所があったんだ。
「ここは、公園の端っこにあるから、あまり人が来ないんだ。今日も、誰もいなくて良かった。由優とふたりっきりだな」
　理緒は耳元で甘くささやくと、私を桜の木の下まで連れて行ってくれた。
　ふたりで座って、桜を見上げる。
　こぼれ落ちそうなほど咲く桜の花。
　春の日差しに照らされて、キラキラと輝いている様子は、ずっと見ていても飽きないくらいだ。
「すごくきれいな桜だね……」
「由優にそう言ってもらえて良かった」
　理緒は私の肩に手を回してゆっくりと引き寄せた。

トクントクンと鼓動が優しいリズムを刻む。
　私は、理緒へと視線を向けた。
　桜を見上げている横顔に胸をときめかせながら、ジッと見つめる。
　私を、こんな素敵な気持ちにさせてくれるのは、理緒だけ。何度言っても伝えきれないくらい、あなたが好きだよ。
「理緒」
「ん？　どうした？」
　私の声にすぐに反応して、こちらに顔を向けてくれた理緒。そんな彼のほおに私はキスをした。
　前に一度、理緒が眠っている時に、こっそりキスしたことがあったけど、いつか起きている時にもキスができたらいいなって思ってたんだよね。
　なかなか勇気が出なくて、春になっちゃったけど。
　とうとうキスしちゃった……。
「由優、いっ、今のって」
　理緒は口をパクパクさせながら驚いている。
　私が今まで見てきた表情の中で、一番顔が赤くなっているような気がした。
「理緒にキスしたくなったから……」
　私もボッと火が点いたかのように顔が熱くなる。
　鼓動も理緒に聞こえそうなほど、大きな音になっていた。
　や、やっぱり、自分からキスするのは照れる。
　ジワッと熱を帯びた唇に触れていると。
「由優は本当に可愛いよな」

フッと笑う声が聞こえてきて、次の瞬間。
「きゃっ！」
　私は理緒に押し倒されていた。
「キス、めちゃくちゃうれしい。ありがとう」
　理緒は私のほおを、そっと手でなでると柔らかい笑みを浮かべた。
「由優……愛してる」
　その言葉の後、すぐに理緒の唇が重ねられた。
　最初は、優しく触れるキス。
　でも、次第に甘く深いものへと変わっていった。
「んっ」
　唇を何度もついばまれて、体が溶けてしまいそうなぐらい熱くなる。
　意識が飛んでしまいそうになったところで、ようやく唇を離してくれた理緒だけど。その後も、額やまぶた、ほおや耳たぶなど、いろんなところにキスの雨を降らせた。
「り、理緒。だ、誰か来ちゃうかもしれないから、そろそろ」
「まだやめねぇから。だって、あんなに可愛いことされたら、高まった気持ちはすぐには抑えられねぇよ」
　チュッと唇にキスをした理緒は、愛しそうに私の頭をなでた。
「で、でも、せっかくきれいな桜を見に来たんだし……」
「俺は、桜よりも由優を見ていたいから」
　優しく笑った理緒は、私の鎖骨の辺りに口づける。
　その瞬間、吸い上げられるような感覚と共に、チクッと

痛みが走った。
「えっ？　あ、あの」
　ビックリしている私の耳元に理緒は顔を近づけてきた。
「他の男が由優に寄り付かないようにするため。由優は、俺の一番大切な存在という証」
　吐息まじりにささやかれた言葉。
　私の心臓は、飛び出そうなぐらい勢いよくはね上がってしまった。
「理緒、ドキドキさせすぎだよ……」
　耳元から顔を離した理緒は人差し指で私の唇をなぞる。
「そんな風に言われたら、もっともっと由優をドキドキさせたくなる。俺だけに見せて？　由優の可愛い表情を」
「理緒っ、んん……」
　再びふさがれてしまった私の唇。
　春風に桜がフワフワと揺れる穏やかな場所で、とろけるようなキスを何度も交わしながら、理緒と甘く幸せな時間を過ごした。

　理緒。
　これからも素敵な日々を、ふたりでいっぱい紡いでいこうね……。

fin

新装版書き下ろし番外編

ふたり暮らしの始まり

「由優、このカラーボックスの置き場所どうする？」
「えっと、こっちの壁際(かべぎわ)とかは、どうかな？」
「いいと思う！　これで、大体の荷物は片付いたな」
「そっ、そうだね、理緒お疲れさま」
「それを言うなら由優もだろ？　引っ越し作業、お疲れさま」

　お互い、労(ねぎら)いの言葉をかけあう。
　穏やかに微笑んだ理緒に、私の鼓動は大きくなった。

　来月、大学生になる私たち。慣れ親しんだ地元を離れて、今日からマンションでふたり暮らしを始めることになったんだ。
　一緒に住むことを提案したのは理緒。
"高校の時と比べると、会える時間が減る""女子学生のひとり暮らしは、いろんな危険が伴う"というのが、理由みたい。
　確かに、同じ大学に進学することになったとはいえ、私は社会福祉学部(ふくし)で、理緒は経営学部(とう)。学部棟が離れている上に、講義(こうぎ)もほとんど別々になるから、キャンパス内で会える時間は必然的に少なくなる。
　それに物騒(そうぞう)な世の中だから、危険な事態に遭遇(そうぐう)する可能性もゼロではない。

でも、今まで理緒の家に数回お泊まりした程度の私が、いきなりふたり暮らしだなんてハードルが高過ぎる。
　常に緊張しちゃうだろうから、心臓に過度の負荷が。
　もちろん、その旨を理緒に主張したけれど、"由優がひとり暮らしをしたら、いろんな意味で俺の心臓が保たない"と切り返されてしまった。

　優しい理緒のことだから、防犯面を重点的に心配してくれてるんだろう。真剣な眼差しで訴えられたら、"ひとり暮らしをしてる女の子なんて、たくさんいるから大丈夫だよ"とは言えなくて。
　結局、提案を受け入れることになった。

　その後、私のお父さんとお母さんにも説明しに家まで来てくれた理緒。
　一緒に暮らすことに対して、かなり驚くかなとか、まだそういうのは早いって難色を示すかな、なんて色々と想像してたんだけど。
「いいんじゃないか？　その方がお父さんとしては安心だ」
「理緒くんが一緒なら心強いわ〜」
　ふたりからの予想外の好感触な反応に、逆に私がビックリしてしまうぐらいだった。
　でも、それぐらい理緒に寄せてくれている信頼が絶大なんだよね。
　そこは、すごくうれしかったな……。

「由優、疲れただろ？　ゆっくり休むか！」
「えっ？　でも、このあとは、ふたりで周辺を散策する予定じゃなかったっけ？」
「散策は明日でも大丈夫。急ぐ必要ないから」
　こ、この色っぽい笑顔は、もしかして……。
　ドクンと心臓が跳ねた瞬間、理緒は私を抱きしめて額にキスをした。
「今日は、夜まで由優に触れていたい」
　やや、やっぱり‼
　激甘モードにスイッチが入ってる！

　普段から甘々な理緒だけど、特別に甘い雰囲気になるのが、この状態。年々グレードアップしていく色気が、甘さのレベルをどんどん上げていく。
　この先、激甘をも超えてしまうかもしれない。

「由優、こっち見て？」
　優しい声に促されて顔を上げると、今度は唇に軽く触れるキス。
「可愛い」
　愛おしそうに微笑む理緒に、体温が上昇していくのを感じていた、その時だった。
「理緒兄、由優先輩〜！　ゴミ片付けてきたよ〜」
　玄関のドアが開く音と共に聞こえてきた明るい声。
　か、奏多くんだ‼

私たちはあわてて距離を取った。
「ついでに１階の集合ポストにチラシが入って来たから持って来たよ……って、ふたりともどうしたの？　不自然な空気、醸し出してない？」
「お前がいたこと忘れてた」
「えっ!?　何？　どういうこと!?」
　頭をかきながらため息をこぼす理緒に、奏多くんは訳がわからないという表情を浮かべた。
　実は、朝早くから私たちと一緒にマンションに来て、引っ越しのお手伝いをしてくれていた奏多くん。お昼には近くのコンビニでお弁当や飲み物を買って来てくれたし、今も、引っ越し作業で出たゴミをマンションの共用ゴミ捨て場に持って行ってくれていたのだ。

　それなのに、私も理緒の甘い雰囲気にドキドキしすぎて、すっかり、奏多くんの存在を忘れてた。なんてひどい……。
「ご、ごめんね奏多くん」
「えっ、由優先輩が謝る必要は何もないですよ？」
　キョトンとしている奏多くん。
　そんな彼の肩に、理緒はポンと手をのせた。
「カナ、作業も無事に終わっから、そろそろ帰っていいぞ。駅まで送ってく」
「え〜っ、せっかく来たから今日は泊まっていきたいな。この先、由優先輩とお話できる機会は当分なさそうだし」
「そっ、そうだね！　今日は３人で一緒に……」

「カナ、今日は結構疲れただろうから、家に帰ってゆっくり休めよ。な？」
　口調も声も表情も穏やかなのに、なぜか寒気が。奏多くんも異様な空気を察知したのか、少し笑顔を引きつらせた。
「理緒兄、真に受けないでよ。今のは冗談だって！　俺がふたりの邪魔するわけないじゃん」
「お前の冗談は本気で言ってるように聞こえるんだよ！　ほら、早く支度しろ」
「そ、その前に由優先輩！　あの、ひとつお願いがあるんですけど……」
「どうしたの？」
「俺、理緒兄とふたりだけで話をしたいことがあるんです。なので、あの……」
　少し眉を下げて悲しそうな表情の奏多くん。
　今までみたいに、理緒と顔を合わせて話すことが少なくなるわけだし、兄弟で話したいこともあるよね。
「うん、わかった！　それじゃあ、私、先に出てマンションの入り口のところで待ってるね！」
「ありがとうございます、由優先輩！　手短に終わらせて合流しますので！」
「は!?　何なんだよ、話って。由優もコイツのお願いなんて聞かなくていいから！」
　不機嫌そうな理緒と律儀にお辞儀する奏多くんを残して、先に3階の部屋を出た私は、マンションの入り口へと向かった。

奏多くん、理緒のことが大好きだもんなぁ。
　ずっとそばにいたお兄ちゃんと離れるのは、寂しいよね。
　オレンジ色に染まる空を見上げながら、そんなことを考えているうちに、10分ほどで理緒と奏多くんがやって来て、私たちは駅へと歩き出した。

「由優先輩、たまには戻って来て下さいね！　お待ちしてます！」
「うん」
「大学生活、頑張って下さい！」
「ありがとう！　頑張るね！」
　あれ？　そう言えば、さっきから理緒が一言もしゃべってない。
　いつもなら、何かしら言葉を発するのに。
　隣を歩く理緒に視線を向けた。
「ん？　何？」
「理緒、ずっと無言だなぁと思って」
「カナが由優と楽しそうに話してるからさ、黙ってただけ」
「そ、そうだったんだ。って、えっ!?」
　理緒の思わぬ言葉に、声のボリュームが一気に上がってしまった。いつもなら、私と奏多くんがおしゃべりしてるとイライラしながら会話を強制終了させてくるのに。
　珍しいな。
　ビックリしながらも、引き続き奏多くんと他愛ない会話をしながら歩く。

マンションを出てから15分ほどで駅に到着した。
「由優先輩、体調には気をつけて下さいね！　もちろん、理緒兄も」
「カナ、気をつけて帰れよ」
「うん、じゃあね～」
　奏多くんは元気いっぱい手を振ると、改札を通って帰って行ってしまった。
「ったく、満面の笑顔を見せやがって」
「本当は、寂しい気持ちを隠して笑ってたのかもしれないよ？　奏多くん、理緒のこと大好きだし」
　しんみりした顔を見せたら理緒が心配すると思って、とびきりの笑顔を見せたんじゃないかな、きっと。
「それはない。あれは紛れもない素顔。絶対にアイツ……」
　そこまで口にしたところで、理緒は少し苦笑いしながら私の頭をポンポンとなでた。
「由優って、本当に純粋で優しいよな」
「えっ？」
「そうだ！　外に出て来たことだし、当初の予定どおり周辺の散策しようか」
「うん」
　何を言おうとしたのか気になりながらも、理緒と一緒に駅前の散策を始めた。

「わぁ、ここ花屋さんだ！　綺麗(きれい)なお花がいっぱいあるね！」

「そうだな」
「理緒、見て見て！　この雑貨屋さん、可愛い小物がたくさん並んでるよ！」
「ん、可愛い」
「ほら、あそこにスーパーがあるよ！　食べ物も何もないから買い物して行こっか！　理緒、今日の夕ご飯、何食べたい？」
「えっと、特に思いつくものないし、由優の食べたいものでいいよ」
「う、うん」
　何だか、理緒の様子がおかしい……。
　口数が少ないし、目が合いそうになると、さり気なくそらされちゃう。私、何かのタイミングで変なことを言ってしまったんだろうか。

　スーパーで買い物している間にも、今までの会話を思い返してみたけれど、これという心当たりは見つからないまま。私たちは、買い物を済ませてマンションへ戻って来た。

「この辺、いろんなお店があるんだね！」
「由優、ずっと笑顔だったよな」
「うん！　すごく楽しかった！」
「そ、それなら良かった」
　ぎこちないしゃべり方、少し硬い表情。
　やっぱり、いつもと雰囲気が違う。

原因を考えても答えが出ないなら、思いきって理緒に聞くしかない。これから一緒に生活していくんだもん。ギクシャクした空気のままでいたくない。
　私は、理緒の手をギュッと握った。
「由優!?」
「理緒、聞きたいことがあるの。少し話をしてもいい？」
　驚きながらうなずいた理緒。
　私たちはソファーに腰掛けた。

「聞きたいことって？」
「私、理緒に変なこと言っちゃった？」
「えっ？」
「もし、そうなら謝りたいと思って」
「そんなこと由優は何も言ってないよ。っていうか、なんでそんな風に思った？」
　ようやく視線が重なる。
　それだけで少しホッとしてしまう私がいた。
「理緒の様子がいつもと違うから。駅に行くためにマンションを出たあたりから、ずっと」
　握っていた理緒の手がピクリと小さく跳ねる。
「そっか。普段どおりにって思ってたんだけど、やっぱり無理があるよな」
　そう言って苦笑すると、頭を下げた。
「ごめん、由優。俺の不自然な言動は、全部カナの忠告が原因」

「奏多くん？　もしかして、ふたりで話した時のこと？」
「そう。カナに"溺愛(できあい)するのは良いけど、度を越えると愛想尽(つ)かされて嫌われる可能性大だから気を付けなよ"って言われたんだ。普段みたいにヘラヘラしながらの言葉なら聞き流すんだけど、珍しく真面目な顔をしてたからビックリした」

　そう言えば、奏多くんって表情豊かだけど、真剣な顔とかは見たことないかも。
「アイツの友達で、付き合っていた彼女をかなり溺愛してた男がいるらしいんだけど、この前、重すぎて一緒にいるのが辛いって言われてフラれたらしい。その話を聞いた時、カナの頭に真っ先に浮かんだのが俺の顔だったんだってさ」
「そ、そうなんだ」
「俺、由優を目の前にすると何かと歯止め効かなくなることがほとんどだから。他人事じゃねぇなと思って、すぐに暴走しないように努力しようかと」

　それで、口数少なかったり、目をそらしたりしてたんだ。
「由優がカナと話してる時、早速嫉妬心をむき出しにしないように懸命に耐えてたんだけど、俺の姿を見て、カナの奴、絶対に面白がってた。駅で別れ際に見せた笑顔が何よりの証拠」

　そっか。
　あの時、理緒が言いかけたのは、このことだったんだ。
「その後も、散策してる時の由優があまりにも可愛すぎて、

感情を抑えるのに必死だった。でも、そのせいで由優を不安な気持ちにさせたんだよな。本当にごめん」
「ううん、いいの。私の言動で理緒が不快な気持ちになってないなら良かった。理由、聞かせてくれてありがとう」
　無事に解決してスッキリした。
　安堵しながら微笑むと、理緒は私の頬に手を添えた。
「あのさ、俺、我慢は向かないみたいなんだけど、これまでどおり感情を抑えなくてもいい？　由優の気持ち、聞かせて？」
　吸い込まれそうなほど綺麗な瞳を見つめながら、私は口を開いた。

「む、無理に抑えなくていいよ。私は、今もこれからも理緒が大好きで、その気持ちはずっと変わらないから」
　いつも私のことを大切に想ってくれている理緒。
　その気持ちを、重いなんて感じたことはない。
　うれしくて、うれしくて……。
　愛してもらえる私は幸せ者だって思うんだ。

「ありがとう。俺も由優への想いは、ずっと変わらない。好きって言葉じゃ足りないぐらい、由優が好き」
　理緒の顔がゆっくり近付いてきて、静かに唇が重なる。
　温かなキスを受け止めた後、私の体はソファーの上に優しく押し倒された。
「今日、たくさん我慢したから、もう限界。由優を堪能さ

せて?」
「ま、待って理緒! ひとつ、お願いがあるんだけど……」
「お願い?」
　もう一度キスをしようとする理緒をあわてて制止する。
　この機会に、ちゃんと言おう……。

「無理に感情は抑えなくていいんだけど、少し甘さ控えめにしてほしい、です。じゃないと、心臓がいくつあっても足りなくなっちゃうから」
　今だって既(すで)に、破裂するんじゃないかっていうぐらい心臓がバクバクいってる。
　顔も、きっと真っ赤だ。
「お願いが、可愛い過ぎるんだけど」
　理緒は目を細めて微笑ましそうに笑うと、私の前髪に口づける。
「由優に夢中になりすぎないように気を付ける。明日から」
「えっ、明日!?」
「今日は、ブレーキかけるの無理」
「でも、この後は夕ご飯の準備をしないと……」
「由優を堪能するのが先」
「んっ」
　瞬く間に重ねられた唇。
　それを合図に、頬や首筋、鎖骨、いろんなところに落とされていく甘いキス。
　こうなってしまうと、もう止められない。

夕ご飯、遅くなりそうだけど、まあいっか。
　理緒からの愛情に、たくさんの幸せを感じられる特別な時間だから……。

ふたり暮らし初日。
　いつにも増して甘い雰囲気にドキドキしながら、私は理緒に身をゆだねた。

＊fin＊

あとがき

　こんにちは、綴季です。『恋する心は"あなた"限定』の文庫本が発売されてから8年以上の月日が流れた今、こうして新装版としてタイトルも新しく、再び皆さまに読んでいただけること、とてもうれしく思っています。この小説を初めて文庫化していただいた時も驚いたのを覚えていますが、今回は、その時以上に驚いたかもしれません。

　編集作業は懐かしさの連続でした。"この部分、こういう展開にしてたんだなぁ"とか、"この場面はニヤけながら書いていたっけ"などなど。

　由優と理緒のふんわりした恋愛模様を読んでいたら、書いていた当時の思い出がいろいろとあふれてきて、何だかくすぐったい感じでした。

　今回の新装版で新しく追加した番外編では、大学に進学した由優と理緒の新生活スタートの様子を書きました。ふたりの高校生活は、本編等で既に色々なストーリーを書いてきたので、もう少し先の未来を書いてみたいと思ったのがキッカケです。

　自分が初めてひとり暮らしをした大学生活のことを思い出しながら、由優と理緒の場合は、どんな感じになるのかな……と妄想をふくらませてストーリーを紡いでいきました。

　かなり久しぶりに由優、理緒、奏多を書きましたが、長

いブランクを感じないぐらいすんなりと入り込めて、最後まで楽しく書き続けることができました。

　由優のほのぼのとした可愛さ、理緒の相変わらずの溺愛っぷり、奏多のお兄ちゃん想いなところを楽しんでいただけたらうれしいです。

　最後になりますが、新装版を出版するにあたって、キャラクターをとても魅力的に描いてくださったイラストレーターさま、携わってくださったすべての皆さま、そして読者のみなさま。こうして再び文庫本を出すことができたのは、素敵な皆さま方のおかげです。

　由優たちの新しいストーリーも書くことができて、幸せな時間を過ごせました。

　どんなに感謝しても足りないくらい、感謝の気持ちでいっぱいです。

　本当にありがとうございました。

2019年6月　綴季

作・綴季 (ツキ)
長野県出身。日々の癒しはコリラックマ。寒さには強いが、暑さはとことん苦手。頭の中で新しい物語が生まれる瞬間が好き。

絵・甘里シュガー (アマサト シュガー)
少女漫画家。主な作品に『そのボイス、有料ですか？』(講談社／全2巻／原作：さなだはつね)、『はちみつトラップ』(講談社／分冊版全8巻)などがある。カフェラテが大好きで、イラストを描くときは必ず飲んでいる。趣味は料理。特にチーズを使ったメニューが大好き。

ファンレターのあて先

〒104-0031
東京都中央区京橋1-3-1
八重洲口大栄ビル7F

スターツ出版(株)書籍編集部 気付

綴季 先生

本作は2010年12月に小社より刊行された「恋する心は"あなた"限定」
2011年3月「続・恋する心は"あなた"限定」に、
加筆・修正をしたものです。

この物語はフィクションです。
実在の人物、団体等とは一切関係がありません。

もう一度、俺を好きになってよ。
新装版 恋する心は"あなた"限定

2019年6月25日　初版第1刷発行

著 者	綴季 ©Tsuki 2019
発 行 人	松島滋
デザイン	カバー　金子歩未（TAUPES） フォーマット　黒門ビリー＆フラミンゴスタジオ
Ｄ Ｔ Ｐ	久保田祐子
編 集	相川有希子
編集協力	ミケハラ編集室
発 行 所	スターツ出版株式会社 〒104-0031 東京都中央区京橋1-3-1　八重洲口大栄ビル7F 出版マーケティンググループ　TEL03-6202-0386 （ご注文等に関するお問い合わせ） https://starts-pub.jp/
印 刷 所	共同印刷株式会社 Printed in Japan

乱丁・落丁などの不良品はお取替えいたします。上記出版マーケティンググループまでお問い合わせください。
本書を無断で複写することは、著作権法により禁じられています。
定価はカバーに記載されています。

ISBN　978-4-8137-0708-0　C0193

ケータイ小説文庫　2019年6月発売

『至上最強の総長は私を愛しすぎている。①』 ゆいっと・著

高校生の優月は幼い頃に両親を亡くし、児童養護施設「双葉園」で暮らしていた。ある日、かつての親友からの命令で盗みを働くことになってしまった優月。警察につかまりそうになったところに現れたのは、なんと最強暴走族「灰雅」のメンバーで…？　人気作家の族ラブ・第1弾！

ISBN978-4-8137-0707-3
定価:本体 580 円＋税

ピンクレーベル

『お前を好きになって何年だと思ってる？』 Moonstone・著
（ムーンストーン）

高校生の美愛と冬夜は幼なじみ。茶道家元跡継ぎでサッカー部エース、成績優秀のイケメン・冬夜は美愛に片思い。彼女に近づく男子を陰で追い払い、10年以上見守ってきた。でも超天然のお嬢様の美愛には気づかれず。そんな美愛がある日、他の男子に告白されて…。じれったい恋に胸キュン！

ISBN978-4-8137-0706-6
定価:本体 600 円＋税

ピンクレーベル

『もう一度、俺を好きになってよ。』 綴季・著
（つづき）

恋に奥手だった由優は憧れの理緒と結ばれ、甘い日々過ごしている。自信がなくて不安な気持ちでいた由優を理緒は優しく包み込んでくれて…。クリスマスのイベント、バレンタイン、誕生日…。ふたりの甘い思い出はどんどん増えていく。『恋する心は"あなた"限定』待望の新装版。

ISBN978-4-8137-0708-0
定価:本体 610 円＋税

ピンクレーベル

『いつか、眠りにつく日』 いぬじゅん・著

修学旅行の途中で命を落としてしまった高2の蛍。彼女の前に"案内人"のクロが現れ、この世に残した未練を3つ解消しないと成仏できないと告げる。蛍は、未練のひとつが5年間片想い中の蓮への告白だと気づくけど、どうしても彼に想いが伝えられない。蛍の決心の先にあった、切ない秘密とは…!?

ISBN978-4-8137-0709-7
定価:本体 540 円＋税

ブルーレーベル

ケータイ小説文庫　2019年5月発売

『新装版　好きって気づけよ。』 天瀬ふゆ・著

モテ男の凪と天然美少女の心愛は、友達以上恋人未満の幼なじみ。想いを伝えようとする凪に、鈍感な心愛は気づかない。ある日、イケメン転校生の栗原が心愛に迫り、凪は不安になる。一方、凪に好きな子がいると勘違いした心愛はショックを受け…。じれ甘全開の人気作が、新装版として登場！

ISBN978-4-8137-0685-4
定価：本体590円+税

ピンクレーベル

『学年一の爽やか王子にひたすら可愛がられてます』 雨乃めこ・著

クラスでも目立たない存在の高校2年生の静音の前に、突然現れたのは、イケメンの爽やか王子様の柊くん。みんなの人気者なのに、静音とふたりだけになると、なぜか強引なオオカミくんに変身！「間接キスじゃないキス、しちゃうかも」…なんて。甘すぎる言葉に静音のドキドキが止まらない!?

ISBN978-4-8137-0683-0
定価：本体590円+税

ピンクレーベル

『ルームメイトの狼くん、ホントは溺愛症候群。』 ＊あいら＊・著

高2の日奈子は期間限定で、全寮制の男子高に通う双子の兄・日奈太の身代わりをすることに。1週間とはいえ、男装生活には危険がいっぱい。早速、同室のイケメン・嶺にバレてしまい大ピンチ！　でも、バラされるどころか、日奈子の危機をいつも助けてくれて…？　溺愛120％の恋シリーズ第4弾♡

ISBN978-4-8137-0684-7
定価：本体590円+税

ピンクレーベル

『新装版　逢いたい…キミに。』 白いゆき・著

遠距離恋愛中の彼女がいるクラスメイト・大輔を好きになった高1の葉月。学校を辞めて彼女のもとへと去った大輔を忘れられない葉月に、ある日、大輔から1通のメールが届き…。すれ違いを繰り返した2人を待っていたのは!?　驚きの結末に誰もが涙した…感動のヒット作が新装版として復刊！

ISBN978-4-8137-0686-1
定価：本体570円+税

ブルーレーベル

ケータイ小説文庫　好評の既刊

『幼なじみの榛名くんは甘えたがり。』 みゅーな**・著

高2の雛乃は隣のクラスのモテ男・榛名くんに突然キスされ怒り心頭。二度と関わりたくないと思っていたのに、家に帰ると彼がいて、母親から2人で暮らすよう言い渡される。幼なじみだったことが判明し、渋々同居を始めた雛乃だったけど、甘えられたり抱きしめられたり、ドキドキの連続で…!?

ISBN978-4-8137-0663-2
定価：本体590円＋税

ピンクレーベル

『俺が意地悪するのはお前だけ。』 善生茉由佳・著

普通の高校生・花穂は、幼い頃幼なじみの蓮にいじめられてから、男子が苦手。平穏に毎日を過ごしていたけど、引っ越したはずの蓮が突然戻ってきた…！ 高校生になった蓮はイケメンで外面がよくてモテモテだけど、花穂にだけ以前のままの意地悪。そんな蓮がいきなりデートに誘ってきて…!?

ISBN978-4-8137-0674-8
定価：本体590円＋税

ピンクレーベル

『新装版　眠り姫はひだまりで』 相沢ちせ・著

眠るのが大好きな高1の色葉はクラスの"癒し姫"。旧校舎の空き教室でのお昼寝タイムが日課。ある日、秘密のルートから隠れ家に行くと、イケメンの紳が！ 彼はいきなり「今日の放課後、ここにきて」と優しくささやいてきて…。クール王子が見せる甘い表情に色葉の胸はときめくばかり!?

ISBN978-4-8137-0664-9
定価：本体590円＋税

ピンクレーベル

『ずっと消えない約束を、キミと』 河野美姫・著

高校生の渚は幼なじみの雪緒と付き合っている。ちょっと意地悪で、でも渚にだけ甘い雪緒と毎日幸せに過ごしていたけれど、ある日雪緒の脳に腫瘍が見つかってしまう。自分が余命わずかだと知った雪緒は渚に別れを告げるが、渚は最後の瞬間まで雪緒のそばにいることを決意して…。感動の恋物語。

ISBN978-4-8137-0665-6
定価：本体580円＋税

ブルーレーベル

ケータイ小説文庫 好評の既刊

『悪魔の封印を解いちゃったので、クールな幼なじみと同居します!』 神立(かんだち)まお・著

突然、高2の佐奈の前に現れた黒ネコ姿の悪魔・リド。リドに「お前は俺のもの」と言われた佐奈はお祓いのため、リドと、幼なじみで神社の息子・晃と同居生活をはじめるけど、怪奇現象に巻き込まれたりトラブル続き。さらに、恋の予感も!? 俺様悪魔とクールな幼なじみとのラブファンタジー!

ISBN978-4-8137-0646-5
定価:本体590円+税

ピンクレーベル

『一途で甘いキミの溺愛が止まらない。』 三宅(みやけ)あおい・著

内気な高校生・菜穂はある日突然、父の会社を救ってもらう代わりに、大企業の社長の息子と婚約することに。その相手はなんと、超イケメンな同級生・蓮だった! しかも蓮は以前から菜穂のことが好きだったと言い、毎日「可愛い」「天使」と連呼して菜穂を溺愛。甘々な同居ラブに胸キュン!!

ISBN978-4-8137-0645-8
定価:本体590円+税

ピンクレーベル

『腹黒王子さまは私のことが大好きらしい。』 *あいら*・著

超有名企業のイケメン御曹司・京壱は校内にファンクラブができるほど女の子にモテモテ。でも彼は幼なじみの乃々花のことを異常なくらい溺愛していて…。「俺だけの可愛い乃々花に近づく男は絶対に許さない」──ヤンデレな彼に最初から最後まで愛されまくり♡ 溺愛120%の恋シリーズ第3弾!

ISBN978-4-8137-0647-2
定価:本体590円+税

ピンクレーベル

『求愛』 ユウチャン・著

高校生のリサは過去の出来事のせいで自暴自棄に生きていた。そんなリサの生活はタカと出会い変わっていく。孤独を抱え、心の奥底では愛を欲していたリサとタカ。導かれるように惹かれ求めあい、小さな幸せを手にするけれど…。運命に翻弄されながらも懸命に生きるふたりの愛に号泣の感動作!

ISBN978-4-8137-0662-5
定価:本体590円+税

ブルーレーベル

ケータイ小説文庫 2019年7月発売

『至上最強の総長は私を愛しすぎている。②』 ゆいっと・著

最強暴走族『灰雅』総長・凌牙の彼女になった優月は、クールな凌牙の甘い一面にドキドキする毎日。灰雅のメンバーにも打ち解けて、楽しい日々を過ごしていた。そんな中、凌牙と和希に関する哀しい秘密が明らかになり、そして自分の姉も何か知っているようで…。PV1億超の人気作・第2弾！
ISBN978-4-8137-0724-0
予価:本体500円+税

ピンクレーベル

『にがくてあまい。(仮)』 結季ななせ・著

ひまりは、高校生になってから冷たくなったイケメン幼なじみの光希と突き合う毎日。それなのに光希は、ひまりが困っていると助けてくれたり、他の男子が近づくと不機嫌な様子を見せたりする。彼がひまりに冷たいのには理由があって…。不器用なふたりの、じれじれピュアラブストーリー！
ISBN978-4-8137-0725-7
予価:本体500円+税

ピンクレーベル

『年上幼なじみの過保護な愛が止まらない。』 *あいら*・著

高校1年生の藍は、3才年上の幼なじみ・宗壱がずっと前から大好き。ずっとアピールしているけど、大人なイケメン大学生の宗壱は藍を子供扱いするばかり。実は宗壱も藍に恋しているのに、明かせない事情があって……？ 焦れ焦れ両片想いにキュンキュン♡ 溺愛120%の恋シリーズ第5弾！
ISBN978-4-8137-0726-4
予価:本体500円+税

ピンクレーベル

『BRAVE ～冷え切った唇～(仮)』 nako.・著

母子家庭の寂しさを夜遊びで紛らわせていた高2の彩羽は、ある日、暴走族の総長・蘭と出会う。蘭を一途に想う彩羽。一方の蘭は、彩羽に惹かれているのに、なぜか彼女を冷たく突き放し…。心に闇を抱える2人が、すれ違い、傷つきながらも本物の愛に辿りつくまでを描いた感動のラブストーリー。
ISBN978-4-8137-0727-1
予価:本体500円+税

ブルーレーベル

書店店頭にご希望の本がない場合は、
書店にてご注文いただけます。